有爱的青春陪伴者

天津出版传媒集团
天津人民出版社

图书在版编目（CIP）数据

趁初心萌动 / 鹿笙著. -- 天津 : 天津人民出版社,
2021.10
ISBN 978-7-201-17554-6

Ⅰ. ①趁… Ⅱ. ①鹿… Ⅲ. ①中篇小说—中国—当代
Ⅳ. ①I247.5

中国版本图书馆CIP数据核字(2021)第164848号

趁初心萌动
CHEN CHUXIN MENGDONG
鹿笙 著

出　　版　天津人民出版社
出 版 人　刘　庆
地　　址　天津市和平区西康路35号康岳大厦
邮政编码　300051
邮购电话　（022）23332469
电子信箱　reader@tjrmcbs.com

责任编辑　玮丽斯
特约编辑　欧雅婷　姜文迪
装帧设计　孙欣瑞　西　楼
责任校对　彭　佳

制版印刷　长沙鸿发印务实业有限公司
经　　销　新华书店
开　　本　880毫米×1230毫米　1/32
印　　张　9
字　　数　217千字
版次印次　2021年10月第1版　2021年10月第1次印刷
定　　价　39.80元

目录

CONTENTS

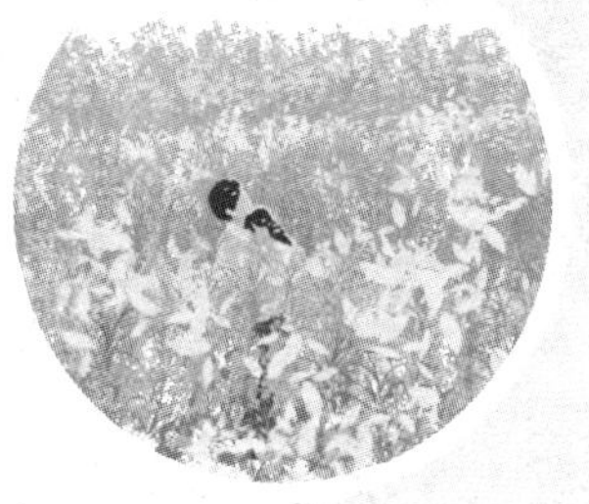

目

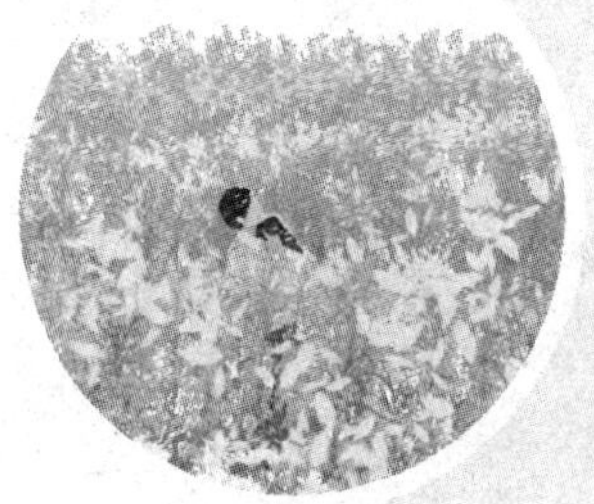

CONTENTS

PART.01

狭路有相逢

不知谁把宿舍的窗户开了，夏季的艳阳再没有那层透明玻璃的阻挡，撒了欢地跳跃在她眼皮上。

阳台上不时地传来几声狗叫。

陆北栀昏昏沉沉地醒过来，这才察觉自己满头大汗。她所住的老式女生宿舍楼，窗口不远处种了大片的香樟树，此时正是花期，香气扑鼻，她重重地打了个喷嚏，掀开被子翻下床。

书桌上的笔记本电脑半开着，几个本子随意地散在四个角上，似在吐槽熬了一通宵后毫无形象的主人。陆北栀将它们推远了些，解了电脑的睡眠模式，仔细检查花了半个月才顺好的学术论文。

电脑屏幕变幻的光影在她眼底闪烁，直到将所有资料都核对无误之后，她才突然想起来那条已经被关了一整天的拉布拉多。那是好友未莱寄养在她宿舍的，她这里没有狗粮，找了半天才从背包里翻出一根火腿肠，没承想刚拉开狗笼，未莱嘴里这条世上最温顺的狗唰地蹿了出来，吓得她惊呼了一声。

半个钟头后，宿舍已经如同被台风席卷过一般凌乱了。

陆北栀与这犬科动物斗得如火如荼，正目光灼灼地思忖如何将它大卸八块时，手机有短信进入——“医学院会议室，速来。”

正愁找主人算账呢，陆北栀迅速关掉电脑，扭头与拉布拉多对视了一瞬，随即给它脖子上挂了根狗绳，离开了宿舍。

一路上，这条巨型犬拽着她横冲直撞。

大概是第一次见到被狗遛的主人吧，无数校友对她俩行了个长长的注目礼。

陆北栀掩面。

好在实验楼离她住的地方不远，绕过两栋教学楼后，她在门口站定，气喘吁吁地拨通了未莱的手机。

很快，电话接通。

“到了吗？”未莱的声音有掩饰不住的激动。

陆北栀“嗯”了声，背过身说：“你把狗带走，我马上有病理课，实在顾不过来。”

“你等会儿。”

电话还没挂断，她听见了脚步声，随后那头的人想到了什么似的说：“北北，那家伙最近在发情期，性格暴躁得很，没给你添麻烦吧？”

陆北栀忽然觉得牵着狗绳的左手轻了不少，这才疑惑怎么两分钟不到这家伙变乖了，扭头一看——狗呢？

电话那头的未莱轻轻咳了下，知道她家乖乖多半又闯祸了，心虚道：“怎么了？”

“天啦。”

陆北栀朝着不远处一人一狗搏斗的场面走了两步，下意识地捂住了嘴。未莱养的这家伙跟未莱本人真是如出一辙。

不过，这男生怎么看着这么眼熟？如果将这画面关闭声音，配上那张神圣不可侵犯的脸，画风还真变得有点让人挪不开眼……

陆北栀哆哆嗦嗦地唤了声：“二……二蛋。”

男生跟狗的视线都往她这边移过来。

陆北栀硬着头皮又叫了声。

那狗扭头看了她一眼。陆北栀蹲下身，冲它拍拍手，示意它乖乖过来。

二蛋是未莱上个月领养的，因为性格过于活泼，受到室友们的抗议，不得已才找陆北栀接手，可陆北栀连自己的生活都打理得够呛，跟它根本没培养出什么感情。

此时见它这么听话，陆北栀有些吃惊，拍手的动作不自觉大了些。那狗却突然受到刺激，转身奋力向方才那男生扑去。

猝不及防，承受到它重量的男生狠狠向后摔去。男生的身后便是石阶，他手腕没撑住整个上身，滑了一下，咔嚓一声，手背摩擦在地面上，腕部一阵钝痛。

男生铁青着脸，用手指拨开扒在他白大褂上的狗爪子。

唔，那双手漂亮得让人移不开眼。

陆北栀发了会儿呆。

“狗粮。”

男生低沉的声音，带着夏日里难得的一丝沁凉。

陆北栀一时没反应过来他是对着谁说。下一秒，男生的视线如同激光一般扫射在她身上，那气压低得不能再低，几乎让她窒息。

所幸陆北栀没有蠢太久，她从背包里拽了根火腿肠出来，朝地上丢过去。

方法果然奏效，二蛋突然松开扑倒对象，朝她这边飞奔而来。

“那个……我很抱歉。”陆北栀缩着肩膀，试探性地将步子移了过去，两人之间隔了半米。

男生满头大汗，在风中凌乱了片刻。她从口袋找出纸巾，双手恭恭敬敬地递过来：“你的手没事吧？”

男生抬眸看了她一眼，认错的姿态倒是不错。他低低“嗯”了声，随即开口：“你离我远一点。”

陆北栀匆忙后退了两步，偷偷抬眼。男生一身白，被狗折腾得脏兮兮的。她舌头打结，在心里将未莱骂了千万遍，随后小声道：“对不起。”

男生点了点下巴，算是做了回应。随后，他修长的手指伸过来，接过她手心的纸巾。

“你放心，”陆北栀挠了挠头，“有什么问题，我会负责的。”

男生擦汗的手停下来，突然觉得有些好笑。他认真地看了眼女生低下去的头顶，语气寡淡得看不出情绪：“嗯？你打算怎么负责？”话落，他将擦完汗的纸巾重新放回到女生摊平的掌心里。

“啊？”陆北栀抬眸。

男生抬起长腿，转身上了台阶，他颀长的身形被烈日照得熠熠生辉，很快消失在她的眼眸里。

陆北栀小声补了句：“我是说，对你的衣服负责。”

未莱气喘吁吁地跑过来的时候，陆北栀正神情复杂地站在医学院门口。她拍了拍陆北栀的肩膀，笑眼弯弯地凑到陆北栀眼前：“想什么呢，这么出神？”

陆北栀摇头：“没什么。”

“你猜我刚遇到谁了？”

陆北栀平时在图书馆泡惯了，如今已经大四，但她是大二才转到医学系的，加上她读书以来跳了好几级，比同级的同学小了两三岁，因此跟同班同学不算太熟络。陆北栀和未莱不是一个班，但偶尔会一起上课，得亏未莱对人际交往十分热情，否则两人也不会成为好友。

未莱晃着陆北栀的肩膀，将她晃回现实。

“是宋聿修啊。”她话音未落，又补了一句，“是宋聿修！”

陆北栀低垂的眼眸突然像着了火一般看向未莱，她无声地张了下嘴巴，谁？

宋聿修。

传言整个医学院学神级别的人物，他以全省高考状元的身份考入A大医学系，大四时被牛津大学选为交换生进修一年，在世界级刊物上发表的学术论文更是多如牛毛，连学校的教授都望尘莫及。本科毕业后导师争相邀请他留校读研，偏偏他选中了孙教授，孙教授是陆北栀的老师，而宋聿修的名字也成了孙教授每堂课都会拿来炫耀的对象。

其实陆北栀在入学第一年就知道了宋聿修这个人，他是被挂在教学楼大厅的专栏里供学弟学妹瞻仰的大神。

她吞了吞口水，想到刚才他被狗折腾的狼狈样子……

“不过，跟传闻的不一样，我觉得这位学长，怎么看都有点……不修边幅。”未莱噘着嘴，很快又自我安慰，“大概所有的学霸都这样吧，不过一点也不影响他的颜值啊，作为曾经暗恋过他的万千学妹之一，我还是挺满足的。”

陆北栀咳嗽了两声——醒醒啊，要是你看到刚才人家被你家的爱犬蹂躏的样子，我不信你还能这样淡定。

未莱一脸狐疑地盯着正在碎碎念的陆北栀，她这位死党脸上鲜有情绪波动，此时正垂着头，扎起的马尾下露出一截瓷白的后颈，一直红到了耳根。

“所以，你着急忙慌把我喊过来是为什么事？”陆北栀问道。

“自然是看好戏啊。”未莱从包里翻出一张“大学生临床技能大赛”的宣传单，食指戳了戳陆北栀的额头，“小姑娘，能不能别成天泡在图书馆，脑子都变傻了，就是你这样两耳不闻窗外事，搞得大学四年过去了，恋爱都没得谈。”

陆北栀瞅了眼单子上的日子，嘀咕道：“比赛跟谈恋爱有什么关系？”

未莱是医学院团委的一员，内部消息知道得不少。

“你傻啊，这次的大赛不仅本科的学生参加，研究生学长们也会来，我听说宋师兄今年不当评委了，亲上战场，本来我以为谣传呢。刚刚看他进了实验室，我更坚定了为他应援的决心。”

陆北栀大大翻了个白眼。

一旁的未莱还在喋喋不休：“我专门托心理系的学妹给我算了算，这个月时运实在不济，急需来个帅哥洗涤一下枯萎的心灵。”未莱说着说着，两眼放光，仿佛有猎物已经自觉跑到她怀里了。

陆北栀“哦”了一声，迈上台阶。未莱紧紧跟上，贼兮兮道：“我也帮你算了，想不想听？”

“不想。”陆北栀想也未想便拒绝。

“哎，运势上说你马上会有桃花。”未莱见陆北栀捂着耳朵，硬生生将其掰开，凑过去，“而且，医学系狼多肉少，还得对外来入侵者严防死守，你得抓紧。”

我还旺旺大礼包呢。

恋爱是什么，还不如吃对她吸引大。

陆北栀再也不想被未莱摧残，三步并作两步走到医学院大厅，与进团委办公室的未莱分别，去了病理课教室。

“陆北栀。”阶梯教室第三排有男生冲她招了招手。那是她们班班长顾淮，因为她是班里最小的女生，所以她转系之后，他对她照顾颇多。

顾淮往里挪了个位置，陆北栀本来不打算过去，但拗不过男生的热心。

她放好了书包，顾淮问：“怎么来得这么晚？”

“有点事耽搁了。”她轻声答。

教授已经进来了，原本嘈杂的教室顿时安静下来。

因为论文还有些资料要补充，陆北栀边翻书边整理课堂笔记，其间有漏掉的重点，顾淮顺手帮她补上。陆北栀抬眼冲他感激地笑笑，余光扫到他垫在课本下的实习申请书。

“这么早就实习吗？”陆北栀好奇地问。

见顾淮的目光还定格在自己脸上，陆北栀伸手晃了晃，顾淮“哦”了一声，不好意思地问：“什么？”

“你已经在准备实习了吗？”

顾淮点头道：“嗯，马上要到暑期社会实践，与其做别的，不如进医院实战一下。”

陆北栀凑过去仔细看了看申请书，余安医院。

那是市内最有实力的三甲医院，不少A大学生梦想去的地方。

顾淮连忙用手遮住：“我瞎写的。他们说进这家医院如果不是实力一流，就要用到关系，你知道我家条件并不好，所以我只是试一试。”末了，又问她，“你会觉得我眼高手低不自量力吗？”

见他满怀期待地盯着自己，陆北栀不太明白他为什么要问她，这跟她并没有什么关系啊，但还是有礼貌地摇摇头说：“不会的。”

不知道是不是她的错觉，顾淮似乎松了口气。

两人正低声交谈着，就听见“嘀嗒”一声，音量不大不小，是从后面传来的。

陆北栀扭头，见同班的于茴正死死地盯着自己。陆北栀莫名，却见她突然侧头冲着顾淮甜甜一笑，说：“班长，我东西掉到你凳子下了，能帮忙捡一下吗？”

老好人顾淮自然没有拒绝。

饶是陆北栀再怎么迟钝，也察觉到了于茴对自己的异样。她尴尬地转身继续听课。

不知道是不是受未莱的影响，之后的一整节课，她将《饿狼传说》循环听了几百遍。

陆北栀的日子过得跟之前一样，除了偶尔被未莱骚扰之外。陆北栀听闻未莱逼着褚序那家伙去参加了临床技能大赛，作为她刺探敌情的第一步，之后就没有什么消息了。就在陆北栀以为未莱三分钟热度已经过去时，却被未莱拉着去了校门口的打印室。

一张硕大的应援横幅被未莱摊开在陆北栀眼前，陆北栀有点头疼，她低估这家伙的手段了。

据说未莱在初中曾经是疯狂的追星一族，为此没少挨她爸妈的打，后来她居然一路做上了某个小明星的后援会副会长，持续到了高三，才因为学业压力放弃。

“重操旧业，宝刀未老啊。”未莱举着横幅大剌剌地走在学校人行道上。

陆北栀扭头捂脸，简直没脸跟她走在一起。

此时正值下课，校园里的不少学生对着她们指指点点，围观的人越来越多，大大地满足了未莱的炫耀癖，她更加趾高气扬，活脱脱一只高傲的孔雀。

路经教务大楼，有几个穿着白大褂的人往这边走来。未莱眼尖，指着其中一人惊呼：“哎，宋师兄？”

陆北栀顺着她的目光看过去。

男生被几个人簇拥，只看得到一部分侧脸。不知道周围的人侧头跟他说了什么，宋聿修的目光穿过来来往往的人群，朝她这边看过来。

陆北栀下意识地想躲，几天前的狗债她还没来得及偿还，如今又举着他的应援海报明目张胆地走在路上，脸都要丢尽了。

她挪到未莱身后，由于个头娇小，被身高一米七的未莱挡得严严实实。

未莱朝那边看了看：“好帅啊。你看，我们好像成功引起了他的注意？”

陆北栀突然知道未莱要干什么，下意识地去抓她，结果扑了个空。动作矫健的女生已经绕过人群，朝那边走过去了。

“宋师兄好。”未莱笑得大大咧咧的。

陆北栀硬着头皮跟过去，声音细如蚊蚋：“宋师兄。”

宋聿修看了陆北栀一眼，低低地应了一声。

他身边站着一个中年男人，先是被两个女生的阵势吓了一跳，而后又觉得现在的大学生果然比他那个年代大胆多了，随即感叹道：“果然帅哥效应还是厉害啊，你参加比赛的消息刚放出去，粉丝这么快就行动起来了。”

之后不知道其他人又低声说了什么，宋聿修脸上挂着淡淡的笑容，但仔细看，笑意却没有达到眼底，那是一种与生俱来的礼貌与修养。

随后一行人往校门口走去，中年男人突然一拍双手，恍然道：“我说呢，刚刚那女生怎么这么眼熟，原来是见过的。”

其他人答话：“刘主任，莫非那个小妹是你哪个亲戚？”

“倒不是。”刘锡之步伐慢了一些，温声道，“是傅司南的家属。听闻从初中念到大学只花了寻常人一半的时间，以第一名的成绩考入经管院，可能是嫌挑战不够吧，大二转到了医学系。”

除了感叹这位小学妹的聪慧程度以外，众人都在猜测是哪个傅司南，随后面面相觑，可不就是身边这位余安医院炙手可热的宋医生的竞争对手吗？据说两人从进余安开始就斗得如火如荼，至于谁更胜一筹，没人说得准。

宋聿修的脸色如常，看不出什么变化，其他人很快将这个话题盖过去。

“哎，刚说话的那个男的好像是余安医院的科室主任，我在一个医疗综艺节目里见过他。”说完，未莱一脸奇怪，“他来我们学校干什么？”

目送他们离开的陆北栀压根儿没仔细听未莱的话，只在心里暗暗松了口气。没注意到好友的异常，未莱仍眨巴着星星眼。

“宋师兄真是由内而外散发着贵族气息啊，不过据说他出身不太好，也不知道怎么把自己培养得这么优秀的。”

陆北栀难得好奇地多了句嘴：“你又是怎么知道的？”

未莱疑惑陆北栀这小丫头终于开窍关注帅哥了，捅了捅她手臂，答道：“旧闻啦，宋师兄是离异家庭，高中还混过一阵子，差点儿闹到被学校开除，不过后来不知怎么的突然发奋。脑筋好的就是这样，啥时候努力都不嫌晚，最后拿到高考状元也是众望所归的事了。”

陆北栀点点头：“原来是这样。”

宋聿修走在一行人中间，突然回头朝她们看过来。

被逮到偷窥的二人突然心头一窒，暗暗后退几步，溜得没影了。

陆北栀住的综合宿舍，地方偏僻加上环境还不好，其他人大三刚结束便换了宿舍，之后也没人愿意住进来，正好陆北栀图安静，一个人住着。未莱为了方便进出，央求着陆北栀多配了把钥匙。

周末一大早，陆北栀便被未莱从床上拎起来，她没睡好，丧着张脸：“太姐，今天没早课。”

“太阳都要晒屁股了。我跟你讲，凌晨我们那栋楼就有女生成群结队出去占座了，我们已经输在了起跑线上。”未莱风风火火给她找了件翠绿色碎花连衣裙。

“那就不去。”陆北栀坐在床头打瞌睡，被未莱推搡得魂儿都快没了。

未莱斩钉截铁，神情严肃地道：“不行，我得去给褚序加油。”

褚序是未莱的小跟班，两人初中就混在一起，因为在小卖部同时看中最后一瓶可乐而结下梁子，之后褚序在校外被围殴，学跆拳道的未莱从天而降徒手劈砖吓退了众人，从此褚序便称未莱是大哥了，凡是她的命令，无所不从。

其实傻子都看得出来，一个男生对另一个女生的娇纵宠爱，都是从动心的那一秒开始的。

陆北栀以为未莱终于被褚序十年如一日的暗恋所打动，作为二人共同的好友，自然要前去见证。

比赛开始前一个小时，医学院的会议大厅人满为患，在座的大部分都是女生。当前面直接连线的大屏幕上出现身穿绿色手术服的宋聿修时，其尖叫程度不亚于一场偶像见面会。

“有这么夸张吗？”陆北栀揉了揉耳朵。

未莱将自己藏在包里的海报撑开，当即加入了应援队伍。陆北栀当即吐血，说好的来给褚序加油呢？

“你多年不混学校论坛，不知道宋师兄本科时在学校的影响力，虽说读研的时候在校时间相对少了些，但丝毫不影响他的受欢迎程度，学校里他的一票迷妹都称呼他宋神。”未莱大着嗓门，“你知道吗？”

陆北栀哑然摇头。

未莱轻声道：“如果医学这个领域也算一个江湖，那他便是这个江湖的主宰者。”

陆北栀将目光转到投影仪上，男生英俊的面容在镜头前有些模糊了。

他是怎样一个人呢？陆北栀心想。

本次的临床技能大赛一改往年的赛制，分成小组赛。校方模拟了一个手术室，由小组成员分工完成心脏瓣膜置换手术，所用时长最短即为获胜。这类手术一般分成取瓣和换瓣两大步骤，宋聿修被定在换瓣手术时上场，这个时间段至关重要，如果前面的组员耽搁时间过长，他只能缩短自己原本计划的时间，而为之后的组员腾出时间。

与之前的个人技能赛不同，本次比赛考察协同作业的能力。

而陆北栀所在的会议室只能通过直播的画面观看比赛过程，坐在前方的有不少医学院的教授，据说此次比赛也有其他外校选手参加。

因为时间还早，陆北栀打了个瞌睡。

中途被未莱误撞了手臂，她突然惊醒。她扭头，只见未莱一改之前的激动，凝重了不少。

“什么组员，是不是为了水平平均化才请来一帮这样的人，这都超时了，取瓣还没完成。”

听到未莱的吐槽，陆北栀抬头看向大屏幕，原来她睡了这么久，险些错过了。

“别急，还有时间。”陆北栀笑着安慰。

突然，画面里的心电监护仪骤然紧急提示。

会议室一阵骚动。

有人在手术过程中碰到了动脉，被血喷了一脸，正在模拟手术的学生显然慌了，顿时不知道如何下刀，而这时病人心脏突然骤停，血压不断降低。

未莱如同泄了气的皮球，无奈道:“队友不给力啊，这还看什么。算了，北北，我们走吧。”

如果不及时抢救，别说难以进行下面的手术，病人还有死亡的风险，事情发展到现在，确实难以给人看下去的欲望。

手术室的门突然被推开，别说是在座的众人，就连拍摄的镜头都晃了一下。

是原本要在下半场出现的宋聿修。

陆北栀慢慢呼出一口气。

闹着要离开的未莱重新坐了回来，甚至兴致勃勃地掏出了横幅。

“愣着干什么，赶紧做心肺复苏！医护组每十秒报一遍心率血压。”

“找到出血位置了吗？”

宋聿修的出现打破了手术室的死寂。

陆北栀暗暗在心里思忖，如果找不到出血位置，这依然是一盘死棋。

“血太多了，根本看不清。”碰错血管的那个学生战战兢兢，满头大汗。

“医护组，抽吸。”宋聿修已经走到手术位置，吩咐身边的护士。在血液抽吸干净之后，他将手从手术部位伸进去。

“血压 60，心率 600！”

“血压 55，心率 680！”

护士一遍遍紧急通报，而会议室的人也捏着汗。

他想做什么？陆北栀紧盯着屏幕，突然一个不可思议的念头油然而生，他是想通过手指的触感寻找到出血的位置？

没错，这样确实会快很多，但是……真的会成功吗？

就在她恍惚的瞬间，那个不切实际的想法得到了证明。

“找到了。”男生的声音沉稳得没有一丝起伏。他轻抬眼，示意助手给他镊子，然后牵拉线头，进行缝合。

“血压跟心率已经正常了。”护士几乎喜极而泣。

他微点头，将位置让出给队友，退到一边。

那一瞬间，陆北栀突然明白了这个男生的魅力所在。

找到出血口，绝对谈不上能够做到接下来的逆风翻盘，但他的出现，无形之中给所有进行手术的组员带来了鼓舞。

取瓣手术终于磕磕绊绊完成，但时间已经落后别的队很长一截。

接下来是换瓣手术，宋聿修再次上场。

他将线缝到瓣膜环上，缝制过程中，每一针间距不超过两毫米。这是个细致的活儿，缝制过程完成之后，需通过牵拉线头，将瓣膜推入血管和心脏连接处。

“看到没，宋师兄的手可比弹钢琴的还要珍贵，要是能被它握上一回，真是死也甘愿了。”未莱又在幻想了。

就在这一瞬，宋聿修突然停顿下来。他额头出了不少汗，捏着镊子的手忽地松开，镊子掉在地上，发出刺耳的声音。

未莱呸呸了两声，连道着乌鸦嘴，转身看到陆北栀前所未有的紧张，止住了话。

他的手腕……似有不适。

是上次被狗撞倒受的伤吗？

“宋师兄，你没事吧？”有护士关心地问。

宋聿修摇头，沉声道：“继续。”

护士重新将镊子递到他手里，经过处理，连接已经完成。

只需要最后一步了，宋聿修再次展示了娴熟的专业技能，他的手工打结速度又快又准，活脱脱一个顶级的缝纫家，他的沉着冷静更是加快了整个组的速度，直到剪去最后一根线，瓣膜固定好。镜头来了个特写，镊子头部通过瓣膜口，可以清晰地看到瓣膜开口。

所有人去看时间，居然跟其他队伍用时不分伯仲，除去前面的人耽误掉的时间，同样的换膜过程他将时长缩短了三分之一，这简直匪夷所思。

这个人的心理素质实在太强大了，又或者他其实对自己的专业能力非常自信。

陆北栀瞠目结舌的同时，会议室里发出雷鸣般的掌声。

整场比赛下来，大家几乎忽视了这场手术中出现的失误，甚至成功将它变成了宋聿修的个人秀，想必经过这次，学校的贴吧论坛里又得疯狂好一阵了吧。

陆北栀低头，深吸了口气，还好，他没受到她牵连。

结果已经明朗了，再看下去没什么必要了，陆北栀借着上厕所出去透了口气。会议室在三楼，而模拟手术室就在隔壁，她去完洗手间洗了个脸，未莱发信息说自己去找褚序了，她便蹲在走廊的角落玩手机，那是一个医学小游戏，她无聊时下载的。

玩到一半又觉得没意思，她站起来的时候看到一个人。

就他一个人。

他面带倦意，没注意到陆北栀，跟她擦肩而过，随即站在距离她一米之外的地方。

男生靠着墙闭上眼睛，似乎已经入睡。陆北栀想起包里有一瓶还未打开的矿泉水，她悄无声息地挪过去，小心翼翼地放到他脚边。动作做到一半时，她抬头观察他的状态，却见对方忽然睁开眼睛，俯首与她正面对视。

好像显得她有什么不轨的举动一样。

男生比她高一整个头，阳光从侧面打过来，他半张脸匿在阴影里。见她胆小，他起了捉弄的心思，突然目光如炬，凌厉地落在她脸上。

陆北栀吓得手赶紧缩了回来，那瓶纯净水滚在地上，她慌不择路，一脚踩上了滚动的瓶身。

慌乱中，她只能抓住他的衣袖，误以为那是救命稻草，但重力依然让她向后倒去。她心道，死了，又要出丑了。

谁知衣袖的主人拦腰将她捞了起来，许是用力太大，又或者没有料到女生的腰如此软。

一个反作用力让陆北栀为了避免撞到他的胸口，而伸手撑在他头右侧的墙壁上。

这个姿势暧昧得让人想死。

为什么不干脆让她躺在地上算了。

咫尺之间，她第一次看清宋聿修的脸，如刀刻斧凿般，没有一丝多余的线条。

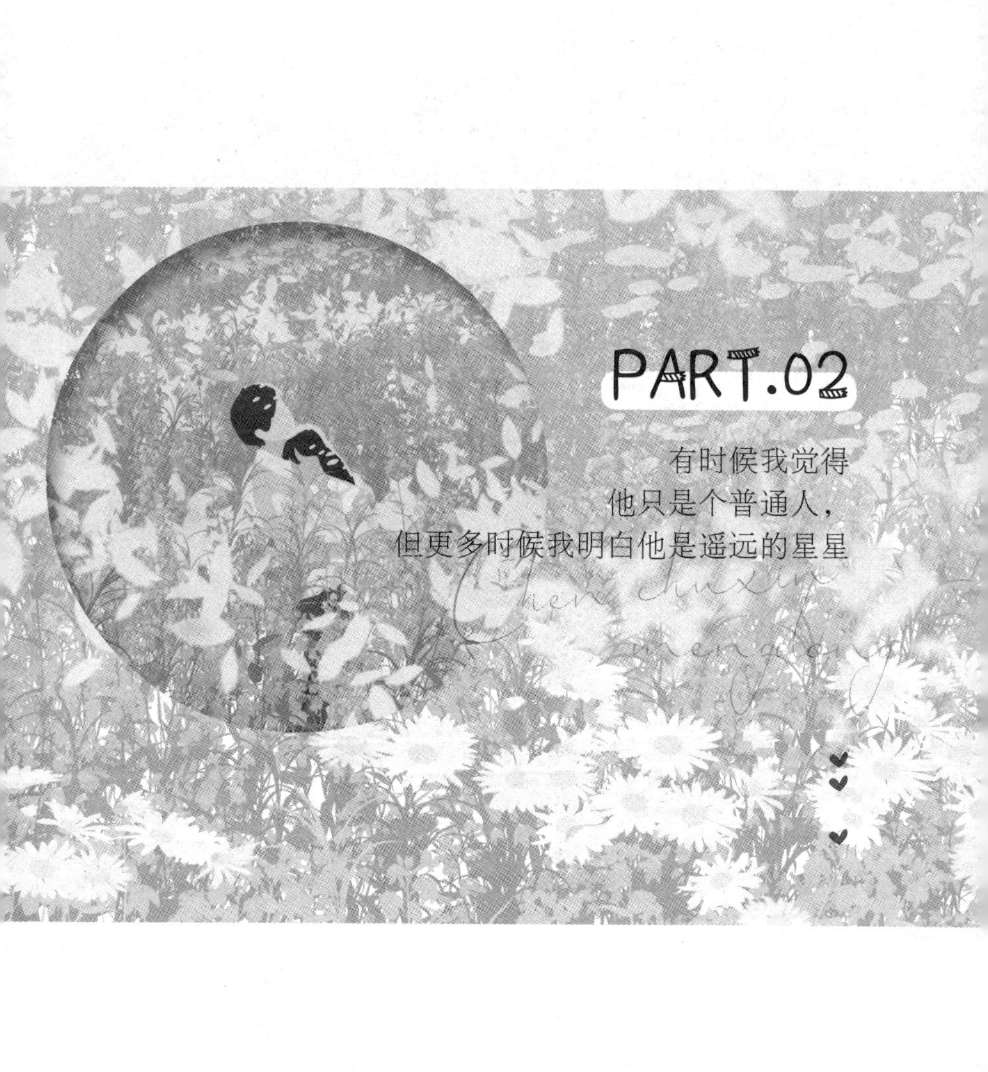
PART.02
有时候我觉得
他只是个普通人，
但更多时候我明白他是遥远的星星

因为自己的得意弟子在比赛中表现突出，孙教授受邀请到别的学校讲课，原定的解剖课不上了。傅司南打电话过来，告诉陆北栀因为公事他来了A大，叫她去校门口一家餐厅等，等忙完一起吃饭。

陆北栀刚洗完头，看到信息是半个小时前发来的，赶不及吹头发就出了门。

到了餐厅门口，她给傅司南打电话，后脑勺挨了一个暴栗。她皱着眉回头，眼前出现一张过分英俊的脸，随即那张脸露出了愠怒的神色。

“陆北栀，你洗完头又不吹。”说完，傅司南又吐槽了句，“亏你还是个医学生，会偏头痛的知不知道？”

“哥，我说了一百遍了，别打我的头。”

傅司南瞪大眼睛，惊讶道：“你不会穷到连吹风机都买不起吧？”他转身要往超市走，被陆北栀一把拉住。

陆北栀将头发散下来的样子像个可爱至极的洋娃娃，对于这个妹妹，他一向怜爱无比，伸手将她的头发揉得乱七八糟，这才觉得好看的妹妹不会被别的男生拐了去。

两人进了餐厅，因为高颜值惹得不少人注目。

“还是老样子，水煮鱼？”

傅司南看都没看菜单一眼，他对自家妹妹的口味了若指掌。

陆北栀点点头，问他：“说吧，你能有什么公事来我们学校？”

“余安医院有在A大招实习生的打算，其实之前我们科室的主任已经来过一趟，这次我来是为了把人定下来。怎么样，你有没有兴趣？”傅司南倒了杯茶，推到陆北栀面前。

“我……”

“别告诉我你没准备好。”在看穿妹妹的心思之后，傅司南苦口婆心地劝道，“你在学校背一万遍理论知识，还不如来一次真正的实战。北北，都到这一步了，你怕了吗？”

“我不确定，你让我想想成吗？”陆北栀支支吾吾。

傅司南点头道：“这对别人而言是求之不得的机会，而且你们院领导对你推荐有加，你得自信一点。表格我晚上交上去，你想好了打电话给我。”

陆北栀苦恼了一会儿，但跟哥哥聚会的喜悦很快冲淡了它。

“家里怎么样？”陆北栀夹了鱼肉送进嘴里，一如既往的好吃。

傅司南失笑：“你问我？你哥哥已经忙得三个月没来得及回家，前段时间爸还打电话找我诉苦，说你不在，妈妈闲得慌，只能一个劲儿地折腾他，让你找个时间回家一趟。”

陆北栀吐了吐舌头，道：“不怪我，你从小到大都是野孩子，我是学的你。”

傅司南一筷子敲在她的头顶，道：“你怎么不学我点好？”

插科打诨了半天，她这才注意到手机一直在响。

陆北栀刚接通电话，未莱的声音便从里面炸出来：“北北你怎么还没来？平时见你乖乖的，解剖课你也敢翘？”

“不是取消了吗？”

“孙老头请了研究生院的学长来代课，于茴没发短信通知你吗？”

陆北栀望天，为什么要托于茴通知？对方视自己为情敌，巴不得自己全部挂科。

情急之间，陆北栀收拾东西要走，傅司南还没弄清是怎么回事，她已经起身，扔了两个字过来：“上课。”

出了门才发现外面不知道什么时候下雨了，虽不是很大，但这一路肯定会淋湿，她顾不得再去超市买伞，双手将背包举上头顶，向着雨幕冲去。

陆北栀喜欢雨天。

雨水无根，自苍穹洒向大地，仿佛生来是为了冲刷人们一切不愉快的记忆。这是她上大学以来第一次迟到，没有想象中不堪，反而有一种发泄的快感。

这是她勉强自己做着三好学生从未尝试的。

从校门口到医学院，她用了三分钟。

陆北栀看了看手机，拐过大厅，抓着楼道的扶梯往上狂奔，长时间的剧烈运动让她呼吸急促，喘息间耳朵捕捉到了一丝熟悉的说话声。

陆北栀歪着脑袋，从扶手的空隙往上看。

男生一手打着电话，一手抱着一摞资料，信步走上台阶。

似是感应到下面人的视线，宋聿修垂眼，刚好对上她的视线。

他讲电话的声音突然停顿，像是在脑海中搜刮有关她的记忆。陆北栀低头看了眼自己狼狈的着装，发梢黏在后背，还在不断地滴水。她没给他想起自己的机会，跑上去侧身与他擦肩而过，连撞掉他臂弯间的几本书也顾不得捡，嘴里念叨着对不起，甚至没敢多看他一眼。

陆北栀跑进解剖室的时候，讲台上却没人。

第二排的课桌上，未莱朝她招呼了一声，她跑过去坐好。

未莱松了口气，掏出纸巾为她擦头发上的水：“你怎么淋成这样，也没那么夸张，反正是学长代课，万一赶不上撒撒娇就过去了。”

陆北栀有气无力：“没事。”

未莱轻呼了一声，喊着糟糕。陆北栀顺着她的目光往自己身上看，她出门时穿着一件白色连衣裙，原本宽松的雪纺布料此时紧紧贴在腰间跟背脊，透得内衣颜色都一清二楚。

教室里不少男生往这边看，未莱想帮她借一件外套，还没来得及，嘈杂的教室突然安静下来，讲台上来了个人。

陆北栀扭头……

怎么又是他啊！

要命，真是怕什么来什么。

底下有大胆的女生直接喊道：“宋师兄好。”

好巧不巧，这人就坐在陆北栀的左前方，一时半会儿，陆北栀躲都没处躲。

宋聿修目光朝她这边扫过来，随即眉头微皱。

陆北栀心里暗道不妙，听闻宋聿修极度自律，待自己和别人都严格无比，他不会……

陆北栀心里的念头还没想完，就听见讲台处一个低低的声音传来：“衣衫不整扣两个学分。”他目光冷冷的，不带一丝温度地落在陆北栀脸上，“另外，迟到超过五分钟的同学这堂课平时分为零。”

话是对着陆北栀说的。

陆北栀低头，干脆装死好了。

谁知，这一篇似乎一直翻不过去，宋聿修下颌微收，将手里的教材翻了几页，随后道：“学委把今天的解剖报告发下去。”

教室里无人应声。

宋聿修这才抬起头，又重复了一遍：“你们班学委呢？”

半晌之后，一双小手弱弱地举了起来。

宋聿修皱着眉头看向陆北栀：“你是学委还带头迟到？”随后停顿了几秒，“班长过来发。陆北栀，你去外面等我。”

这是他第一次叫她的名字，不是愉快的记忆。

未莱见闺密脸上青一阵白一阵，鼓励道：“北北别怕，这种事他会放过你的。”

她站在教室外，扭头透过窗户看着弯腰指导学生的宋聿修，他戴着一副银边圆框眼镜，单手撑在课桌上，修长好看的腿微微蜷曲。

陆北栀移过目光。

雨越下越大，已经在阳台上洇了好长一道水渍。她盯着那里发呆，没过多久，眼帘里多了一双白色球鞋，她顺着它视线向上，去循它的主人。

可目光刚及下巴，便被黑暗笼罩住。

陆北栀扯掉盖在自己头顶的白大褂，见宋聿修冷冷清清地看着她。

“穿上。”

“宋师兄。”陆北栀站直身体。

“说。”

陆北栀还没来得及说什么，便听宋聿修自顾自地答：“你想让我包庇你。”

原本是有这个想法，但目前来看，可能性为零。陆北栀将手揣进外套兜里，那里还是温热的。

宋聿修扯掉眼镜，轻握在手里，揉了揉双眼，淡淡地问：“你是真的喜欢学医吗？”

陆北栀愣住，却听他继续道：“我看了你上学期的解剖课成绩，刚到及格线。”

她在心里嘀咕，那只是个意外，但显然他没打算听她解释。

“如果是我的话，”他顿了顿，似乎在想着怎么说才能不伤害这个学妹的自尊心，“我会24小时泡在教室里，反复地演练，直到我确信当有一天我能真正站在手术台的时候，百分百完美地完成手术。你知道为什么吗？

“因为，哪怕你产生万分之一的迟疑，就会有人因你而死。你现在还觉得那一点平时分重要吗？”

“起码对现在的我挺重要的。”陆北栀轻声答。

本以为声音足够小，却被他完完整整听了去。

“那你凭什么觉得我会给你开后门？像你这样的学生，要是在我的科室，只会被骂得抬不起头来，你知道为什么吗？医生这碗饭不是谁都能吃的。”

话说完，他心里略有点后悔，原本没打算下这么重的口。他心头软了下去，食指点在她低垂的额间，确认她是否有在哭，随后轻声道：“抬头说话，你有什么不满可以……”

女生的小脸倔强地扬起来：“你怎么知道我不适合？”

宋聿修哑然失笑道：“这得问你自己，我不需要你向我证明。”

两人之间僵持了一瞬，宋聿修轻声道：“进去吧。”

陆北栀转身跑到教室门口，突然想到什么，朝着宋聿修鞠了个躬。

宋聿修愣了愣，这么不记仇，也不知道是好事还是坏事。

他抬步走进教室。

因为耽误了一些时间，陆北栀的解剖手术做到很晚，班上的同学陆陆续续交了报告，连未莱也先行完成，她坚持要等陆北栀，被陆北栀催促着走了。

解剖室只剩下陆北栀跟宋聿修两个人。

她有些着急想要完成，结果手一抖，镊子掉在地上。

手忙脚乱时，突然感觉后背一团暖气拢过来，男生骨节分明的手指覆在她的手背上，随后握紧。她心口一窒，停顿了所有动作，头顶有声音传来：“注意力集中。”

“这块的血管比较细，你下手要轻，像这样。”他熟练地演练，耐心帮她记住每一个动作，“穿过去，对，绕线要快。”

这家伙嘴巴倒是挺毒，但教起东西来却十分尽心。

陆北栀根本不敢扭头跟他对视，尽管那在她稍一抬眼就能看到的位置。

咫尺之间，她装作什么都没发生的模样，垂下眼，继续手中的动作。

宋聿修对她的样子还算满意，并没发现刚才指导她的动作有多亲昵。等他察觉的时候，整个教室的空气突然变得暧昧无比，烧得两个人干渴万分。

他后退两步，若无其事地踱到讲台上。

陆北栀这才感觉自己能正常呼吸了。

“给你三分钟做好报告。”宋聿修又恢复到原本冷淡的模样。

陆北栀想起之前他的语气里读出某种轻视的成分，硬着头皮回：“我的学术成绩不错的，你可以去学校官网查，除了这堂课，其他我都接近满分。”

宋聿修没料到她会在他面前为自己争辩，他低低“哦”了声，一副不甚关心的样子让她懊恼自己此地无银三百两。

教室里正静着，走廊突然传来一阵急促的脚步声，随后人未到声音先传了进来：“宋聿修你个家伙，害得本大爷一顿好找。”来人脚步落在门口，笑声朗朗，“呀，一对一指导啊，有这等好事你怎么不叫上我？”

过了几秒，宋聿修似是踢了对方两脚，男生哇哇怪叫。

“孙老头尽欺负你个榆木疙瘩，每次偷懒都让你代课，你再怎么是他的得意弟子，也不能成大给他利用啊。”

陆北栀扭头去看男生的脸，应该也是研究生班的，看样子是宋师兄的好友。

对方右手提了个便当袋子，放在讲桌上，嬉笑道：“我专程给你打包带来的焗盐龙虾，算是我昨天哄你参加比赛的补偿，尝尝。”

“拿出去。”宋聿修拒绝，他跟好友说话的时候比平时随意很多，但也是冷冷淡淡的。

男生有点委屈：“你怎么这么拒人于千里之外。再说，你不吃，也不许别人吃了？”他抬着下巴冲着陆北栀的方向。

陆北栀摇头拒绝。

男生笑了：“这位妹妹我像是见过的。”随后，他意味深长地“哦”了一声，“原来是借职务之便啊。”

宋聿修皱眉：“你再不闭嘴，我就把你丢出去。”

便当袋子被打开，一股油腻味传到陆北栀这里，她胃里翻腾，一阵作呕。

陆北栀强按住想吐的冲动，匆忙写好报告，交到讲台。男生动着筷子将那只焗好的龙虾肉翻来覆去，直至搅成一团，似在抗议。

陆北栀瞥过去，解剖室里浓烈的尸臭味与这餐盒里腐肉一般的视觉混在一起，她再也忍不住，“哇”了一声，吓得两个男生忙向后退了两步。她一时找不到垃圾桶，情急之下，快走两步对着那个便当盒吐了个干净。

宋聿修垂眼看了看女生浮动的头顶，眉心抽了抽。

空气凝滞了半晌。

“对不起。”女生嘴角还挂着呕吐物。

宋聿修别过头，手从口袋里掏了包纸巾递过去。

陆北栀饱含歉意地接过，低头擦了半天，直至嘴角皮肤又红又疼。

她有点欲哭无泪。

那个前几秒还大喊大叫的男生吓到了，他扯了扯宋聿修的袖子，示意宋聿修去看看。

“你没事吧？”宋聿修问。

陆北栀倒吸一口凉气，想回答没事，结果头抬得太猛，鼻梁硬生生撞在他的下颚。这一下极重，宋聿修一点防备也没有，竟被撞得闷哼了一声，连连后退了两步，伸手去摸下巴。陆北栀也是“啊”的一声，身体往前栽又猝不及防地磕在讲台桌角，腹部一阵钝痛，险些要晕倒。

在边上旁观的男生顿时也傻了眼。

陆北栀眼泪都疼得流出来了，泪汪汪地看着宋聿修的脸，却见他神情更加复杂。

她忽地感觉鼻子有点痒，伸手去摸，血弄得手上、脸上，到处都是。

第一次见面，闺密的狗从她手里挣脱伤了他的手腕，害得他险些在比赛中失利。

第二次见面，她差点儿将人下巴撞到脱臼，自己也满身是血。

“宋、宋师兄……”陆北栀心虚地瞅着他。

男神沉默了一瞬。

陆北栀再也无法正常在他面前待下去，跑出了教室。

沈霁初又震惊又想笑：“宋聿修，跟你同班两年，头一回见你这样，哈哈。”余光瞅见宋聿修脸色木然，他活活将笑声憋了回去。

宋聿修盯着女生消失的背影发呆，视线被沈霁初伸手打断：“人都走了，还不回魂？”

宋聿修理了理桌上的教材，还好都是完好的。

“那女生谁啊，你说你俩到底谁是谁的克星呢？”

“这么好奇，你自己去调查，别问我。”宋聿修懒得理他。

沈霁初点点头，一挑眉：“那我去了，你别后悔啊。”

就在他以为宋聿修不会再说话的时候，宋聿修突然开口：“医学院的系花，你是该去认识认识，不然你可就没机会了。”随后，宋聿修指了指那个便当盒子，“这东西，你收拾。”

沈霁初掩着鼻子将它扔进了垃圾桶，快步走在宋聿修身边：“你又是怎么知道人家是系花的？”

宋聿修懒洋洋地将手机屏幕举到沈霁初眼前，刚才还在咋呼的男生安静下来，那是学校的贴吧论坛，最上面置顶的那一栏是A大医学系系花评比。沈霁初瞪大眼睛：“你该不会总是偷偷浏览学校论坛吧？你……真看上了？”

“滚。”

“少装蒜，不然以你的个性，会浪费时间单独给别人指导？”

宋聿修直接无视他的话，出了教室。

陆北栀刚灰头土脸地回到宿舍，未莱已经抱着电脑在里面等候多时了，见闺密推门进来，脸色不佳，忙放下电脑过去问：“没事吧？”

陆北栀一脸窘迫地摇头。

未莱恨铁不成钢：“就凭你这脸蛋，要干啥不能成？”

陆北栀沉默。

“我临时教你的撒娇三件套你用上没？”

陆北栀嗫嚅道：“没来得及。”

“啊？”

“简单来说，在我还没开口求情之前，他已经宣告我这门课要挂了。”陆北栀说完，越过未莱进门，将背包放到书桌上，仰头喝了一大口冰水，深吸了口气，鼻腔还有点疼，也不知道宋师兄怎么样了。

未莱啐了一口，抱怨道：“白瞎了那张脸，心肠这么硬。”突然她眼睛一亮，“要不去找孙老头求求情？他那么喜欢你，你就去服服软。”

“算了。”

陆北栀几乎要泪流满面，他把人家得意门生撞成那样，还有什么脸。

两人相对而坐，发了会儿呆。

未莱的电脑叮叮咚咚响个不停，陆北栀好奇地凑过去，未莱抓耳挠腮："我真是服了，五块钱一本生理学课本，还被人缠着讲了半天价，现在大学生都这么穷吗？"

陆北栀失笑："你不是也穷到去卖书了？"

未莱撇撇嘴："也对。我是想着这学期马上要结束了嘛，好几门课已经结业了，闲置着占位置，这不马上一大批学长学姐要考嘛，卖出去比论斤称划算。"

"你不打算考研？"

"我这都一大把年纪了，等读完研都二十七八了，比不得你这个刚成年的少女，我还是乖乖工作几年结婚吧。"

陆北栀点点头，和未莱一起凑到电脑屏幕上看医学生发财致富的道路。

陆北栀跟未莱面面相觑："我终于知道为什么医学生不好找对象了……"随后扑哧一声，捧腹大笑。

两人笑够了才从书桌下面钻出来，退出卖书的帖子，却发现有宋聿修的消息置顶。

五分钟前才更新，临床大赛才过去两天便有人将高清照片都整理了出来，不少迷妹舔屏，才短短几十秒，跟帖数已经过百。

有别的学院刚入学的新生纷纷感叹这是何方神圣，知情的老油条们在下面普及着宋聿修的逸闻轶事。

突然有好事者在里面插嘴："最新的八卦有人要听吗？"

众人纷纷举手："要要要！"

屏幕这头的两人也有点好奇，没过多久，一张照片发了上来。

未莱刚看了一眼，便扭头伸手捂住陆北栀的眼睛。

"北北，别看，有人拿你的照片恶搞。"

“哈？”她拿掉未莱的手，盯着屏幕仔细地看，那不就是上次她和宋聿修的照片吗，谁偷拍了放上去的？

未莱看着陆北栀脸色青一阵白一阵，忍不住跳脚：“谁这么缺德放你的照片，宋聿修那一票粉丝还不得骂死你，我去找褚序，让他找计算机的人，给你黑掉这篇帖。”

陆北栀没回未莱的话，滑动鼠标浏览后面的评论。

出乎意料，没有太多恶评，甚至不少人说，光看着高颜值和身高差就能脑补一场言情小说大戏了。

“双学霸的故事，不是只出现在电视剧里吗，我酸了。”

“怎么莫名在宋师兄的眼神里，看出了宠溺的味道。啊，这眼神杀我！”

评论看得陆北栀脸红，她扯了扯未莱的衣袖，示意对方坐下来：“不是恶搞，那天我在实验室门口等你，不小心就变成这个样子了。”

未莱一脸兴奋：“所以是真的？北北，你哪里需要我教，你简直是个高手啊，宋师兄没有拒绝吗？”

陆北栀在记忆里按下回放键。

他说：“你家那狗的名字还挺特别的。”

陆北栀脸红了。

她当时被吓傻了，踮着脚，动也不敢动——

“你再不走，我会怀疑一连两次的偶遇，是你有心蓄谋了。”

他声音里含着笑意，听得她五味杂陈。

该不会……他把她当成一路尾随他制造偶遇的女变态吧？

不不，坚决不能给未莱知道，否则，明天全校都该传她跟宋聿修的绯闻了。

好不容易打发掉未莱，宿舍彻底安静下来，陆北栀这才有闲心去思考白天的事。哥哥让她去余安实习，她为什么会下意识拒绝呢？是害怕吧，从小到大每换一个环境都让她难以适应。如果没有遇见宋聿修，不知道自己身边卧虎藏龙，她会听从家里的安排去海外留学，然后回国读研读博，留在实验室里，漫无目标地生活下去。可是连未莱都有梦想的生活啊，为什么她好像对一切兴致缺缺。

思及此，她拨通了傅司南的电话。

电话那头传来吸面条的声音，之后才慢悠悠地答了一声："喂。"

"我考虑好了。"陆北栀站在窗口，轻声说，"哥哥，我要去余安实习。"

傅司南这才放下碗筷，关掉免提，将手机拿到耳边："我之前劝你那么多次你都不愿意，这次这么短时间却改了主意？"

"你就当我是赌气吧。"

"嗯？"

"不知道为什么，生平第一次有了向一个人证明自己的念头。"

她语气真挚，让傅司南误以为她是不是情窦初开了。

"北北……"他语气里的疑问拖了一个长长的尾音，"'一个人'是谁？你不会背着我在学校里玩暗恋吧？"

陆北栀被噎住："傅司南，胡说什么？"

傅司南在电话里哼哼："果然，哥哥都不叫了。"

陆北栀皱眉道："你要是再造谣，我就给妈妈打电话，告诉她她的宝贝儿子二十五岁了还在给人当备胎。"

傅司南举手投降道："好了，怕了你了。"

就在陆北栀要挂断的瞬间，电话那头有嘿嘿的笑声传来："傻妹妹，加油啊。"

在之后的很长一段时间，陆北栀都没有再见过宋聿修，加上很快要到期末考试，整个学院的同学都在通宵复习，连一贯不务正业的未莱也整天泡在图书馆，夏天的空调冷气开得格外足，陆北栀趴在桌上呼呼大睡。

一觉醒来，未莱还在背生化知识点，陆北栀笑话她是不是属鸡的，脑容量太小知识装不进去。

未莱一脸恹恹地叹气道："你以为我是你，有过目不忘的本事，我上 A 大也是拼了命的，头悬梁锥刺股。"

说完，她拿了水杯去打水，路上遇到跟着顾淮一起过来复习的于茴，回来便大肆八卦了一番："这人是什么软体动物吗，还是寄生虫，我眼瞅着她都要黏到顾淮身上去了，班长真是可怜，眨眼向我求救，我也无可奈何。"

陆北栀笑道："说不定人家乐在其中呢，咱们还是别管闲事。"

"也对，听说顾淮申请到余安医院的实习了，于茴也会去，这小妮子肯定在里面用了关系，她家不是有个做生意的舅舅嘛。"

陆北栀眨了眨眼睛，那到时候跟这两人又是低头不见抬头见。

她正苦恼着，褚序扒拉着凳子坐下来，他身边还跟着一个机械院的男生，之前四个人一起吃过几顿饭，后来那男生私下约她，被她拒绝了，这会儿见面还有些尴尬。

男生偷偷地看她，她只好死盯着书本。

未莱骂着褚序："现在知道出现了，昨天打电话让你帮忙黑个帖子，你倒好，电话一直关机。"

褚序挨骂也不反驳，只挠挠头示意她"这是在图书馆，小声点"，然后说："我在这里打工来着，因为有一大堆书要做好分类，昨天忙到晚上七八点，手机没电了。"

未莱扭头，见他确实是有正事要忙，语气软下来："你打工做什么？缺钱啊？”

“有点。”

未莱嘟嘟囔囔：“你不会干了什么坏事惹怒你爸妈断了你的口粮了吧？”

褚序笑得意味不明。

“书都整理完了吗，需不需要我们帮忙？”陆北栀问。

褚序搓搓手，似乎等的就是这句话，笑道：“我是叫了室友过来，如果你们有空的话，当然最好了。”

未莱的身体已经诚实地站了起来。

四人走进阅览室，抱着一大摞图书爬去四楼，在楼梯口正碰见宋聿修跟沈霁初上来。未莱不敢相信地揉了揉眼睛说：“两大男神同框出现在我眼前，真是‘活久见’了。”

陆北栀将书放到台阶上，揉了揉酸痛的手臂说：“他俩不是一直形影不离吗，有什么好稀奇的。”

“那是本科的时候。”未莱直起身来，“哎，告诉你一个本院最大的秘闻，你听不听？”未莱凑近陆北栀的耳朵，“当初宋师兄去国外做交换生，沈霁初学长也跟着休学一年……”

见陆北栀不信，未莱拿事实摆道理，力争自己的言论：“不然就凭宋师兄那样的颜值，什么女生找不到啊，而且几年前有个学姐对他死缠烂打，最后还是被拒绝了，一气之下去了国外。”

陆北栀眯眯眼，想到什么：“你说的这个人不会是方灿灿学姐吧？”

“哎？就是，你怎么知道的？”

不好意思，这个人就是我哥傅司南暗恋五年的对象。陆北栀联想到两人还在一所医院，不由得怀疑自己去余安实习的这个决定是不是对的。

机械院的男生听着两人的对话见缝插针，温和地问：“需要我帮忙吗？”

陆北栀见他自己还抱着一堆书呢，摇头拒绝：“没事。”

她继续爬楼梯，身后未莱还在喋喋不休。

陆北栀前脚掌在台阶上滑了一下，差点儿摔倒，只觉得手里一轻，有人侧身从她边上走过，将她手里的重物拿走了。

陆北栀抬眸，又噎住。

却见话题中某一位主人公哈哈笑了两声，跟在宋聿修的身后，被他瞪了一眼，憋住了笑，爬了几步台阶。

未莱看清来人是沈霁初，吓得小脸煞白。

他听见了？

陆北栀跟在宋聿修身后，男生手里抱着从她那里取走的一摞书，几个大踏步上了四楼。

呼，简直跟一个世纪一样漫长。

未莱懊恼不已，小声问她：“你说学长们会记仇吗？”

陆北栀耸耸肩，不置可否。

所幸宋聿修帮她把书放到四楼的借阅室就离开了。

看着两人离开的背影，背后的两个女生都松了口气。

书本已经被抱上楼，剩下就是分类的事儿，四个人分工合作，很快完成。

机械院的男生不知道什么时候下楼买了喝的回来，三个人都是怡宝，到陆北栀手上却是一瓶草莓牛奶，在他的催促声中，她才伸手接了过去。

褚序向未莱使了个眼色，两人偷偷从阳台溜了出去。

“北北。”机械男有些不好意思地问，“我可以这样叫你吧？”

陆北栀声音有些模糊地往外走，找了半天没找到另外两人，声音有些模糊地“嗯”了一声。

“我上回给你打过一次电话，你怎么没接啊？”

陆北栀想不起来是哪次了：“以后上课时间的话你尽量不要找我，满手尸油不好接电话。”

女生打着太极，男生却十分没眼力见儿：“那你找个时间把你课表发给我一下，我找准时间约你。”

她眨巴着眼睛：“你约我做什么？”

大概没料到她回得这么直接，男生抓耳挠腮，突然想到了什么：“上次不是托褚序给你带了只兔子吗，这次我找到了比上次更可爱的，我送给你。”

“哦，那谢谢了。”

“你喜欢吗？”

陆北栀想了想说：“还挺喜欢的。”

“是吧，是国外的一个品种，我爸爸出差我求了他好久才给我带回来的，你可不知道过安检有多难。”

“听起来很贵重？”陆北栀微笑，“我把钱转给你吧。”

男生连连摆手说：“不用不用，没多少钱的。”

陆北栀点头说：“那谢谢你了，为学校的医疗事业做了贡献。”

“啊？怎么说。”

陆北栀歪着头想了会儿，道：“嗯……我把它带到实验室，没想到还挺受欢迎的，兔子的耳缘静脉好清晰，扎针扎得特别准。”

机械男张张嘴，声音里有了一丝颤抖，问道：“你们做实验还用活物啊？”

“对啊，跟你说个好玩的事，上次我们实验，未莱解剖一只老鼠，结果下刀太猛，直接拦腰斩断了，当时那个血啊。”

机械男脸色潮红地看着她，大概是被吓到了，眼睛眨个不停。

陆北栀凑过去，关切地问：“你是不是眼睛不舒服啊？”

机械男伸手去揉，摇头说："没有。"

"院里马上有个眼膜的实验你要不要参加？"末了，她补充了一句，"我们会免费提供药。"

机械男看着她，她一副仿佛要拿手术刀走过来立马为他解剖的模样，顿时不由得冒出一身冷汗。

女生脸上的笑意越来越刺眼，他摆摆手，仓皇而逃："不了，不了。"

看着他惊慌失措逃离的样子，陆北栀再也忍不住，蹲在地上笑起来。她丝毫没发现上面的阳台上，有人正盯着她。

沈霁初像发现什么新大陆，失笑道："小姑娘倒挺有意思的，满脸无辜，倒是把那位仁兄吓得够呛。"

宋聿修直起身挪过视线，转而对着沈霁初反问道："你觉得她不是故意的？"

"怎么可能，人家才十九岁，单纯得跟张白纸一样。你以为跟你一样老谋深算。"

宋聿修轻嗤一声，淡淡回道："那可未必。"

"哎，宋聿修你说清楚些。"沈霁初紧跟上去。

宋聿修与他隔开一段距离，警示道："离我远一点。"

"你什么时候在意那些谣言了？"

"请离我一米以上，谢谢。"

大约是被刺激到了，那个机械男再也没有托褚序来打听陆北栀的任何消息，少了人打扰，陆北栀全身心投入到期末复习中去，最后考得还算不错。

成绩单发下来，解剖课平时分竟然是满分。

陆北栀愕然，想着高冷如宋聿修也有人情味的一面，她对着成绩单傻笑。孙教授一脸莫名，不知道这小丫头受了什么刺激。

不过，小姑娘心思多，他也没多想。余安医院来学校招人，班上的学生竟然上了三个，给老教授脸上添了不少光，所以这段时间，孙教授脸上都是笑呵呵的。

院里的实习生被统一用大巴车接过去，陆北栀一人坐在最后一排的靠窗位置，没过一会儿顾淮和于茴也上来了。

去市区如果不堵车要一个小时，不知道是不是因为没吃早餐的缘故，陆北栀有些晕车。

坐在前方的顾淮递过来一瓶水，陆北栀正欲伸手去接，察觉到于茴恶狠狠地瞪着她，于是摆摆手，说不用了。

到余安的第一天要参加实习生培训，晚上结束后，实习生会按照个人意愿分到不同科室里。陆北栀看了看自己手里的申请单，上面写着“急诊科”三个字，深吸了口气，跟着大部队走。带着他们介绍医院情况的是李锡之，他是余安医院的主任医师，为人亲和慈善。

等到了急诊科，李主任突然说：“对了，一会儿分到这个科室的实习生可以先走，你们这里面有 A 大的学生吗？”

稀稀落落的人里面，就陆北栀举了举手。

李主任笑道：“那正好，我叫了孙教授的学生来给你们作指导，算是你们的师哥了，他现在是急诊科的主力。一会儿人来了，你跟着他走。”

陆北栀心里有不好的预感，不会这么巧吧？

但很快这种强烈的预感变成了现实。

宋聿修穿着一身白大褂，脖子上挂着听诊器，朝这边走来。

李主任笑着对宋聿修说：“你小子运气好啊，这一批里最好的苗子分到急诊科了。”突然压低了声音，戳了宋聿修一下，“我可听说，凡是你手下的实习生很难待过一个星期的，你要求放宽一点，这些学生都没实战经验，不要管得太严了。”

宋聿修挑挑眉，随后轻描淡写地点了点头。

李主任声音虽说很小，但还是被大家听见了，陆北栀心里五味杂陈，抬眸瞟到于茴幸灾乐祸的目光。

“陆北栀。”李主任叫了她的名字。

陆北栀硬着头皮走上前，对上宋聿修的目光。男生眼底闪过一丝诧异，随后又恢复了神色，抬了抬下巴示意她跟着自己走。

李主任安慰道：“这人面上冷淡，吃软不吃硬，你嘴巴甜点，毕竟是熟人，他不会为难学妹的。”

陆北栀扯了扯嘴角，笑得比哭还难看。

她背着包跟上宋聿修的步伐，手机里未莱发来消息——

“怎么样，见过宋聿修师兄了？”

“嗯。”陆北栀敲了个字过去，她留意着手机，一边听未莱发过来的语音，压根儿没留意前方的人已经停下脚步，额头一下撞在男生的后背。

两方受到重击均是一惊，陆北栀揉着额头，前面的人转过身来，表情漫不经心。

他的背脊看着瘦削，却比想象中有力量。那一双眼睛似一直浸在湖泊里，走廊昏暗的光落在里面，湛亮无比。陆北栀在心头幽幽地浮上“风骨”两个字。

“宋师兄，好久不见。”

宋聿修点头，想了想，说：“好久没见了。”

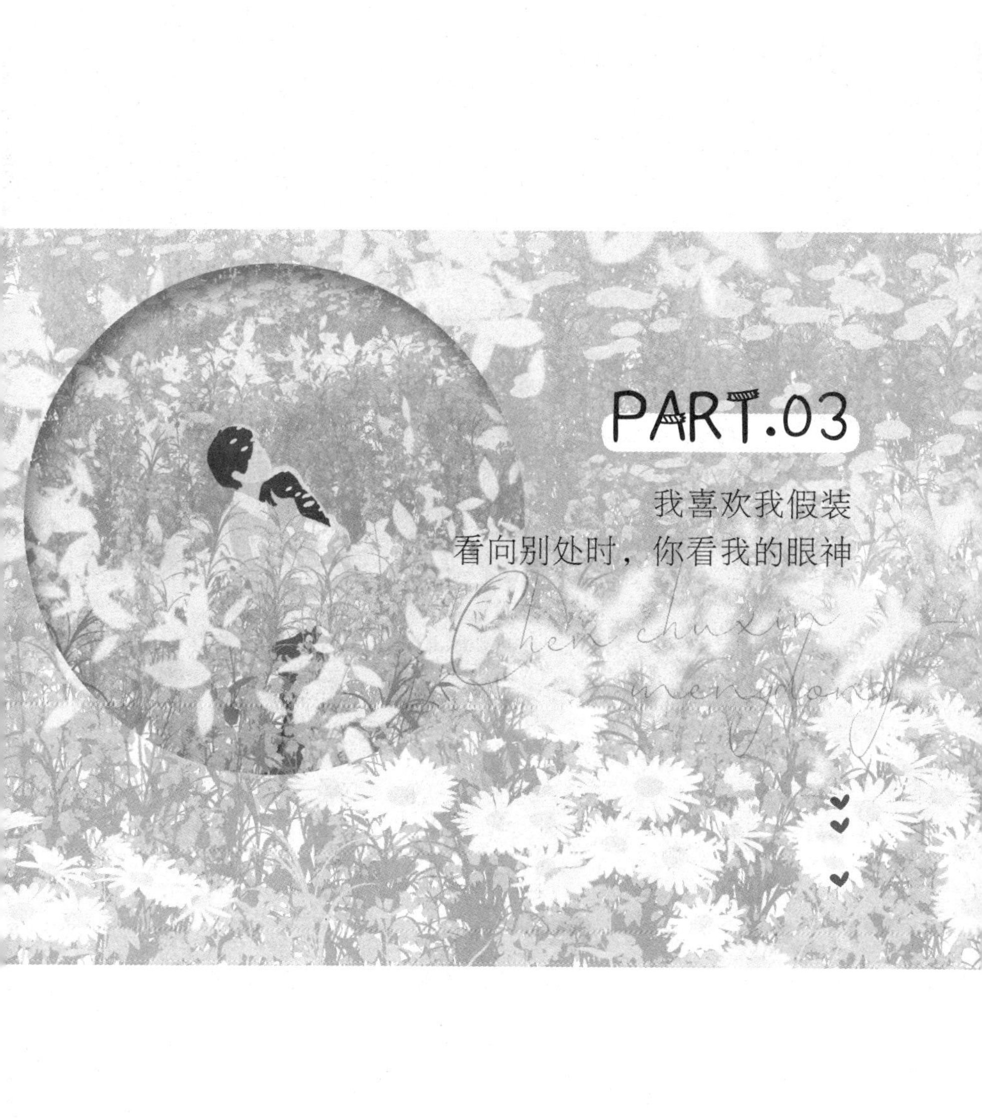
PART.03
我喜欢我假装
看向别处时，你看我的眼神

陆北栀的实习生活就这样正式开始了。

急诊科不同于别的科室，每天来的重症病人不在少数，各种突发病人和紧急情况让人的神经时刻处在紧张状态，不同于那个温室一般的校园，急诊科更像一个二十四小时都要奔赴的战场，而宋聿修却永远是冲在前锋的战士，他手握利刃，披荆斩棘，似乎无处不可去。

为了更方便上班，陆北栀一个星期前就把行李搬回到自己家里，她家住在余安医院不远的一个小区。陆母几个月没见女儿，拉着她聊到半夜才放她去浴室洗漱。刷牙的时候，陆北栀被拉进医院微信群，过了一会儿，有人在里面发了群消息。

“明天早上八点，值班室早会。宋聿修。”

过了会儿，微信群里一片哀号，手机振得陆北栀脑袋发嗡。

第二天，陆北栀起了个大早，到值班室的时候里面空无一人，她端着碗面小心翼翼地进去，找了个位置坐下，满头大汗地吃完。去角落的垃圾桶时，她才注意到沙发上还躺着个人。

陆北栀蹲下身，凝神去看。

那人的后颈笼在顺着窗棂洒下的昏光里，如同脂玉一般的脖颈线条延伸到衬衣领口下，他的侧脸轮廓流畅漂亮，鼻梁线条温润得如同在酒水里浸透过一样。而眼角生得最是好看，即便是睡着时，也给人感觉那里面有无限的东西。

陆北栀唯恐自己深陷进去，不敢再看，却又忍不住将视线再度移过去。

他身上盖着的那张薄毯不知什么时候被踢到地下，一米八长的沙发装不下他整个身体，修长的双腿交叉着从沙发沿垂下去。

陆北栀蹲下身，捡起那张薄毯，抖掉灰尘，重新替他盖上。不知道是不是搅扰了男生的好梦，他面容突然有些扭曲，似在梦境中挣扎，不自觉伸手扼住她纤细的手腕，仅一发力，便将她带入他的怀中。

那双过分漂亮的眼睛突然睁开，两人四目相对，均是一阵怔忡。

男生的呼吸喷在她的脸上，瞬间让她整个人都僵直了。他的手心有着与这个季节格格不入的凉意，一路从皮肤蔓延到胸口。

“好吵。”他的眼睛里聚拢了细细碎碎的光线，随着他起身的动作逐渐消失。

陆北栀将手腕挣脱出来，直起身。

身后一阵窸窣的动作声。

她侧头，男生已从沙发上坐起来，慢条斯理地将衬衣的袖口扣好，随后在烟灰色衬衣外面罩上白大褂，一股清冽的酒精味里夹杂着好闻的男生体香。

陆北栀低头扣着手机，悄悄看了眼时间，还有十五分钟。

真是难熬。

一分钟。

两分钟。

三分钟。

……

终于，断断续续有人来了。沈霁初也在急诊科，昨天没见过。

“小学妹，又见面了啊。”沈霁初笑着打招呼，“昨天我有事请假了，没来接待你，不会怪罪吧？”

陆北栀礼貌地对着沈霁初问候：“学长好。”

沈霁初哈哈大笑起来：“我算哪门子学长，你叫我名字好了。或者跟阿修一样，叫我“喂”也行。”他将宋聿修的冷淡语气拿捏得恰到好处，惹得陆北栀也扑哧笑出声来。

被说坏话的人，手里转着圆珠笔，不偏不倚地靠在木质椅背上，看向偷笑的两人。

陆北栀无意间撞上他的视线，她从未见过哪个人的目光如此直指人心，仿佛能将一个人看穿一般。

值班室的人来得差不多齐了，宋聿修组织开会，主要是分配查房任务。有两个迟到的小护士推开门蹑手蹑脚地进来，动作不算大，却让不少人回头去看。

宋聿修止住话，扫了眼刚刚进来的两人。

眼风阵阵，看得陆北栀背都一阵凉意。

“对不起，早上送孩子上学耽搁了。”迟到的两人面红耳赤地道歉。

“那你们的青春应该用来陪伴家人，而不是病人。”宋聿修语气里没什么情绪，却让人感觉到前所未有的压迫感。

“对不起。”

宋聿修点头，语气缓和了些：“下不为例。”

护士松了口气，小跑进来，陆北栀往里面挪了两个位置，对方感激地看了她一眼。

“除了刚刚所说的，502 病房的蒋依依，谁来负责？”宋聿修视线逡巡了一圈，定格在陆北栀脸上。她祈祷着别点我，千万别点我。

“陆北栀。”

她心口一窒。

“急诊室不养闲人……”他话里有话，激得她立马举手：“我来负责。”

“你知道她的病情？”

“蒋依依，十二岁，疑似急性白血病患者……”还好，昨天晚上她就将近期送来的主要患者的病例背到烂熟于心。

宋聿修满意地点了点头：“散会。”

陆北栀腹诽，自己好像又中了他的激将法。

出了值班室，沈霁初撞了撞她的胳膊，满眼都是欣赏：“你可以啊，昨天刚来，今天就能上手业务了？”

陆北栀环顾四周，确保宋聿修没在，这才凑过去小声说：“为了过宋师兄这一关，我可不得有备而来。”

沈霁初哈哈大笑：“加油啊，看好你。”

陆北栀心想，不就是个十二岁的小女孩嘛，整得跟有多大困难似的。直到她进病房，才知道她轻视了她人生第一个患者的难度。

小女孩比陆北栀想象的还要暴躁，又哭又闹，蛮不讲理不说，还将她妈妈专程给她买的用来解闷的画册给撕得粉碎。因为不吃早餐，几个护士围着哄了半天，无济于事，最后只能放弃。

“小朋友，不吃饭会长不高的。”陆北栀走过去笑着跟她打招呼。

没想到小丫头一句“可你长得比我也高不了多少”，噎得陆北栀半天说不出话来。

身高是陆北栀的硬伤，为此她那位长她五岁的哥哥不知取笑过多少次。

蒋依依见她的反应很是搞笑，像是找了个很好玩的玩具：“生气啦，来啊，跳起来打我膝盖。”

“蒋依依！”蒋母见女儿越说越离谱，连忙开口制止。

蒋依依见母亲真的生气了，这才低头扒拉了几口饭，之后被护士带走。

“你贵姓？”蒋母打招呼。

“陆北栀。”陆北栀亲切地笑了笑。

“陆医生，不好意思啊。”

陆北栀小声道：“没事。情况是这样的，昨天依依被送进来我们做了个初步的筛查，发现她的白细胞降得很低，今天得给她全身做一个精密检查，我这边会安排护士过去。”

蒋母紧抿着嘴唇，眼里全是担忧，突然视线从陆北栀耳际穿过去，对着她身后穿白大褂的男人道：“宋医生。”

陆北栀扭头，宋聿修刚查完房过来，身后跟着不少人。

她侧过身，站到一边。

“我想听听您的诊断。”

“初步怀疑是急性白血病，等做完检查，我会请血液科的医师过来一起会诊，目前情况不容乐观，家属还需要做最坏的打算。”

陆北栀看着跟病人家属交涉的宋聿修，跟平常的状态完全不同，亲切而有耐心。

“怎么治疗？”

“针对这种病症，最有用的只有化疗。”

“如果不化疗呢？”

宋聿修顿了顿说：“平均只有三个月的生存期。”

蒋母闻言，再也克制不住，低声啜泣。宋聿修朝陆北栀使了个眼色，她连忙上前扶住摇摇欲坠的蒋母。这时，蒋依依正做完检查回来，从床上跳下来，一把将陆北栀推开，小女孩力气大得惊人，她向后一个踉跄，后背被一只手撑住了。

陆北栀回头，见宋聿修单手撑住她，一边正低头问同病房里其他病人的情况。

她重新站稳，蒋依依却一脸怒气道：“是不是你把我妈妈惹哭了？”

蒋依依恶狠狠地瞪过来：“坏医生。”

陆北栀第一天就遇见如此棘手的患者，心里暗暗亮起了红灯。她帮一边的护士推床，神情复杂更是乱了心思，力气一时没控制住，床身撞在巡回护士的腿上。

轰隆一声，惹得病房里所有人都朝这边看过来。

见到陆北栀如此丢脸，蒋依依的火气顿时去了大半，幸灾乐祸道：“笨手笨脚的，你真的是医生吗？”

宋聿修见女生背影一顿，不用想也知道，此时她的表情有多受伤。他内心思忖着，要她来第一天就单独负责病患是不是过于苛刻了，于是叫了自己身后的查房医生过去看看。

“陆医生。”他叫了叫陆北栀。

女生抬头看他的眼神有些茫然。

“出去。”他说。

陆北栀张了张嘴，想要说我能处理，但见他已被其他患者叫去，于是垂眸离开了病房。

也不知道是不是这件事激发了陆北栀的斗志，一整个上午的时间，她都在翻看蒋依依的所有检查结果。而宋聿修查完房回来已到十二点，他寻遍整个急诊科都没见到陆北栀的人影，心想着她这会儿恐怕不知道在哪儿哭呢。

哪承想她躲在值班室的小角落里，将病例研究了个遍，因为过于专注，连他进去也没发现。宋聿修这会儿也懒得再去病区了，倚靠在墙边，盯着这个娇小的女生。

直到她抬起头，发现了他，他才动了动僵硬的脖子，走过去，问：“有什么发现？”

“病人的淋巴结和肝脾比之前的检查肿大了不少，加上血常规跟脊髓像的结果，是急性白血病无误了。”

宋聿修点点头说：“等会儿与血液科会诊，你也过来一起参加。”

“我？”陆北栀愣了一瞬，指了指自己。

宋聿修抬眼，淡淡道：“怎么，你没空？”

“没有，您肯带我，我自然是求之不得的。”

宋聿修扯了扯嘴角，毫不留情地打破她所有的幻想：“想多了，我只是缺人手。”

他没有耐心再照顾她的情绪，转身离开了值班室，路上正遇到沈霁初，冲他招了招手。

沈霁初警惕道：“我看你这个脸色，感觉没有好事。”

“带她去医院食堂吃饭。”宋聿修一指身后的值班室。

沈霁初抻着脖子往里看，大概明白了几分，笑嘻嘻地说：“你手下的实习生，怎么不自己带？”

“让你去你就去，废话那么多。”

“我已经吃过饭了。”沈霁初抗议。

宋聿修从口袋里翻出饭卡，丢给他：“那就再吃一次，账算我头上。”

沈霁初捏着饭卡，大喜道：“你是说她的，还是我的？”

等他问完，被问的人已经走远了。

陆北栀将蒋依依的检查报告看完，抬头正见沈霁初站在窗外冲她说了句话，因为隔着一扇门，只能勉强读懂他的口型。她看了看时间，已经快十二点半，于是合上资料，伸了个懒腰后走出去。

午饭原本打算吃个面包将就下，结果被沈霁初催到医院食堂。

她曾听傅司南抱怨过余安医院的食堂有多难吃，本来抱着观望的态度，结果去看了一圈，菜谱比她想象中还要丰富许多，而且荤素搭配，色香味俱全。

不过，傅司南从小就比她挑剔，两人虽是一个妈生的，口味却是天差地别。

食堂已经过了高峰期，人并不多。

陆北栀打好饭菜，找了个空位坐下，看了看沈霁初的饭盘里，基本没什么菜，诧异道："你吃这么少啊？"

沈霁初笑道："我早就吃过了，哪像你一样，吃饭不积极，思想有问题。"

"谢谢你专程陪我来。"陆北栀有些歉疚。

沈霁初摆手道："没事，有人已经交代我要多关照关照你，再说我们打过几次照面，也算是朋友啦。"

"谢谢。"陆北栀眯起眼，笑了笑。

应该是李主任交代的吧，她含着绿豆汤的吸管。

大约是一大早太耗精力了，她整整扒了一大碗饭，又溜去盛了一碗，看得沈霁初瞠目结舌，小姑娘年纪轻轻的，饭量却很惊人，转而一想，也难怪，在宋聿修的手下做事，不多吃几碗饭怎么行。他笑着问："你宋师兄很磨人吧？"

磨人……

陆北栀闻言，呛得米饭都差点儿喷出来。

沈霁初一脸莫名，心里思忖，完了，又一个祖国花朵在宋聿修的摧残下精神出问题了。

"怎么了？"

陆北栀连忙摇头，正色道："宋师兄一直都是这样吗？喜怒不形于色。"

沈霁初想了想，回："也不是，高中那会儿还挺活泼的，虽然脸蛋好，但成绩巨差，班主任一度很头疼。"

"可是后来全省状元，含金量很高啊。"

"嗯，听说高二的时候他妹妹被查出了血癌，发现得不算晚，家里瞒着他一直在做化疗来着。家人生病大概成了他的动力吧，也是他学医的契机。”

陆北栀听得认真，没发现自己将筷子咬出了牙印：“他妹妹最后痊愈了吗？”

沈霁初摇头，语气有点感伤：“去世了。”没过一会儿，又补充道，“但不是因为血癌，是自杀。因为化疗而引起了精神抑郁，但孩子隐藏得很好，谁都没有发现，去世之前给阿修打了一通电话，他跟外校的人打了一架进了公安局，没有接到。”

陆北栀闻言瞳孔骤然张开，四肢百骸一阵冰凉。

“这么多年过去，这家伙还是没有放下吧，在他心里一直有个心结，寻常人还可以通过喝酒宣泄，但他是医生却不行，我甚至从来没见他哭过。”

陆北栀一时不知道回什么，甚至感觉自己喉咙里根本发不出声音。她低头吸了一口绿豆沙，有些苦，一直到喉头都没有半点回甘。

“抱歉啊，跟你说这么多。”沈霁初淡淡笑了笑。

陆北栀声音顿时哑了：“不会。”

吃完饭，沈霁初死活要给陆北栀买饭后甜点，本来她打算拒绝，路过超市立式冰箱突然站定，指着一排草莓牛奶扭头问沈霁初：“学长，我能买点喝的吗？”

沈霁初当然没有拒绝，用别人的钱讨好学妹，简直是他人生中的高光时刻啊。

陆北栀抱着饮料回急诊科，正撞见宋聿修从里面出来。

“宋师兄。”她喊。

宋聿修听到了，脚步却没停，隔了会儿，冰冷的声音从右侧传来：“有急诊病人马上要到门口，你还愣着是等我过来请你吗？”

“噢。”陆北栀转手将饮料塞到沈霁初手里，嘱托他帮忙送到自己办公桌上，随后跟着宋聿修跑了出去。

陆北栀跑到医院楼下，患者已被护士从救护车上抬了下来。

送人过来的消防人员快速汇报了情况：“从建筑坍塌事故里送过来的，发现得比较晚，双腿被砸断，有大出血情况，生命体征比较弱。”

急救床轮子急速滑过地砖，宋聿修有条不紊地指挥：“通知手术室的麻醉医生准备。陆北栀，你去看看有没有空出来的手术室，如果没有，再让李主任联系其他科室。”

“是。”

陆北栀转身便要往急诊科跑，地砖比她想象中要滑，宋聿修几乎下意识抓住她的手臂：“小心些。”

陆北栀顾不得道谢，因为此时病人的血压已经降低到50，处于休克状态。

她以最快的速度沟通好手术室，截肢手术耗时比较长，在这期间会有其他病人送过来，而光靠沈霁初一个人，根本不够。

如果能多做一点，也能缓解下宋师兄的压力吧。陆北栀心里暗暗想。

处理完两个急救患者的沈霁初已经累到不行，陆北栀递了块方巾过去：“学长，这个创面缝合的患者我来负责吧，你去看看其他人。”

沈霁初犹豫：“你可以吗？”

“别小看我，外科缝合这门课我可拿到了满分。”说完，她接过沈霁初手里的镊子，微笑着对病人说，“等下会有一点点疼，不过可以忍受，你不要乱动，否则缝得不好看，会留下疤痕的。”

受伤的是一位长得很漂亮的女生，削水果的时候不小心在虎口处划了一刀，伤口有点深，闻言连忙将手伸了过去，歪头闭上眼睛，丝毫不敢乱动。

沈霁初看了心想，小姑娘唬人可比自己强不少。

手术室外的指示灯暗了，预示着手术已经结束。

宋聿修从里面走了出来，五个小时的手术已将他累得够呛，闷声坐在急诊科走廊外的椅子上休息。

麻醉医生陈楠也没急着离开，他朝着宋聿修的方向扔了瓶水，随后在他边上坐下来，目光在急诊室逡巡了一圈，笑道："你这回来的实习生没之前那么糟嘛。"

宋聿修拧开矿泉水瓶盖，掀了掀眼皮，扫了眼里面女生因为快速跑动而晃荡的马尾，淡声回道："还行。"

陈楠一拍大腿，连叫两声说："能从你嘴里听到这两个字可不容易。"他呵呵笑着，小声试探宋聿修，"新来的妹子有男朋友吗？"

宋聿修沉默了会儿，皮笑肉不笑地反问："你一个大龄已婚男好奇这个干什么？"

陈楠哂笑道："这不是我认识的那帮崽子好奇嘛，医院就这么点大，简直要成单身汉聚集地了，难得来个漂亮的，他们都抻着脖子一拥而上，只看谁做这个领头羊。"

宋聿修斜了他一眼，警告道："少把手往我这边伸。"

"怎么了，难不成你还打算给自己留着？"

宋聿修哼哼两声，没有答话。

陈楠来了兴趣，眼睛瞪得像铜铃："你真要给自己留啊？"

"就算是，有什么不可以吗？"他长腿一伸，答得有些随意。

陈楠看了看表，快到下班时间了，迫不及待地站起来："你这样我更好奇是个什么样的人了。走，约着一块儿吃顿晚饭。"

宋聿修抬腕，低头看表："不了，三十分钟后我还有一台手术。"

"你又是连轴转？"陈楠拍了拍宋聿修的肩膀，一脸不可思议，"工作狂，你这样要还能找到女朋友，我跟你姓。"

人走了，总算清净了些，宋聿修闭目养神，发现根本睡不着，于是睁开眼，眼神却不知不觉扫到不远处的人影。才短短一天，她已经跟护士们打成一片，此时不知道在聊什么，仰头哈哈大笑，那个极具感染力的笑容让他目光微微定住。

女朋友……

宋聿修微微眯起眼。

她才十九岁，“女朋友”这三个字仅仅只是往她名字前一放，他都感觉自己犯了死罪。

陆北栀从里面出来，在走廊见到宋聿修，脚步顿了顿，站到他面前。

“宋师兄。”她轻声叫他，“你还好吧？”

“嗯。”宋聿修不咸不淡地哼了一声，随后说，“时间差不多了，你忙完就下班吧。”

“师兄你不走吗？”

“我还有手术要做。”他仰头喝了口水。

陆北栀盯着他上下翻动的喉结，心里突然感叹，好性感啊。

待他喝完水，陆北栀匆忙撤回视线，心里盘算，他昨晚睡在值班室，下一个手术忙完怎么也得到清晨了，身体吃得消吗？

见女生站着不动，宋聿修抬头瞥了她一眼，斥道：“还不快走，是想被我抓着留在这里值夜班吗？”

陆北栀如临大敌，连连摆手·“不了。”说完，赶紧溜之大吉。

跑得比兔子还快。

宋聿修不知为何，心里没来由地咂摸出一股愉悦感，低头勾了勾唇。

陆北栀回到办公室，托沈霁初帮忙带回来的饮料还在桌上，她将它偷偷塞进了宋聿修的抽屉后，才走去走廊对门的更衣室换衣服。

手机微信里，宋聿修私发了一条消息：“你今天表现得不错。”

陆北栀盯着对话框，舍不得关掉屏幕。

她脱掉白大褂，对着衣柜上贴的镜子左看右看，想起宋师兄刚刚的夸奖，心里一阵美。正逢未莱打电话过来，虽然隔着电流，未莱还是嗅到了一股不同寻常的味儿，问道："说吧，啥事儿把你高兴成这样了？"

"好事。"她守口如瓶。

"说，是不是宋师兄？"

陆北栀没有否认。

"我怎么觉得这么奇怪呢？"未莱托着腮，语气里全是质问，"我北栀小妞十九年没对任何男士动过心，别说我了，就连褚序跟你介绍对象都不下十个了，你每次都敷衍了事，可自从遇到宋师兄，你事事关心不说，还背着我们偷跑去余安实习，你不打算出国留学了？"

陆北栀低声回道："这两者又不冲突。"

"得了吧，你现在会想出国？出个省你都不乐意了吧，你进余安是不是想近水楼台先得月？"

陆北栀的小心思就这样被闺密揭了个七七八八，一时脸上挂不住，只好想方设法打着掩护："我转到医学系，是想做一名救死扶伤的医生，为祖国健康事业贡献出自己的一份力……"

"又来了。"如果不是隔着几十公里，未莱恨不得现在就跑过去点北栀小朋友的脑门，让其清醒点，但碍于相隔太远，她只得饶有深意地留下一句，"你就给我在那儿装傻吧。"

挂断电话之后，陆北栀愣了一会儿。

近水楼台先得月什么的……原来她无意间做的决定心机有这么深？

她单手褪了肉色丝袜，见更衣室没人，笑着扭动着脖子，结果一时得意忘形，对着镜子又唱又跳。她觉得还是不过瘾，学着孙悟空抓耳挠腮的动作，一边比画，嘴里还在念：“呆子，师父呢？”

她转身，最后一个字的尾音渐渐低了下去，被吞进了肚子里。

更衣室的门大开着，一位医生领着几位病人家属站在医生办公室门口满脸诧异地看着她，而在他们的身侧站着的不是宋聿修又是谁呢，他的后面还有几个小护士。

忘了他去手术室要经过这里了。

陆北栀脸上当下青红交加，恨不得找个地洞钻进去。

不知谁笑了一声：“表演看完了大家都散了吧，演员要退场了。”

陆北栀隔着人群跟宋聿修对视，看不出他脸上什么表情。

更衣室里安静得连根针掉在地上都能听清。

而外面的走廊里人来人往，嘈杂如往昔。

“宋医生，手术室已经准备好了。”不知谁在走廊尽头叫了一声。

宋聿修淡淡“嗯”了一声，走了过去。

回家的路上，陆北栀一个字都没说。傅司南转动着方向盘，心里狐疑，寻常这个妹妹见了他叽叽喳喳像只喜鹊，今天怎么蔫儿得跟在太阳下晒一天的大头菜一样。

他腾出手揉了揉她的小脑袋瓜子：“怎么了？谁欺负你了？”

“我想死。”半天，她从牙缝里挤出三个字。

傅司南将车停在路边，耐心地问：“说说吧？”

陆北栀将手肘抵在车窗上，右手支着下巴，神情郁闷：“哥，你当初追方灿灿为什么没有成功？”

傅司南没想到她有此一问，怔了会儿，答得模棱两可：“从条件上看，你哥哥我肤白貌美大长腿，外在形象没得挑，至于其他的，大概是我表现得不好吧？”

陆北栀点点头说：“原来表现不好，就不会得到别人的喜欢啊。”

那她在宋聿修那儿的表现已经足够打分到负值了。

傅司南突然明白她低气压的原因，怒喝道：“别的就算了，你还敢瞒着你哥在外面追人？”

“我只是暗追，谁也不知道。”

“那也不行！”

“只许州官放火不许百姓点灯了？今天回家我就告诉妈妈，你当初在高中成天让我帮你递情书，害得我没有好好学习。”

“你敢？”

“好妹妹，哥哥的意思是，你告诉我追的那人是谁，我好去帮你打听打听他的喜好，你放心，有什么事，哥哥罩着你。”

“你先管好自己再说吧，什么时候把嫂子追到手，再在我这儿当军师。”

傅司南语塞。

又是一夜未眠。

第二日，陆北栀顶着两只熊猫眼去上班，查房的时候遇到蒋依依，小丫头站在四人间的病房里大声嚷嚷：“陆医生，听说你昨天出了个大丑。”

陆北栀悄悄冲她摆手，暗示她小声些。

没想到蒋依依反而更加兴奋：“我要是你，早就没脸来医院了，没想到你人长得还行，脸皮却很厚。”

陆北栀点点头，没有反驳：“你前半句仿佛在夸我？”

蒋依依翻了个白眼，脸上多了些不自在的神色，背过身去不看她了，嘴里嘀咕着：“哪有。”

“不管有没有，小朋友，咱们今天要去化疗了。”陆北栀将推车推过去，示意她过来。

蒋依依见状，往妈妈怀里扑，看样子有些抗拒。蒋母有些为难地看了陆北栀一眼。陆北栀笑了笑，悄声跟蒋依依说：“你是不是喜欢樱桃小丸子？”

蒋依依哼了一声，有些好奇她要干吗，问：“你怎么知道的？”

“我看你经常抱着那本画册，看起来挺宝贝的，扉页贴着小丸子的贴画。”陆北栀走过去拉她的手，她竟没抗拒，跟着陆北栀坐上了推车。

“你喜欢她？”

蒋依依斩钉截铁地回道：“不喜欢。”随后努了努嘴，“不过我们班的班长喜欢，我才有点好奇的。你想啊，男孩子喜欢这种女性化的东西，多奇怪啊。”

陆北栀意味深长地看了她一眼，了然地笑了笑。

蒋依依多此一举地解释：“不是你想的那样，我还是个孩子。”见陆北栀没有回她，只是在一旁偷笑，她咬了咬下唇，“好吧，你别告诉我妈妈，我以后都听你的。”

“真的？”

“君子一言，驷马难追。”

陆北栀将蒋依依推进点滴室，根据她的病情做诱导缓解治疗，挂了半瓶胰岛素后，她身体的应激反应比想象中还大，出现了呕吐的情况。

人类在病魔面前变得不堪一击。饶是蒋依依平时如何浑身带刺，此时也变得虚弱不堪。蒋母站在一旁看也不敢看，强忍着眼泪。

“妈妈，我想喝点水。”蒋依依不愿让妈妈难过，故意将妈妈支开。一直到妈妈离开病房，她才痛苦地叫出声来。

陆北栀蹲下身，擦掉蒋依依额头上的汗，温声道：“依依，你今天格外乖。”

为了缓解她的疼痛，转移注意力是唯一的办法。

谁知小丫头一点也不领情，就算是这个时候也不忘嘴硬："你少来。"

"等你好了，把你们班长介绍给姐姐认识好不好？"陆北栀轻轻哄着她。

"你想干吗？"

陆北栀凑过去，见她浓密的睫毛忽闪忽闪的，脸色苍白如纸，心里一疼，抚摸着她的额头："我帮你把把关啊。"

蒋依依意外顺从地没有说话。

半晌过后，蒋依依突然呻吟着张口，眼角有泪滑落："我可以牵一下你的手吗？"

在这个小小的化疗室里，这个她平时取笑的医生，好像成了她唯一的依靠。

陆北栀打开手心，将她小小的手指回握住。那一刻，时间仿佛静止，陆北栀心想，她好像找到了自己存在的意义。

这一小刻的温柔，大概就是无数人克服医患关系排除万难也要前赴后继的理由吧。

蒋依依被送回病房之后就睡着了，有蒋母在一旁守着，陆北栀退了出来。

今日难得清闲，没有急诊病人进来，陆北栀推开办公室的门，宋聿修没在里面。

十有八九在手术室吧，她想。因为没吃早餐，她快速扒完饭，鬼使神差往手术室走去，正逢宋聿修做完手术出来。他褪掉无菌手套后吩咐护士将污染器械带出去，自己弯腰在洗水池边清洗。他额间还有汗没擦掉，顺着耳朵流至锁骨，在绿色手术服上洇出一小块圆点。

有麻醉医生从里面走出来，似在跟他说话，从断断续续的话语中，大概能猜到是在聊手术过程中病人的状态之类的话题。

宋聿修拧紧水龙头，双手撑在水池边沿，偏头过去很认真在听。

任何一个人见过他工作时的状态，都无法不被吸引吧。他专业严谨，明明是众人口中的高岭之花，却对病人亲切温和。表面装得毒舌刻薄，其实懂得她的难处，谈不上体贴却能轻描淡写地化解。

陆北栀扒着走廊的墙壁偷偷看他，这个男生背上生着双翅，眼里带着光芒。

阳光从窗户外落进来，宋聿修抬起头，看见正对着他的方向，女生露出的半张脸，虽然只有一点轮廓，但他还是清楚地认出了是谁。

陆北栀被他捉住，匆忙撤回身子，但斜斜落在地上的影子出卖了她还在那里。

宋聿修缓缓走过去。

听到脚步声，她的心脏几乎快要冲破胸腔。

"站这儿做什么？"男生沉稳的声音从她头顶传来。

他眼底仿佛转着一枚价值不菲的琉璃宝石，目光落在她脸上，带着形容不出来的似笑非笑。

"我想学习一下。"她解释。

但心虚的眼神又怎么能逃过他的法眼。

宋聿修笑道："你在看我？"明明是疑问的语气，脸上的神色却是笃定的。

他蓦地俯身靠近，吓得陆北栀退后一步抵在墙上，哪儿也去不得，只能被他圈在角落里。他的手术服下摆摩挲着她的手背，像轻风拂过树林，耳边有沙沙的响声。

鼻尖嗅到的体香越来越浓烈，那是属于成熟男人的味道。

陆北栀的脑袋像被掏空，晕晕乎乎。

她平静了近二十年的心，就在此刻，全数丢盔卸甲。

实在……太近了。

陆北栀忍不住侧身避开了些。

“别躲。”他的手伸过去，捏住她的耳垂。一股温热刹那间传至四肢百骸，陆北栀浑身不自在，扭着下半身，活像一只被拿捏住七寸的软体动物。

“下次吃饭的时候注意点。”

陆北栀看到他指尖的米粒，顿时被噎个半死：“嗯……”

还好宋聿修的手机这时有电话进来，他直起身去接。

“A市周边有个地区突发火灾，消防员已经过去了，急诊科要出外勤。”宋聿修挂断电话快速跟陆北栀解释了事情经过。

“带上装备跟我走。”他留下一句话，快速向外面走去。

陆北栀小跑着跟在他身后。

她感觉自己仿佛就要飞起来。

PART.04

那一瞬间，我突然想要拥有
守护那个人的能力

因为突发紧急事件，而急诊科的人手本身就不太够，所以宋聿修只抽了少量的医生护士。陆北栀背着医疗箱一路小跑，一行人排队站在救护车前，等宋聿修清点了人数之后，迅速上车，一路往火灾发生地驶去。

车一路上了高架，汇入车流。

因为遇上高峰期，司机在宋聿修的指示下拉响了警报。

宋聿修坐在副驾驶，陆北栀从后车厢的透明玻璃看过去，宋聿修的右手手肘撑在车窗沿，修长的手指搁置在头顶，有一下没一下地点着食指，视线落在前方的时钟上。

可以想象到此刻他的脸上有多沉重，陆北栀撤回视线。

跟陆北栀很快熟起来的女实习生小昭凑过去，问她："第一次出外勤是不是很紧张？"

作为一名护理人员，小昭有着比常人更敏锐的洞察力，她轻声说："没事的，万事开头难，多经历几次就好了。"

"谢谢。"陆北栀感激地笑笑。

小昭拍拍她的肩膀，说道："其实我刚来医院的时候也出了不少错，那时候的宋医生还没有做住院医生，是李主任的助手，我跟他们一台手术，进去的时候因为太紧张连无菌手套都戴错了，被骂得狗血淋头，你比我好多了。"

陆北栀惊讶道："连宋医生也是从助理医生开始的吗？"

"自然，医院不像其他职场，都是靠资历磨的。"

陆北栀点点头："那宋医生现在有助手吗？"

小昭摇头道：“之前有过一个女医生，才第一天就被宋医生骂得从手术室里哭着跑出来，之后主任再提，宋医生说什么也不松口了。不然有这样的好事，不知有多少女医生趋之若鹜了，偷偷告诉你，医院里喜欢宋医生的可不少。”小昭给她递过去一瓶水，一边笑眯眯跟她说，“每次宋医生值夜班，护士台的人都会争加班争得鸡飞狗跳，你都没看到那个场景，小姑娘们全都如狼似虎。”

陆北栀笑笑，拧开瓶盖喝了口水。

“对了，普外听说要来个医生，也不知道是男是女，要是男医生就好了。”

陆北栀把这话听在耳里，好奇地问：“听这话，你好像对宋医生没想法？”

“宋医生是完美，但私下里肯定很无趣，再说，跟这样优秀的人在一起，多有压力啊。”说完，小昭又觉得这么说不太合适，看了看陆北栀的脸色，讪笑道，“我就这么顺嘴一说，你别往心里去啊。”

陆北栀眨了眨眼睛，好好地聊宋聿修的八卦，跟她有什么关系？

小昭一副了然于胸的模样，朝着陆北栀勾了勾手指，道：“别藏着了，你喜欢宋医生这件事，是个人都知道。”

陆北栀嘴巴张成一个“O”字。

这又是从哪里传出来的八卦？

小昭眸色渐深，笑意到达眼底：“我之前从值班室路过，看见你偷偷往宋医生的抽屉里塞饮料，不过你下次送东西的时候记得多打听打听他的喜好，宋医生不喜欢喝带有添加剂的东西。”

陆北栀一口水没吞下去，呛得剧烈咳嗽起来。

成年人的世界都这么复杂吗？

前方的玻璃窗被重重地敲击了两下，陆北栀抬头，撞见宋聿修那张分外严肃的脸。

讲小话的两人同时噤了声。

小昭冲她使了使眼色，无声地告诉她，放心，我会为你保密的。

陆北栀的脸涨成了猪肝色。

火灾发生地在A市周边的一个木材工厂里，虽然前去的每个人都料到情况不容乐观，但真正到达目的地时，还是被看到的灾情吓得心惊胆战。

火灾隐患是落在山林里的一个烟头，护林员报了火警，但火势一时难以控制，蔓延到工厂这边时，不少工人还在睡梦当中，甚至来不及逃脱。

幸亏前去的消防员已经全力投入灭火工作当中，这才将火势控制了下来，但重患不少，哭着喊着，乱作一团。

“护理人员按照每个病患的伤重程度编号，最后在我这里汇总……”陆北栀听着宋聿修有条不紊地指挥现场，她踩着一地的血迹走过去，运动鞋面上也沾染了不少血，一股冷意似乎从脚底浸入到她的胸腔。

“陆北栀？”方才还没有一丝起伏的男声突然提高了音量，“打起精神跟我来。”

她咽了咽口水，背着医疗箱跑到他身后，逐一查看伤重者情况。

有消防员冲过来，拍了拍她的肩膀：“医生，麻烦您过去看看，有个孕妇，她趁着我们不注意，偷溜进工厂里找她丈夫，不知道是不是被什么砸到了，突然呼吸困难。”

刚说完，有几个消防员已经抬着孕妇过来了，情况已经十万火急，而这时宋聿修分身乏术。

她看了眼游走在阵阵哀号声中的人，而面前的孕妇不仅身上有大面积烧伤，还伴有严重呼吸衰竭。她浑身紧绷，双腿僵直地立在原地，从未觉得如此无力过。

“医生？”消防队员焦急地喊着她。

陆北栀立即回过神来，蹲下身，打开急救箱。听诊过后，她得出判断，是慢肺阻引发的二级呼衰，如果不及时进行口腔插管，病人会有休克的危险。

可是，她从来没有单独处理过重症患者的经历，而且稍有不慎，一尸两命。

陆北栀屏息，脑子里短暂的空白之后，产生了一个念头，救活她，用尽全力去救活她。

“您能帮我扶住她的头吗？”

消防员照陆北栀的要求去做，陆北栀伸手摸患者的脖颈确认插管的位置和深度。

脑子里回忆曾在学校实验室里重复上千遍的动作，这是她第一次面对真正的患者。

插管从病人口腔插进去的那一瞬间，她的掌心不断地冒汗，但整个动作没有一丝犹豫，干净利落地完成。

“情况好转了。”消防员见孕妇的脸色已经恢复正常，喜悦地冲她点头。

陆北栀也转过身，煞白的小脸上有了一丝血色，她如释重负地松了口气，继续处理孕妇手臂上的烧伤，同时喊道：“请给我一些清水。”

在清洗过创面之后，发现孕妇的外衣已经粘住皮肉，因为不能强扯，她想用剪刀剪开。但不知道是不是刚才插管的压力过大，她的手一直在发抖。

“插管做得不错。”

那把嗓子依旧温润，恰逢时宜地插进陆北栀的紧急救治中。

陆北栀抬头，见宋聿修的手伸过来，握住她的手背，配合她进行了包扎工作。随后，孕妇被抬上救护车，送往最近的医院进行之后的治疗。

宋聿修在旁边轻哼了一声，陆北栀莫名其妙地抬头，他嘴角荡漾了一丝笑意，声音慵懒："就是胆子太小。"

还是一如往常的取笑，毒舌性质没有半分改变。笑意在他眼底被噙住，却不似之前那样带着一星半点的嘲讽。

陆北栀默默地退后两步，这笑声实在过于诱人，她无法承受，迅速地捂脸逃开了。

一队人处理完整个火灾事故，已经是傍晚，落日洒下最后一段余晖，宣示着这场灾难即将过去。有志愿者送来了盒饭，给所有人逐一分发。

陆北栀没有胃口，整个胃部似乎都被血腥味充斥着，一张嘴就要干呕。宋聿修还在为消防员查看伤势，进行治疗，陆北栀替他领了份盒饭过去。

刚走过去，就听见身后传来叫喊声："医生！"

陆北栀跟宋聿修同时回头，而正在用餐的医生护士停下扒饭，朝那边看过来。

宋聿修给面前的病患绑好绷带，站起来。一个满脸是灰的男人冲过来，朝着木材厂边上已经塌掉的房子道："医生，那里面还有人。"

所有人都警觉起来。

宋聿修从上到下打量他一眼，确认面前这人无明显伤势，才道："什么人？"

"是我兄弟。"那人上气不接下气，"工厂边上是仓库，因为今天有一批货要发出去，他去清点了，但我刚找了一圈，没见到人。"

听到他的话，消防员已经过去了。吊车将断壁残垣清理出来，所有人都屏息等待着结果，突然有人喊：“人还活着！”

“小昭过来，其他人继续吃饭。”宋聿修冲那边喊了声，随后叫上陆北栀，“你也过来。”

三人顺着清理出来的通道进去，不时有石头垮下来，陆北栀在后面不吭声，宋聿修回过头，嗓音里没什么情绪：“你抓着我的胳膊吧。”

陆北栀往他那侧挪了挪，抓住男生抬起的手臂。

等到了最里面，才看到被埋在一堆废石料中的人。

“先生，能听见我的话吗？”宋聿修下去检查他的生命体征，半晌那边传来断断续续的呻吟。

陆北栀跟小昭大喜，等过去一看突然脸色大变。

一根横梁从他的胸口插了下去，而他的双腿被一堆瓦砾压住，一时没办法确认下肢的状态。

“医生……我还能活吗？”那人拼尽全力问出一句话。

宋聿修沉默半晌：“我们会尽力而为。”转而对着身后发愣的二人，吼道，“病人状态很差，准备好担架跟毯子。”

“救救我……救救我，我不想死……”那人头上全是血，几乎看不清整个轮廓。

“别再说话了，留点力气。陆北栀，切割器，快！”

陆北栀的鞋被卡在石缝里，情况紧急也顾不得拔出来，光着脚跑过去，半跪在瓦砾上，将切割器递过去。

宋聿修用切割器将病人胸口的横梁切断，而这时，病人已经昏死过去，再无法回话。陆北栀去探病人的脉搏，冲宋聿修喊道：“病人心跳停止了。”

她几乎是带着哭腔。

闻言，宋聿修立即停下了动作，开始为病人做心肺复苏，又吩咐道：“愣着做什么，快检查病人状态。”

“宋师兄，病人静脉肿得很厉害，因为被木棍插到，血液集中起来，心脏处于压迫状态。”陆北栀打开电笔掀开男人的眼皮，瞳孔已经涣散。

之后的6分钟是黄金抢救时间，如果6分钟后，病人还是没有苏醒的迹象，那就意味已经接近脑死亡。

而宋聿修的手腕因为之前受伤之后，没有得到完整的治疗，加上今天几乎没有任何休息时间，体力透支到极限，做长时间的心肺复苏已经力不从心。

“宋师兄，我来吧。”陆北栀迅速接替过去，心里一直在默念，求你，求你醒过来吧。

仿佛过了一个世纪般漫长。

宋聿修抬腕看了看时间，朝着不停做心肺复苏的女生喊：“停下吧。”

女生转头看着自己的眼神有些茫然，她似乎不知道一个生命已经陨落，置若罔闻。

宋聿修抓住她消瘦的小臂，一把将她带进怀里，下巴搁在她头顶，声音前所未有的低沉：“停下，病人已经去世了。”

“再努力，再努力一下也许可以……”

宋聿修打断她的话：“如果尽全力也无法救治，就给他最后的尊严。”

他的嗓音里充满了悲悯，更多的是对生命脆弱的无奈，听得陆北栀心里一揪。

“宣告死亡吧。”他随即转身离开。

小昭看到陆北栀的状态于心不忍，跟在宋聿修的身侧小声道：“宋医生，对于她来说会不会太残酷了？”

宋聿修抬眸，看着女生被汗液浸湿的后背：“迟早都要经历这一步的，没有人例外。”

三人从塌陷的房子里出去，外面漆黑一片。

很快，消防员指挥着搭起了路灯，灯光亮起，苍穹大地无比安静，无声地宣告着今天已经过去。

因为时间很晚，所有医护人员被安顿在山脚的旅馆里。条件不算好，但对于大家来说，有个歇脚之地已算幸福，所有人不约而同忘记了白天的经历，很快恢复了平常的样子。

陆北栀这才有空开了手机，微信里有不少未读信息，她选择了忽略，端着洗脸盆去了浴室，从洗澡间的镜子里看到自己憔悴不堪的脸色。

她开了水龙头，对着翻涌出来的水花发了会儿呆，才俯身打肥皂，搓手心手背，白色的泡沫很快被冲刷干净，手上已经没有任何污垢，但她如同有了强迫症一般，继续打肥皂，搓洗，反复数次，直至手背泛红。

宋聿修的心情不算好，但也没有太差，突然袭来的困倦如洪水猛兽一般。路过走廊，有人叫他，他连应答的声音都发不出。

他推了推浴室的门，有人从里面反锁了。

几秒之后，有隐忍的呜咽从里面传了出来。

他愣了愣，但多少已经猜到是谁了。

“宋医生。”同科室的实习医生小吴过来跟他打招呼，“怎么不进去？”他抻着脖子往里面看，却见倚在门边的人手臂一抬，面无表情地将他拦住。

“里面有人，你去楼下洗吧。”宋聿修嘶哑着嗓子。

小吴点点头，连哦了两声，下楼了。

兜里的手机铃声突然响起，陆北栀红着眼睛去接。

电话是妈妈打来的，大概是听到傅司南说起她去火灾现场出外勤的事，担心女儿的状态，而女儿的手机一直处于关机状态，打了无数通电话，直到现在真真切切地听到女儿的声音，才松了口气，开口便是责怪，又察觉到女儿心情低落，这才止住话，问道：“今天工作还顺利吗？”

“嗯，挺好。”陆北栀背靠在浴室的瓷砖墙上，右脚一下一下点着地板上积起的水花。

“要不我跟你爸说说，让他托关系把你转到其他科室去吧？反正你就短期实习，马上到了本科最后一年，还要准备考托福、雅思呢？”

妈妈还在断断续续地说着，不知怎么，陆北栀心里突然莫名烦躁。

“北北，你在听吗？”

没等妈妈说完，陆北栀快速挂断电话。

她洗完澡，一时半会儿也不想回房间，端着盆上了楼顶。登高望远，不远处跳跃的灯火仿佛提醒她又回到了充满烟火气的人间，麻痹的神经这才恢复了几分。

目光扫过四周，一股烟味突然让她浑身紧张起来。

陆北栀扭头，见有人斜靠在天台的栏杆上抽烟，再走近一看，那张脸随着火光舔舐着烟头，逐渐清晰。她下意识转身要走，洗脸盆又被落下，只得硬着头皮去拿，刚起身就被男生叫住：“怕我？”

陆北栀身体瞬间僵硬，内心挣扎了几秒，双肩放松下来，转头叫了声“宋师兄”。

刚被烟熏过的嗓子有点嘶哑，宋聿修咳嗽了两声，低低地应了一声：“过来说话。”

虽然难得有这样的机会，但突然两人单独相处，怪不自在的。陆北栀站在风口，从右边带过来的烟味让她剧烈咳嗽了一会儿，再抬头，宋聿修已经将烟灭掉了。

“为什么抽烟？”

“为什么要哭？”

两人几乎同时开口，陆北栀愣了愣，尴尬地开口：“你听见了？”她有点羞愧，脚步往宋聿修的方向挪过去，同他一起靠在栏杆上。

身后是万家灯火，眼前却是无尽的黑暗。

“要听歌吗？”

陆北栀扭头看着宋聿修对自己发出邀请，他有些不好意思：“老歌，你可能不会喜欢。”

“不会。”陆北栀脱口而出。

过了会儿，男生的手将她耳际的碎发拨至耳后，他的动作极度轻缓，甚至带着一种不可思议的温柔，她的心脏几欲跳出体外。

耳机里的歌声由远即近，里面播放着陆北栀最爱的一部英国电影的插曲。

没有料到他跟自己的品位如此相似，陆北栀怔忡。

宋聿修将耳机塞进她的左耳时，手背碰到她的发梢，一滴水滴到他的手背，他撤回右手。

那滴水顺着皮肤纹路流进他的掌心，他轻握住。

“三年前，我刚从师兄那里接手过胆管结石的病人，是一个刚大学毕业的女生，因为那一天的手术室已经饱和不得不推迟到第二天，结果在那天夜里病人却去世了。人的生命太过脆弱，谁也无能为力。”

“如果你因为白天的事而伤心，大可不必。”黑夜里，他的声音异常醇厚，“因为死亡不需要勇气，活着的人才需要。你有时间心怀歉疚，不如多想想怎么提高自己。”

“宋师兄。”陆北栀轻声叫他，“所有人都说我是天才，但其实我不过是，诞生在应试教育下的一个傻瓜而已。当我来到急诊科，我总是像一只无头苍蝇，害怕、恐惧，身上肩负着每一条生命，太沉重了……”

她刚说完，宋聿修鼻尖逸出了一丝笑。

“师兄？”她愕然。

“你这个样子，比那时在实验室那个刺头模样要强。”

刺头……这就是他对她的初始印象？

“想知道怎么克服吗？”

女生缓缓点头。

他难得说这么多话，嘴巴有些干，下意识地掏出一根烟，想点燃却又考虑到边上女生的状态，掐断塞回口袋。

“不难，当你明天早上站在急诊大厅，悲欢离合如同地球自转一样准时上演，鲜活与真实会告诉你答案。”

“用兵之法，无恃其不来，恃吾有以待也。”夜色里，他轻启双唇。

这场夹杂着音乐的谈话，持续了半个小时才结束。

陆北栀回到房间，心里的抑郁去了大半，她躺在床上闭目养神，脑海里全是宋聿修那张含蓄又勾人的脸，在火光中若隐若现，有种半遮琵琶的意味在里面，但未知全貌更显得诱惑无比。

她整张脸顿时烧起来，但很快被理智占去了大半——

等等，刚刚宋师兄是在……耐着性子安慰自己吗？

为什么？

他可是传闻中刻薄又不近人情，冷淡到从不多管闲事的宋聿修啊？

陆北栀跟着大部队第二日一大早回到医院，因为没到上班时间，小昭约着她先去食堂吃早餐。陆北栀点头说好，余光扫见那道菱白的身影径直进了急诊大厅。

她多买了碗面，怕放久了面坨了，快速将手里的油条吃完，央着小昭回去。

刚进急诊大厅，她一眼就看见靠在护士台说话的宋聿修，正兴冲冲地往里走，身后却有高跟鞋的踩地声传来。她扭头，没看清过来的女生的脸，只闻到一阵香水味，再回头那个女生已经先她一步朝着护士台走过去，扬声叫道："宋聿修。"

正在翻看着病例的男生回头，先是看到提着一碗面的陆北栀，然后才往她的右侧移过去，来人比想象中还要热情，一把挽过他的手臂。他诧异片刻，从女生的亲昵中挣脱出来，问："你怎么回来了？"

"我到余安医院任职了，在普外，以后又是同事了。"方灿灿冲他甜甜一笑。

宋聿修点点头，依旧惜字如金："恭喜。"

陆北栀僵着身体犹豫着要不要过去，俊男美女仿佛自成一个世界，而她不过是可有可无的路人。这样想着，她不自觉地将套在面碗外的袋子捏紧了些。

"小北，你怎么站这儿不进去？"

陆北栀听见声音回头，是护士长黎姐，她推着蒋依依从化疗室出来，顺着陆北栀刚看的地方看过去，恍然："方医生啊，你第一次见吧？"

陆北栀点头："她就是方灿灿医生啊？"从前她只从哥哥的嘴里听到过对方的名字，并没有见过真人。

“算一算她去国外留学到现在，也过去两年了啊，时间过得真快。”黎姐说完，脸上的笑容深了些，小声道，“听说还是为了宋医生专程回来的。”

“你是说……她喜欢宋聿修？”陆北栀不可置信地扭头。

原来哥哥一直以来的情敌是宋师兄？

黎姐语气放缓，单纯在讲个八卦：“两年前她跟宋聿修医生还有心脏外科的傅司南医生的三角恋情在余安出了名的。”

陆北栀讶异地张了张嘴，将心里漏出来的那丝失落隐藏得很好，跟护士长站在一块，看到宋聿修身侧的方灿灿正掩面大笑，那笑意打心里绽放出来，落落大方。她大波浪鬈发齐腰，一身条纹西装裙搭配尖头高跟鞋，十分飒爽。

陆北栀笑着说：“我从没见过宋医生那样面容和煦的样子。”

黎姐唏嘘：“方医生那样一等一的模样谁能不动心啊。”

“一对比，宋医生对我可凶了，虽然平时他戴着口罩，只露出一双眼睛，可每次我看向他的时候，他眼神里都在喷火。”说着，陆北栀忍俊不禁，“宋医生的脾气是真不好……哦，对了，黎姐你吃早餐吗？我多买了一份。”

孙黎有些意外地看了她一眼：“巧了，正好我没吃早餐，有心了啊，小北。”

陆北栀接过蒋依依的推车，朝着病房去了。

孙黎端着热气腾腾的面进了护士台，宋聿修跟方灿灿还在，剩下的几个护士装着在工作，其实在暗地吃瓜。

都是二十出头的小孩子，孙黎没有多管，只是吃面的时候小声嘀咕了句：“小北给谁买的面，怎么香菜、辣椒都没加啊，口味这么清淡的，咱们科室的可只有宋医生一个人了。”

声音虽小，却给正被方灿灿的絮叨弄得心不在焉的宋聿修听了去。

他微微抬头，女生的身影正消失在转角。

他似乎发现了一件有趣的事情，抵在护士台的手肘突然向上抬了抬，手背掩住嘴唇，不可抑制地轻笑了两声。

方灿灿从未见过他如此愉悦，诧异地问："你在看什么？"

宋聿修没再理她，往值班室去了。

陆北栀是在晚上下班的时候才知道方灿灿要请整个科室吃饭的事，理由嘛，不难想，方灿灿要追宋聿修，自然要做好这些跟他朝夕相处的同事的工作，而这其中，收买大家的胃是最简单的法子。

果然，要想得到另一半的青睐，不仅要有才有貌还得拼智慧……

赴约的一行有七八个人，剩下的因为家里有事婉拒了。陆北栀亦步亦趋地跟在大部队后面，给未莱发信息："今天喜欢宋师兄的一个女生要请我们吃饭，改天约啊。"

没过一会儿，未莱回了个大大的白眼，接下来一条微信推送了过来："情敌的饭你也咽得下去，心真大……"

别说是未莱，连她自己都觉得，此刻的她活得像这句话最后的符号一样无语。

餐厅定在一家韩式烤肉会馆，对于吃货陆北栀来说，此刻从四面八方飘来的肉香，远远比其他任何事情都重要得多。她率先选了个靠窗的位置，本来宋聿修坐在她的正对面，结果不断有人出去换调料上洗手间，没过一会儿，他就被挤到陆北栀边上的座位。

陆北栀不断告诉自己，今天过来主要目的是刺探情敌，但实在没抵挡住烤肉的香气，自顾自地大快朵颐了。

烤牛里脊沾了蒜蓉酱，含在嘴里，香气仿佛在口腔中跳舞。

宋聿修怕她把胃撑坏，悄悄将她面前的肉移了个位置，但很快又被那个小爪子刨回了自己面前。

沈霁初见状，笑道："别管她，今天她的胃是128G的。"

方灿灿张了张嘴，朝宋聿修问："这就是你说过的实习生吧？"见宋聿修点头，半开玩笑说，"你胃口这么好，不做吃播可惜了，这类主播可火了，比医生赚得多。"

"我做医生不是为了赚钱。"陆北栀突然抬头，放下筷子。

方灿灿哑然失笑："那是为什么？"

"救死扶伤。"她说得大义凛然，因为过于认真逗得大家都乐了。

宋聿修从烤盘上夹了一片烤熟的肉，放进她碗里，提醒："再不吃要凉了。"

那语气……

沈霁初笑得上气不接下气，半天才回过神："阿修，你当你是在喂你家的猫吗？"

陆北栀脸憋成了猪肝色，一时也不知道回句什么，却见旁边的人突然伸出一只手，给她面前的靛蓝茶杯里添了一杯热水。

这群人见惯了宋聿修的冷淡样，从未看过他还能有这样暖男的一面，又见方灿灿脸色难看了些，纷纷悄声唏嘘。陆北栀目光斜视，男生置若罔闻，低头喝茶。

她好像弄砸了别人的请客宴。

服务员进包厢来上菜，这才打破了房间里尴尬的气氛。一盘洗好的桃子被推到陆北栀面前，灯光照耀下颜色格外诱人，她拿起一个正吮着果肉，身边的人不知为何凑过来，挡住眼前一大片光。她狐疑着扭头，发现服务员撤她面前的餐盘时不小心打翻了边上的饮料。

宋聿修把她那侧的衣摆挡得严严实实，一点污渍都没沾到。

陆北栀抬头，男生面无表情地将她边上那盘鱼肉移到自己面前，用刀叉切了一块，喂进嘴里，仿佛根本没注意到自己衣服已经湿了。

服务员连声道歉，他没搭理，直到陆北栀都觉得有些不好意思了，才说了没事。等那人慌张走了后，她才凑过去问："师兄，鱼肉好吃吗？"

宋聿修扭头见她往嘴里喂着半个桃子。

她不像这里的其他女生一样，私下里喜欢化妆，因为皮肤底子好，即便是素着张脸，也是满满的胶原蛋白，此时在灯光下坐着，脸上甚至还发着光。他疑惑着眯起眼，仔细看过去，才发现……是她把油滋在脸上了。

他突然想起在实验室那回，她蹭了一脸鼻血，眼神里全是羞窘。

"师兄？"陆北栀伸手在她眼前挥了挥。

她咽完一口桃肉，咧开嘴笑，唇红齿白，再诱人不过。

宋聿修喉咙动了动，目光在她唇上停了一瞬，点头："还行。"

被缠去讲了半天话的方灿灿没有察觉到这边的情况，以为陆北栀还在为刚刚弄洒饮料而尴尬，连连说："没事，不喝饮料了，我找服务员点了酒。实习生，你能不能喝？"

陆北栀出生以后的十九年，性格温顺，刻苦学习，两耳懒理窗外事。但现在，在宋聿修面前，总被方灿灿若有似无地挑弄，她突然硬气起来，只差踩着凳子上叉着腰告诉对方："我成年了。"

未莱曾经说，像她们这个年纪，恋爱大过天。

她这一瞬间突然明白。

宋聿修将方灿灿递过来的酒推走，淡淡地说："小朋友不能喝酒。"

偏偏陆北栀不领情，站起来像个战士："我可以的。"

方灿灿本就有意灌醉陆北栀，此时正合她意。推杯换盏过后，陆北栀脑袋已经不清醒了。

方灿灿出社会这么多年，没见过这么单纯的女生，连拼起酒来都这么认真，她再斟满一杯递过去，却见眼前一暗。宋聿修挡在她面前，神色阴郁地问：“你到底要把她灌成什么样子？”

方灿灿迟疑了一下，轻声道：“不就是你手下的实习生吗，用得着这么护短？”

“嗯。她一日在急诊科，就一日是我的人。”宋聿修抬腕看了看表，“明天还有早班，大家散了吧，我去前台结账。”

方灿灿站着没动，还是沈霁初知道宋聿修多半真的生气了，拉着她走了。

宋聿修去前台结完账，回来时包厢里只剩下陆北栀一个人，她酒还没醒，跟块木头一样站在灯下。宋聿修叹了口气，进去将她的包拿上，拽着人出了餐厅。

身上没有任何可以醒酒的东西，他嘱咐她站在门口等，跑去最近的一家便利店，买了矿泉水。出来后没见着人影，他再细看，女生不知什么时候坐在路边一个小花坛边上，似乎在发脾气，将包摔在地上，里面的便笺纸、笔跟一些杂七杂八的东西散落一地。

宋聿修站在边上也不搭理，等她发泄完后浑身无力地呆坐在一边，才站在她面前，漫不经心地问：“酒是你自己要喝的，现在又在发谁的脾气？”

陆北栀皱着眉，伸出食指朝他指过来。

宋聿修冷眼看着她，又在撒哪门子酒疯？

他摸了摸口袋，从里面摸出一块巧克力递过去：“想不想吃？”

女生重重地点了下头。

“想吃就把地上的东西都捡起来。”他像个幼儿园老师引导小朋友收起坏脾气一样，意外地没有不耐烦。

女生照他的要求，将散了一地的东西一一捡起，装进包里。

宋聿修撕掉巧克力包装纸，将糖果塞进她嘴里，反手将她的胳膊一带，轻而易举将人背上背。

夏日的夜风带着附近烧烤摊上的烟火气，霓虹灯闪得人花了眼。

她一向善于忍耐，第一次见她在他面前发脾气。

背上的人还在嘀嘀咕咕个不停，他突然有些好奇：“你说什么？”

“宋师兄，你不能这样。”她断断续续地说完。

宋聿修突然觉得好笑，他到底哪里得罪她了？

“怎样？”他清了清喉咙，无视女生晃荡的双腿。

“你不能欺负着我，又同时欺负别人，圣人一心都不能二用呢。”

含笑的男生挑了挑眉：“你觉得我一直在欺负你？”

陆北栀点头：“我都在急诊科步步惊心了，还不算欺负？”

“哦。”前方的路口是红灯，他若有所思地站定，煞有介事地思索了会儿，好像确实一直没怎么给过她好脸色，顿了顿，又问，“那我又为什么不能欺负方灿灿？”

“当然不行，因为她喜欢你呀。”女生说完，重重叹了口气。

“你怎么知道？”

陆北栀挠了挠脸，眼神认真，小声地说：“她站在你面前，就像一个被扒开了盒子的冰激凌，紧张得都出汗了，还一直担心合不合你的口味。”

半晌，男生没有反应，陆北栀虽然神志不太清醒，但似乎知道她说错话了。

对面人行道已亮起了绿灯，宋聿修却没有走过去的意思。

“陆北栀。”听完她的话，他有些意外，低声笑起来，舒了口气，“原来你就是这样喜欢我的？”

汽笛声将他的话挡去了一半，背上的人只听到“喜欢”二字。

“喜欢啊……”陆北栀含糊地想了想，对之前的种种境况感到窝火，她总是一身狼狈，明明不是那样的人，但只要宋聿修在，她就冒失，于是重重地叹了口气，“都说智者才不坠入爱河，可我……是个糊涂蛋啊。”

宋聿修闻言，扭头与那颗挂在他肩上的脑袋对视了片刻，她的眼底好像有星辰落在里面，熠熠生辉。

PART.05
“我不喜欢你”其实
是个判断题
Chen chuxin
mengdong

陆北栀醉酒除了话变得异常多之外，另一件事便是睡得跟死猪一样，并且在醒来后成功失忆。

医院清晨的嘈杂将她吵醒，酒气蔓延了整个屋子。陆北栀揉着脑袋坐起来，她躺在医院的值班宿舍里，但并未在木架子床上。身下的气垫床被她翻来滚去弄得凹下去不少，她呆坐片刻，记忆在跟方灿灿拼酒之后中断，然后跳跃到后半夜她昏昏沉沉醒来，因为口渴到处找水，不知道在边上摸到了谁的手，那人愣了一下，递了个纸杯过来，然后轻抱着她的头喂给她喝。

那人的动作过于温暖，以至于她坚定以为是自己在做梦。

手机里好几个未接来电是家人打来的，她简单地给妈妈回了条微信，缩着个脑袋从房间出去，在护士台碰见小昭。

小昭兴冲冲地把陆北栀叫了过去："我听说昨天宋医生背你回来的？"

有这回事吗？

陆北栀摇头，表示自己不记得了。

"别不好意思承认啊，科室可都传遍了……"

陆北栀惊了："你们怎么知道的？"

小昭怕她不好意思，将音量压小了一点："宋医生叫了干洗店的人来拿外套，被沈医生看见了，追问之下才知道你在宋医生背上发脾气，鼻涕眼泪蹭了他一身，你知道沈医生嘴上没个把门的嘛。"

酒后失误，还从别人的口里说出来，陆北栀羞得面红耳赤。

小昭贼兮兮地笑："昨天值班宿舍可没人，你俩独处一室的时候发生了什么？我看宋医生有些感冒……”

陆北栀余光扫见从办公室里出来个人，不是宋聿修是谁，赶紧捂住小昭的嘴，另一只手捂住自己的脸，恨不得从护士台钻过去藏起来。

小昭奋力扑打，整张脸都憋红了，两人动作这般大，宋聿修想不注意都难。他路过护士台之后，又折回几步，双手插兜，看着闹得不可开交的两人。

“是不是嫌大清早的太闲了？”

陆北栀捂着脸摇头，不去看他。

“陆北栀，跟我过来。”

他留下一句话，转身走了，她扶额跟了过去。

真是怕什么来什么。

还好不是因为醉酒的私事，不过她为什么会认为宋聿修会跟她聊私事，难道她还指望他对着烂醉如泥的自己有什么好感不成？

急诊科今天有三台手术，两台由宋聿修执刀。在陆北栀醒过来之前，他已经做了术前常规检查，而陆北栀需要将检查结果记录在册，并进行术前准备工作。

病房里人来人往，两人不用单独相处让陆北栀松了口气。

她盯着宋聿修的背影发呆，经小昭提醒后她意识回笼，想起来昨天晚上的一切细节，自然包括酒后告白这最精彩的一段。宋聿修没有回应，对于两人目前在职场上的关系来讲，无法接受她的心意只用通过不回应是最好的吧。

陆北栀垂眸，他不喜欢她，所以自始至终他是泰然自若的那个，而她的慌乱更像个笑话。

她的笔尖停顿在纸叶上，直到护士见她发呆过久，才小声提醒。

宋聿修的视线看过来。

她躲避不及，正好对上。

他将她叫到病房外，轻声呵斥：“你怎么回事？”

“对不起，我没怎么睡好。”陆北栀低着头，又变回那个会乖乖认错的好好学生。

他抱着手臂，不知道为什么，又想起她昨天莫名其妙发脾气的时候，可比现在要有趣。他歪着头打量她一会儿，语气软了下来：“要是坚持不住就回去休息一天吧，你昨天……”

陆北栀仰头，打算来个抵死不认：“昨天发生了什么吗？我不记得了。”

宋聿修弯唇笑起来，语气里皆是轻嘲：“你这失忆的习惯可不太好。”

“我一醉，脑袋就不清醒，喜欢胡言乱语，作不得数的。”

陆北栀心里跟油煎一样，难受得很。

宋聿修听完没吭声，半晌才从鼻尖逸出两个字：“是吗？”

气氛一时僵持。

幸好有护士跑过来找：“宋医生，有跳楼的患者被送过来，需要去个女医生。”

宋聿修淡淡扫了眼面前的女生，开口道：“你先过去吧。”

陆北栀一下如临大赦，溜得没影了。

宋聿修若有所思地回到病房，他以为以这家伙往常的品性来看，她最起码能做到不说谎，虽说他并不会因为一个酒后表白就让两人的关系有质的飞跃，但她现在这种撩了别人又死不承认的行为，实在是有够恶劣。

被她折腾了一晚上，他整个人也疲惫得不行。

“宋医生？”被他听诊的病人不好意思地指了指听诊器。

宋聿修这才意识到自己走神很久了，他轻道了声抱歉，重新抬腕计时。一边的护士难得见宋医生在工作时间出错，面面相觑。

而另一边的陆北栀从宋聿修那里溜了之后，跟出了笼的鸟一样浑身畅快，去急诊大厅的步子都轻快许多。

刚送过来的患者是从三层别墅的阳台边跌落，虽然落地点是草坪，但浑身上下还是多处骨折，目前意识是清醒的，初步判断头部没有重伤。陆北栀边走边跟护士了解情况，护士吞吞吐吐："别的都还好，就是她的身份特殊，才送来不到两分钟，已经有不少记者围在急诊科门口了。"

"记者？"陆北栀扭头。

护士的眼神讳莫如深。

陆北栀被领过去，患者竟然是徐慧茹。她平时不怎么追星，但也是知道对方的，之前跟未莱出去吃饭，在一家网红餐厅门口，碰见不少女粉丝给对方录应援视频，聊八卦时被未莱来了个大型科普。

徐慧茹是选秀节目出道，因为清新的容貌跟出众的舞技被人熟知，随后签了国内最大的娱乐公司，资源比同期出道的女艺人好上几倍，因为一部古装偶像剧快速走红，成了当红小花。

"按理说她目前正是冲事业的时候，而且传闻她个性开朗，不像有抑郁症，怎么会跳楼……"护士还在八卦中，陆北栀快步走过去。人已经苏醒过来，脸上有小面积擦伤，她似乎不想说话，也不愿见人，头别过一边。

在协助沈霁初对徐慧茹做了包扎止血和固定后，CT 结果已经出来，病人腹部出血严重，需要立马手术。陆北栀小声问："怎么没见到她的家属？"

沈霁初小声地道："打过电话了，家属说来不了，全权委托给她公司的经纪人。"

陆北栀点点头，犹豫道："这事儿如果她经纪公司知道了肯定会麻烦得多，学长，咱们需要报警吗？”

沈霁初神情有些严肃：“说说你的想法。”

“她的腿部跟手臂有不同程度的瘀青跟指痕，肯定不是从高处跌落所致，如果我判断没错的话，徐慧茹是暴力被害患者。”陆北栀心里暗暗做了决定，“学长，如果我们不及时取证，很难再协助警方找到犯人，我想在术前给她做一个私密的检查。”

沈霁初惊讶她跟在宋聿修身边这几天长进不小，思忖几秒后，说：“我找你来也是这个意思。”

两人谈话间，徐慧茹的经纪人侧身进去探望，没承想醒转过来的徐慧茹情绪剧烈波动，在两人爆发争吵之后，又陷入昏迷。

陆北栀伸手将经纪人推了出去：“抱歉，病人目前情况不是很好，需要移去手术室，签了这份手术同意书后，在外面等吧。”

不知道是不是陆北栀的错觉，她总觉得这个经纪人在听完她的话之后，狠狠瞪了她一眼。

手术台上，徐慧茹原本秀丽的面容此时苍白如纸，像一朵失去生机的白玫瑰。陆北栀结束完检查出来，跟正进隔壁手术室的宋聿修打了个照面。

巡回护士正在为他戴无菌手套，男生视线逡巡了一圈，定格在抱着无菌操作箱出来的陆北栀身上。宋聿修一个上午没见到她人，与戴着口罩的她短暂对视。他在护士的呼喊声中回过神，跟着护士进了手术室。

徐慧茹的手术由沈霁初主刀，腹部出血比想象中严重许多，手术中病人求生欲过低，几度休克，参与此次手术的人员几近心力交瘁。幸好主要出血部位已经止住，需要陆北栀留下来做最后的缝皮。

从手术室出来，下班时间早已过去一个小时，陆北栀去更衣室换好衣服，顺手拿起白天放在里面还没开封的红豆奶昔，边吃边往电梯口走。她站在电梯前盯着上面变化的楼梯层，直到叮的一声提醒她已经到达自己的楼层。电梯门开了，她捏着背包袋子，挪进去跟边上的人保持了些距离，随后才打了声招呼:“宋师兄也刚下班啊。”

宋聿修难得脱下那件白大褂在天黑之前下班，他穿着一件黑白相间的格子衬衣，搭配宽松黑裤走休闲风。靠近她的那只手垂在一侧，袖口被卷起到手肘的位置，露出好看的小臂线条。此时电梯没外人，她余光肆无忌惮地瞄了好几眼，这才重新盯着下降的电梯数字。

手里的红豆奶昔被捏得都有些热了，她有一口没一口地往嘴里喂，又觉得自己一个人吃独食挺不好的，双手朝宋聿修递过去：“要吃奶昔吗，红豆味儿的。”

“不吃。”

“很甜。”她怕宋聿修不信，拽着他的衣袖示意他看过来，专程舔了舔嘴唇，仰着小脸看他。

樱桃唇瓣，瓷白的脖颈，她的睫毛浓密得跟片小森林一样。宋聿修看了一瞬，移过目光。

女生双手握着奶昔的塑料杯子，伸过来，里面只有一个勺子，她是想跟他共享一个吗？这家伙到底是有心还是无意。

“还是不想吃吗？”她有些失落地垂眸，低声喃喃。

“你一天倒是挺闲。”半晌过后，宋聿修终于跟她说了一句话。

“才没有，我下午跟沈霁初学长进手术室了，虽然只是做简单的缝皮，但我以后一定努力提高自己的技术，做宋师兄的第一助手。”

女生带着一点点诚恳，像个讨表扬的孩子，小姑娘是从小缺爱吗？

“照你目前的表现，你是得努力。”电梯门开了，两人走出去。正逢有护士推着病床过来，他不动声色地提了陆北栀的衣服领子，将她往自己这边扯了些。

陆北栀低头，是她自己太糟糕了，宋聿修对她总带着刻意的冷漠。

宋聿修没看见她眼底那抹失落，他自顾自地往前走，木着脸回头。

“饿不饿？”宋聿修突然问。

陆北栀抬起头，以为他在随便找着话题。

宋聿修将手揣进兜里：“如果你饿的话，我们先去……”他话还没说完，见女生冲着他后面挥了挥手。他扭头，医院门口站着个男生，仔细看是傅司南。

宋聿修看她眼里有一抹浓得出奇的笑意，这种外露的情绪只有不到二十岁的小女生才会如此清澈自然。他站定在原地，陆北栀已经绕过他跑到门口，跳着一把搂住傅司南的脖子。

“哥哥。”

傅司南左右环顾了四周，将她放到地上，食指狠狠点了下她的额头，皱眉：“北北，你怎么还跟小时候一样没规矩，黏得跟块牛皮糖似的。”

“太久没跟你见了嘛。”陆北栀挠挠头，觉得自己确实有点过了，“这段时间你去外省调研得怎么样？”

“嗯，还算圆满，只是有一篇论文要赶，你想吃什么？”傅司南拽着她往外走。

陆北栀想到宋聿修还在，扭头跟他挥了挥手，甜甜一笑：“宋师兄，明天见。”

宋聿修抿抿嘴，微点了下头，算回应了。

傅司南哼了一声：“你跟他打什么招呼，现在是下班时间，他还能捆着你工作不成。”

“宋师兄算我半个老师，你不准这么说他。”陆北栀气得呼呼吹气。

傅司南嗅到了什么不得了的气息，噙着笑，慢悠悠地问她：“老师你都敢喜欢，陆北栀你现在胆子可不小。”

陆北栀奓毛：“你对他这样吹胡子瞪眼的，还不是因为方灿灿。”

傅司南瞬间蔫了：“你见过她了吗？”

“嗯，长得好看又有能力，现在跟你一块儿在普外，你不打算采取下行动？”

真是哪壶不开提哪壶，傅司南周身一股低气压载着陆北栀去了附近的商场，一路上他突然贼兮兮地想，往日情敌要是哪一天真成了自己的妹夫，他要看看大冰块宋聿修的脸往哪儿搁。

这样一想，傅司南心里突然有了莫大的安慰，破天荒地大方了一回，带陆北栀进了家东南亚餐厅。餐厅主打泰国菜系，精心的设计和布局中充满着浓郁的异国风情，墙上的壁画和独特风情的挂饰更是泰式风味十足。

陆北栀一进门，服务员热情地喊了声“萨瓦迪卡”，她顿时觉得哪儿哪儿都不自在。不过里面的菜品倒是很可口的，尤其是香草汁鸡软骨跟咖喱虾，色香味俱全。

陆北栀一整天忙得无暇吃饭，现在美食在前更是不管不顾，活脱脱一只馋猫。她满满给嘴里塞了一口，说话含含糊糊：“哥，以你的条件追个女朋友不怎么难吧，干吗在方灿灿那儿死磕。”

傅司南正拿着把银色小刀跟手里的凤梨死磕，闻言抬头，笑话妹妹单纯：“如果喜欢一个人的心意能简单地转移那就好了，可偏偏想左右自己的感情太难。”

陆北栀哈哈笑，捡起一块他削好的凤梨喂进嘴里：“听起来似乎有段故事。你认识她是什么时候？”

“高中。那时候她是个太妹，一头五颜六色的长发，十根手指恨不得有九根戴着劣质戒指，成绩差得一塌糊涂，而我又是班长，老师以辅导作业的名义安排我们同桌。”凤梨汁是酸的，傅司南皱了皱眉，“后来熟悉之后，才觉得她其实跟表面不同，是个单纯真性情的女生。”

陆北栀听完，小心翼翼地试探：“那宋师兄呢，他是个什么样的人？”

“他？对自己不喜欢的人或事一向不予理会，他全身上下除了那身本事也没什么值得我看上眼的。”

说完，傅司南抬起头，语气疑惑：“小妹，你怎么突然对我身边的人这么关心了？”

陆北栀刚舀了一口咖喱送进嘴里，闻言咖喱没咽下去呛得她鼻涕眼泪直流。傅司南抽了张纸巾替她擦干净，哑然失笑：“至于吗？这么激动？”

陆北栀不好意思地笑笑，继续接过纸巾擦了擦脸。

她不知道这一幕正好被跟朋友聚餐的小昭看见，一向自带八卦眼镜的她饶有兴致地拍下这一幕，发到急诊科的群里，配字道：“捉到一枚下班后谈恋爱的小可爱。”

很快有人回复：“怎么坐她对面的人看着这么眼熟？对了，我想起来了，这不是普外的傅司南医生吗？”

“不是情侣吧，听主任说是家属关系？”

“女朋友也是家属啊。”

“啧啧，现在的小年轻谈恋爱都流行这样秀恩爱。”

沈霁初在电梯刷完群消息出来，见宋聿修正坐在大厅的沙发椅上等自己。男生难得这样温暾，单手捏着一只纸杯，一边看手里的医学杂志，一边喝水，直到沈霁初叫他，他才一口将杯里的水饮尽，站起身来。

沈霁初一副看好戏的模样，故意在他面前提起那张照片的事：“你的小实习生在外面约会，整个科室可都传遍了。”

宋聿修没搭理他，问道：“等下吃什么？”

“阿修，你别在我面前装啊。”他撞了下宋聿修的肩，“在我面前你还打什么哑谜。”

突然，宋聿修站定，侧眸瞥过去一眼，那眼神深邃，让沈霁初冷不丁一颤。

“你对陆北栀很感兴趣？”宋聿修语气依旧是寡淡的，却像刀片一样打在沈霁初身上。

沈霁初吞吞吐吐地解释：“那倒不是……”

沈霁初知道他喜欢屏蔽群消息，是真的没看见，不是故意装的，于是打开微信群，在他眼前晃了晃：“你真不在意？”

宋聿修在照片上停了一瞬：“她在急诊科实习，于你我而言就是同事关系，在工作时间我会尽我所能教她，其他私事我们无权干涉，我对她跟人约会更没有兴趣知道。”

沈霁初悻悻地收回手机：“我这不是担心嘛。傅司南不是一直喜欢方灿灿吗，他视你为情敌，所以这几年一直看你不顺眼，而北栀又是你手下的实习生，鬼知道他会不会利用她？”

“算了。”沈霁初懒得再想这个事儿，说到底他只是觉得陆北栀这个小学妹嘴巴甜，做事也踏实，才不想她受伤害，但怎么说也不是他手底下的人，轮不到他去关心，说多了还得被某某误会之类的，实在劳民伤财。沈霁初思忖完毕，正在大众点评上找附近好吃的饭店，却见身后的人没动，“走啊，你不饿啊？”

宋聿修微眯着眼，似在思索些什么。

半晌过后，他长腿一迈，钻进医院门口停的那辆黑色 SUV 里，拧钥匙，踩油门，这才慢悠悠地问：“群里有说他们在哪家餐厅吃饭吗？”

沈霁初被这突如其来的变故弄得摸不着头脑：“倒是没说，但可以找小昭问问。”

不过，刚才你不还说没兴趣也无权干涉人家的私事吗？话音刚过没超过五分钟，宋聿修真香打脸的现场来得这么快？

宋聿修举步生风，沈霁初在后面追了半天，跟着进了餐厅。

这家伙不会直接去把人带出来吧？最起码得在隔壁找张桌子观察下情况探探虚实……以他对宋聿修多年的了解，宋聿修一向不喜欢拐弯抹角。沈霁初心里大叫不妙，伸手拦住宋聿修，却连半片衣角都没抓到：“阿修……”

“陆北栀，你跟我出来。”

场面尴尬失控，沈霁初扭头捂脸，他交的这是什么直男朋友……

正在联络兄妹感情的二人霎时停下筷子，一脸狐疑地盯着这个突然闯过来的人。

陆北栀吓得差点儿咬到舌头，她瞪大眼睛，从气势汹汹的来人脸上，那微皱的眉间似乎读出了一丝丝怒意？

怎么回事，怎么有种身为捉奸现场女主角的既视感？

陆北栀站起身，只觉得手腕一热，那只平日拿惯了超声刀救了无数患者的手此时扣在她的手腕上，没有哪刻比现在更让她觉得温暖。

一边的傅司南觉得莫名其妙，犯不着这样明目张胆在他面前抢人吧，这人还是他从小宠到大的妹妹。傅司南抓住陆北栀的另一只手：“宋聿修，你什么意思？”

“原本我不该管的。”宋聿修看了眼陆北栀，忽然低声说，“我不管你怎么看我，但跟陆北栀没有任何关系，你有什么不满大可以冲我来，我无所谓。这小姑娘单纯，不是你可以随意玩弄的对象。”

傅司南愕然，他跟自家妹妹吃个饭，就成玩弄别人了？再一瞅陆北栀正眨着星星眼，恐怕满脑子都是“这人好帅”的想法吧，他抿抿嘴："那你又以什么身份干涉，难不成你是她男朋友？"

"傅司南！"陆北栀像被触动了什么开关，吼得三人均是一怔。

傅司南审视着宋聿修，抓着妹妹的手没松。

三个人僵持不下，陆北栀扭头，面色松动了些，对着傅司南扯出一丝笑："我一会儿再跟你解释行吗？"

她很少有这种求人的样子，傅司南犹豫着松开了手。那一刻，他突然有一种失落感，真是女大不由兄啊。

陆北栀反握住宋聿修的手，一路出了餐厅，拽着他在马路上狂奔片刻，随后被男生拽着停下。她气喘吁吁地回头，男生微不可察地弯了弯唇，低头，忽然轻声说："手握够了，就松开吧。"

陆北栀打量了自己正牵着的手，他的手指修长，包住她的手背绰绰有余。

这一幕看得她脸红，怎么事情又演变成她占他便宜了？

"我发现你比我想象中要开放很多？"宋聿修抽回手，环抱在胸前。

她还沉浸在刚才牵手的脸红心跳中，茫然地仰头："嗯？"

"昨天还在跟我表白，今天晚上又跟别的科室的男人吃饭？"

陆北栀突然脑仁疼，她尴尬地笑笑："'别的科室的男人'这个说法不太准确，那是跟我一个娘胎里出来的亲哥。"

宋聿修沉默了几秒。

"宋师兄如果你不信，我可以去验 DNA。"

男生继续沉默。

"我爸在生了傅司南之后，为显得公平，让我跟妈妈姓。"

半晌，对面的人终于有了动静，宋聿修点头，淡然道："虽然是亲哥，以后在医院也得保持距离。"

陆北栀："哦……"

之后，又没话了。

“还有，以后在医院别穿高跟鞋，裙子不能短到膝盖以下两厘米。”

陆北栀在危险边缘探了探，小声道：“下班了也不许吗？”

“不行。”

陆北栀有些惋惜：“为什么啊？”

“我不喜欢。”不喜欢别人大剌剌看着你的眼神，给人一种自己发现的宝贝快被人挖跑了的错觉，但后面那句话在他心里生出来的时候被他硬生生压回去了，没等她继续发问，他又淡定地补充道，“容易让病人分心。”

陆北栀：“哦……”

可她转头一想又觉得不对。

她仔细地瞅了瞅宋聿修的神色，表情复杂了几分，如果她没想错的话，宋师兄这是在……吃醋了？

“宋师兄，你这样难不成喜欢……”

“不喜欢。”

“嗯？”陆北栀没打算确认什么，此刻一颗心感觉碎成了几瓣。哪怕不喜欢，好感总有的吧，不然为什么要跑过来找她？

“我不喜欢你。”夜风中，他声音醇厚如古琴。

陆北栀今夜乱成一团糨糊的脑袋突然静了，只觉得一抹酸楚蔓延到鼻尖，眼睛一闭就有泪要落下来，她强忍回去。

“我只是怕傅司南因为方灿灿的原因找你麻烦，毕竟这里面也有我一层关系。”他解释得毫无破绽，随后对着来往的车流招了辆出租车，示意陆北栀坐进去，“夜深了，回去吧。”

陆北栀进了后座，后视镜里的男生站在街边，身影渐渐模糊，她这才憋不住，哭了出来。

宋聿修在路边站了会儿，想抽烟的时候沈霁初过来了。沈霁初惊讶道：“你大老远跑来，费心费神将她拉了出来，就是为了把人家弄哭？”

“我不是故意的。”宋聿修看着面前的车流，发了会儿呆，“沈霁初你也有这样的时候吗？”

沈霁初被他问得莫名其妙：“什么时候？”

“因为下意识感觉到这个人、这件事或许会让自己上瘾，所以会产生回避心理。但喜欢是收不住手的，也是没办法控制的事，不想接近某件事物的原因却是害怕自己会太喜欢。”

他的声音轻且淡，随着香烟的气味散在汽车鸣笛声里。

PART.06
宋聿修看着她，
那一瞬间，他觉得自己完了

整个周末的气氛都不对。

傅司南在饭桌上瞅着妹妹的表情，往常她都会讲一下在急诊科遇到的有趣事儿，要不就是找机会跟自己拌嘴，现在却沉默着一语不发，菜也不夹，闷头往嘴里扒饭。

吃过晚饭，陆北栀早早回房了，客厅里剩下的三人面面相觑。

陆母压着声音跟傅司南打听："北北是不是遇到什么事儿了，一直闷闷不乐的？"

傅司南打着游戏头也没抬："估计失恋了。"

陆母立马警觉起来："谁家的男孩子？是不是你们医院的？傅司南我可告诉你，你就这么一个妹妹，可不能让人给欺负了……"

正好他手里这一局游戏已经挂了，索性收起手机，了然地点点头："小年轻头脑一热的事儿，很快就过去了。我明天早上带她出去散散心也就没事了。"

陆母这才舒了口气，没再唠叨了。

第二日，傅司南果然起了个大早，硬生生把陆北栀给拽了起来。

她瞌睡蒙蒙地被傅司南催促上车，随后在副驾驶上一路睡了过去，醒来时车停在A市知名的一座山的山脚下。

天刚亮，外面露气深重，她打开车门一股冷气扑面而来，未料到夏天的清晨凉意依旧，她只穿着一件长T，只好缩着脖子跟在傅司南的身后，默默将他骂了个狗血淋头。

都快奔三的哥哥嚷着要去看日出，这不是青春期的少男少女的文艺情节吗，该不会他把喜欢的人也约来看日出了吧，难怪找不到女朋友……

这样想着，她语气幽怨了几分：“哥，我想回去睡觉。”

“马上就要到山顶了。”大概是察觉到妹妹的怨气，傅司南笑得很勉强，他其实体力也透支得差不多，但又不好喊停，伸手去拽妹妹。

半个小时后，两人气喘吁吁地爬上山顶。

傅司南指着前方微弱的光亮，一脸鼓舞：“妹妹，你感受到大自然的魅力没有，有没有一种人在它面前，喜怒哀乐其实是一件很渺小的事。”

陆北栀黑着脸，食指指着天上两坨巨大的乌云，无语至极：“你到底有没有看天气预报？”

“这些外界的客观因素都不重要，你得学着去感受。”傅司南扯着陆北栀无力的手臂示意她张开拥抱晨曦，“有没有由内而外升腾起一种未知的力量？”

陆北栀扶额。

这家伙又在搞什么鬼。

傅司南无奈地嘟囔：“你最大的问题在于太暴躁，妹妹。”

陆北栀强按住想要揍他的冲动：“你到底想说啥？”

“好的男生这世上多得是，你别为那些事难受，不值得。”

陆北栀咬住下唇，终于弄明白他今天反常的缘由，顿时气散了大半，心有暖意，但也不愿为宋聿修的事多言，只是简单地回：“没发生什么，你别瞎猜。”

“没什么过不去。”

陆北栀木着脸：“知道了。”

突然觉得有什么落在头顶，她以为是雨点，抬手去摸，却发现是……鸟的粪便。

一抬头，有乌鸦丧丧地飞过。

“傅司南！”她炸了。

知道自己弄巧成拙，傅司南慌忙往后退，脚未踩稳，从石头上摔了下去。陆北栀以为他又在唬她，站在上面等了会儿，听见石头背后有闷哼声传来，这才跳下去，见傅司南正跌坐在地上动弹不得，嘴里哼唧：“怕是尾椎骨折了。”

陆北栀去碰他，他又是一阵哀号。

周围并没有什么人，她只能架着他一路下山，开着车往余安医院狂奔。

他们在医院大厅里正好遇上方灿灿，对方二话不说将人带到外科诊疗室。傅司南像一条咸鱼一样趴在病床上，另一边的方灿灿已经戴上无菌手套，想要为他验看伤势，但他死死拽住裤子。

方灿灿有些好笑，但忍住了，咳嗽了声：“裤子脱了。”

傅司南脸涨成猪肝色，一动不动。方灿灿只好跟身后的护士使了眼色。

那场面简直没眼看，陆北栀退到帘子后面，听到傅司南的惨叫，暗搓搓可怜了把哥哥，前一秒还在安慰自己的哥哥，此时在喜欢了十年的女生面前出了大糗，奈何人为刀俎，他为鱼肉。

看得差不多了，方灿灿出来后脱掉手套跟陆北栀说了傅司南的伤势：“只是局部软组织挫伤，问题不大，我给你开些活血化瘀的药你去一楼领一下吧。比起这个，傅医生的情绪似乎有些不高，你进去看看。”

等人走了之后，陆北栀才搓着手进去，傅司南正卧躺在病床上，满脸欲哭无泪。

陆北栀拍了拍他的背，语重心长地说：“谁也没料到的意外，你别想太多了，方医生不会笑话你的。”

末了，陆北栀还装模作样地补了一句：“没什么过不去。”

那语气跟傅司南在山顶说的如出一辙，气得他直接扔了枕头过去：“滚。”

“那你好好休息一会儿，我等下接你回家。”陆北栀笑嘻嘻地退出了诊疗室，在走廊上彻底忍不住，大笑起来。

一抬眸，对面来了个人，陆北栀垂下头，跟他擦肩而过的瞬间，却感觉脖子上的衣领被人拽着。她扭头，宋聿修后退几步站定在她面前。

陆北栀还没想好在被他明言拒绝之后怎么面对他，这几天的懊恼气闷全都一涌而出，想也知道此时自己的面色不是多好看的。在她想要开口之前，男生短短来了一句：“今天没来上班？”

“我让沈霁初学长帮我请过假了。”

明明不打算回答他，明明想好了怼他一句，可话到嘴边却软得不行。陆北栀很想猛敲几下脑袋，心里腹诽：北栀你真是太笨了。

几秒后。

宋聿修点头：“嗯。”

“我哥受了点小伤，我送他来医院。”她又不痛不痒地补了句。

宋聿修脸上没什么反应，仔细看他眼窝青黑，怕又是值了夜班的缘故，此时一脸疲态。他皱了皱眉道：“你现在有空吗，蒋依依那边的情况不是很好，如果你有时间的话，我想请你帮忙去看一下，她跟你相处得比较好。”

他用的“请”，距离又自然而然地拉开了几分。

陆北栀没有拒绝，但也没有走，两人就这么站了一会儿。宋聿修嘴唇张了张，最终还是说出了口：“之前的事我很抱歉，你要是觉得不舒服可以转去你哥哥那边实习，我会帮你递交申请。”

陆北栀咬了咬牙，摇头：“不用，公私我分得开。”

气氛继续凝滞了几秒，直到他走之后才好了几分。

陆北栀去了急诊科的病房，才知道蒋依依因为要转入肿瘤科而一直闹着出院，蒋母也管不住，小孩见一哭二闹不管用，现在干脆闹起了绝食。

陆北栀从办公桌里拿了之前借着爸爸去国外出差的机会让他帮忙带了小丸子的漫画书，背在后背进了病房。

蒋母正在哄着蒋依依，蒋依依见陆北栀来了，语气松了点，问："护士说你调班休假了，怎么会来？"

"担心你啊。"陆北栀笑了笑，"听说你又不吃饭？"

蒋依依嘟着嘴："是不是我妈又跟你告状？"

"不，是我跟你心有灵犀，我感觉你有点不开心。"

"你什么时候这么神了？"蒋依依沉默了会儿，叹了口气，"我要转病房了，以后见不到了。"

"就为这个？"陆北栀将漫画书在她眼前亮了亮，"看我给你带了什么？"

蒋依依瞅了一眼："不就是小丸子的漫画，我家里有好多。"

陆北栀摇头："这个可不一样。我在推特上找了好久，才联系了国外一个网友，她收藏了签名版，在我说了你的情况之后，她才松口让给我的，非常非常珍贵哦。"

蒋依依听她讲完，眼神不断放光，双手接过礼物后将它抱在怀里，一时感动得不知道说什么好，半天才组织好语言，开口说："算你有义气，我认你这个朋友。"

"乖啊。"陆北栀伸手轻轻摸了摸她的小脑袋瓜，"为什么不肯吃饭？"

"我想出院。"蒋依依挠了挠耳朵，说得很隐晦，"我感觉就现在这个样子，我妈妈已经很勉强了，我不想让她太累。"

陆北栀还想再问，她却不打算再说，只是摇了摇手臂："你知道，上面有个天堂吗？"

陆北栀没料到她突然这么问，愣住了。

蒋依依自顾自地说："小孩子都住在里面，在大大的宫殿里，所以，我不会孤单的。北栀姐姐，我会给你跟妈妈多祈祷的。"

"依依……"陆北栀正色地想要开导她。

小姑娘摇了摇头，拒绝道："我要睡觉啦。"

陆北栀只好从病房退了出来，蒋母在外面急得如同热锅上的蚂蚁。陆北栀安抚她："依依现在只是受一时的负面情绪影响，这会儿已经睡了，醒来再给她东西吃吧。"

蒋母点点头说："也只能这样，谢谢你陆医生。"

陆北栀处理完蒋依依的事后，坐在办公室等了会儿。与外科联合诊断的宋聿修已经回来了，他在洗手间洗了把脸，让自己稍微清醒了些，回来时脸上还挂着未擦净的水珠。

"吃饭了吗？"陆北栀抬头看向逆着光的来人。

宋聿修就近找了个位置坐下来，左手抽出夹在手臂的病例本，随后捡起丢在桌边的面包，边吃边看，未答反问："你要走了？"

"我哥那边还需要人照顾，明天我会准时上班的。"

半晌之后，专心看病例的人淡淡"嗯"了声，大概是因为面包太干，他嚼了几口又放到一边，到处找水杯。陆北栀从桌子里面找了瓶草莓牛奶，插了吸管后递了过去。

对面的人没有什么犹豫地接过尝了一口，想到了什么，他随口一问："我桌子里这东西也是你偷偷放的？"

偷偷……这个词……

陆北栀耳朵一热："嗯。"

不想在这件事上多费唇舌，陆北栀转移了话题："蒋依依情绪怎么突然变得这么差？”

“我猜是因为她继父的原因。”宋聿修晃了晃牛奶瓶底，轻吸了一口，长睫半掩，才缓缓道，“那人昨天晚上来过一趟，跟蒋妈妈在病房外面争吵，不少人都看见了。”

“就算她家条件不好，总不至于在医院为了医药费大吵大闹吧。”

“你以为所有人都跟你一样生活在温室里，从未受过挫折？蒋妈妈改嫁之后又生了个孩子，蒋依依的处境比常人想象的要难许多。那孩子表面看着满身是刺，其实心里脆弱得很。”

陆北栀沉默下来。

半晌过后，她正欲开口，却先打了个喷嚏，抱着手臂说：“如果我可以，我想尽一点微薄之力……”

宋聿修重新捡起被扔在一旁的面包片，撕下一角送进嘴里，不紧不慢在她说完前打断她的话：“做好分内事，其他没有这个必要。”

说完，他垂眸，继续看手里的病例本。风将资料一角吹得呼啦作响，宋聿修顿了顿，起身去关了窗。

这人心到底是不是石头，又臭又硬。

陆北栀咬咬牙，声音不大不小：“你怎么这么冷漠。”

“那你打算如何？”宋聿修调整好椅背，向后靠过去，眯起眼，嗤笑，“你实习工资不到三千，还不够自己吃喝，瞧这样子是打算靠家里资助做好事？”

陆北栀噌地起身，椅子在地面上摩擦作响。

她一个转身正对着宋聿修，蓦地俯下身，手臂撑在椅子两边的横杠上，一张含有愠气的脸杵在宋聿修眼前。

动作猝不及防，距离又极近，饶是淡定如他也不由得愣住。

陆北栀还未发现两人之间的异样，依旧一脸怒容：“就算是我想要这样做，你又怎么能说得这么难听呢？”

宋聿修突然发现，这家伙在他面前生气发火的模样远比她装乖卖巧要好太多倍。

“我没有责怪你。”男生修长的手指伸过去，拨开她的头，寻了个舒适的距离，“医护人员与患者要保持距离，在学校老师没有教过你们吗？”

陆北栀泄气地松开手，复跌坐回椅子上，没话说了。

宋聿修实在觉得她这副模样有够有趣，单手撑在侧颈上瞅着她。外面是阴天，灰白的天光打在他那段露在外面的脖颈上，像一寸价值不菲的脂玉，她目光定在上面一瞬，便挪过眼再也不敢看。

宋聿修笑容慵懒至极：“你有时间怼你的实习上司，还不如静下心好好研究下工作准则。”

他一笑，她便无力招架，随便寻了个借口出去了。

出来时，陆北栀在门口遇见进门的小昭，来不及打招呼，一下子跑得没影了。

小昭还不知道办公室里发生了什么，进去在自己的办公桌前坐下，瞟见宋聿修脸上挂着笑，心里狐疑，医院是发生了什么她不知道的好事吗，还是今天是发薪日？她赶紧看了下群消息，没什么动静，这才放下手机。

不对啊，宋医生手里拿的是什么？

她刚来医院时就听护士们说，宋医生从来不喝含添加剂的饮料，更是从不接受别的女生送的东西。

她顿时感到挫败，号称余安百晓通的她怎么会搞错情报。

一时间，她被“宋医生为何会让北栀成了例外”这个问题困扰不已，直到边上的人半眯着似是在睡觉，她才放弃思考。她蹑手蹑脚去热水器边打水，路过陆北栀的书桌，见对方最近一直在啃的外科学课本正开着，还没合上，书页里密密麻麻的笔记，不由得感叹一声："原来北栀私下这么努力啊，我以为她上次说着玩的。"

"什么？"

男声蓦然响起，吓得小昭一跳，宋医生什么时候醒的。

"北栀说，想做您手术室的一助。"

那头没什么反应，小昭心道自己是不是又多话了，这下把陆北栀的老底都捅出去了，讪笑地找补："她就说着玩的，您不愿意，这医院没人做得到。"

宋聿修慢悠悠扫了她一眼，不带任何情绪，让人捉摸不清。

他从椅子上站起来，眉目微微垂敛，不答反问："你怎么知道我不愿意。"

小昭闻言突然抬头，瞧着宋聿修的背影消失在病区。

她脑袋瓜子晕乎乎的，随后在微信八卦小团体群里发了句——

余安医院未解之谜，现在又多了一个。

宋医生八成是动了凡心！

陆北栀去一楼领了傅司南的药，在几个医护人员的帮忙下将他抬上了车，一路上两人都没怎么说话。

回到家时，陆母见儿子早上还好好的，出趟门就变成这个模样，脸色大变，在问清楚情况之后才稍稍放心了些，吵着闹着要去菜市场买些骨头煲汤给他补补身子。

陆北栀回卧室补了个回笼觉，最后是被厨房飘来的香味刺激醒的。

她简单洗漱完，坐到餐桌前喝汤，陆母喋喋不休地询问了治疗情况。

"这点小伤犯不着进手术室，主治医生是他同事，肯定会尽心的你放心好了。"陆北栀说完见傅司南的眉头抽抽了两下，顿时忍不住笑了。

陆母还想继续问，陆北栀侧头小声道："妈妈你可别再问了，那个医生是哥哥追了好久的女生，再说下来哥哥该要翻脸了。"

"陆北栀！"

她扭头，见自家哥哥一脸怒气地盯着自己。

"生气你也打不着我。"她做了个鬼脸，端着汤盅坐得离他更远了些。

傅司南捡起桌边一个空盒子朝陆北栀丢过去，她一晃身形躲过去了。

陆母看着都这个时候了还在打闹的两人，摇了摇头去了厨房，不过想着两个孩子在家的时候，偌大的房子突然有了人气，又笑了。

陆北栀见哥哥真的气得不轻，想起他这样子也是因为要安慰自己的缘故，无端生出些愧疚，这才放弃玩笑，盛了碗大骨汤，挨着他坐下，将汤碗推过去。

傅司南低头舀了一汤匙："你也就在我面前没个正形，一碰到宋聿修，整个人就跟个霜打的茄子一样。"

陆北栀忙不迭地赔罪："是是是，哥哥教训得对。"

"那过来，给我捶捶肩，被你害得一整天都不能活动，你哥我好不容易养起来的腹肌，又要没了，另外，你这个月的零花钱记得赔我一半，算精神损失费。"

陆北栀吹胡子瞪眼，这家伙可是外科有名的钻石王老五，现在还惦记起了她微薄得可怜的实习收入。

果然是小人得志……

在哄好傅司南之后，陆北栀的手机响了，来电人是科室的小昭。

电话一接通，女生咋咋呼呼的声音便传了过来："北北，你要帮我。"

“怎么？”

“你有事吗，能不能帮我值个夜班？”未等陆北栀回答，小昭央求道，“来之不易的联谊机会，这次我再不去，真的要错过良缘成大龄剩女了……”

陆北栀微微思索了会儿，问：“宋医生呢？”

“早上来了个重伤病人，宋医生联合外科会诊完后，这会儿已经进手术室了，沈医生也调班了，我只能托付给你了。”

陆北栀点点头，她本就没什么事，能在医院打发下时间也好，于是没什么犹豫就答应了。

晚间的急诊科容易出现突发状况，今天却异常安静。

徐慧茹还处于昏迷状态，未脱离生命危险。她一路走到急诊病房，见一切正常，这才回了办公室。

陆北栀大脑放空了会儿，转眸扫见宋聿修的办公桌上凌乱一片，起身走过去，将各种病历本和诊断记录分类放好。在整理时，从某个小册子里掉出一张纸片，是汇款记录单。

汇款人那一行备注匿名，而收款人却不是别人，正是蒋依依。

早上还一本正经地教育她，转过身却在背地里给人捐款。

心口不一。

陆北栀在心里将他吐槽了个遍，一转身见宋聿修站在自己身后，她吓得魂都要丢了，纸片也掉到了地上。

宋聿修不动声色地蹲下身捡起来，脸色并不好看。

他可能实在太累了，没有教训她的力气，朝着办公室边的那张气垫床走去，随意蹬掉鞋子，躺上去了。

陆北栀看了眼时钟，已经晚上九点，他睡得极快，保持着一个动作就这样过去一个小时。陆北栀端坐良久，身体酸痛得厉害，出去走了走，却见急诊病房里没有蒋依依的身影。

陆北栀突然有种不好的预感，她跑出去，问护士台的值班护士：“有看见蒋依依吗？”

护士摇头：“这个时间点无非就是在病房休息。蒋妈妈今天不在，是她继父过来照看的，你有看到他人吗？”

“没有。”

事出紧急，容不得耽搁，陆北栀立马下决断：“我先去保安室调监控，你带着人分头找找看。”

因为等电梯会耽搁时间，陆北栀直接走楼梯，去了一楼保安室。

联想到今天早上蒋依依莫名其妙的言语，她突然意识到了什么，瞬间手脚冰凉。

监控里拍到蒋依依九点一刻的时候进了电梯，下了急诊大楼，之后再未归。急诊楼处于住院部跟门诊大厅的中间，幸好她并未跑出医院。

范围虽然缩小了，但找到人还是遥遥无期。

陆北栀打电话到护理台，那边也没有结果。

她开了手机电筒模式，在楼下花园里呼叫蒋依依的名字，一颗心提到了嗓子眼。宋师兄说过，蒋依依比表面上看着脆弱，但愿她不会做傻事。

手机铃声急促地响起来，陆北栀接通，是宋聿修打来的。

“在哪儿？”

男声一下跌进陆北栀的耳朵里，她眼眶突然红了：“她会不会有事？”反复询问了两遍之后，电话那头的声音因为剧烈的跑动忽远忽近，随后挂断了。

陆北栀不敢懈怠，继续寻找。

可若是蒋依依刻意躲起来，又怎么会回应呢。

这时，对面的花坛里突然有东西磕了一下，声音虽小，但那一瞬间陆北栀捕捉到了。

她晃了晃手机的光，循着光亮看过去，一个小人蜷缩在里面。

陆北栀跑过去，蒋依依已经陷入了昏迷，在她的脚边滚着一个空药瓶。

陆北栀来不及叫喊，拽过女生的手臂将其带到自己肩膀上。刚下花坛，宋聿修正从急诊大楼跑出来，看了眼陆北栀背上的蒋依依，大概明白了几分，快步过去，将蒋依依抱在怀里，而陆北栀已经先他一步去按电梯了。

瞳孔对光反应存在，瞳孔时而散大，时而缩小。而脉搏细速，血压下降。人是服用安眠药过量造成严重脱水导致的昏迷。

宋聿修第一时间下了诊断，随后蒋依依被送去抢救室。

虽然一行人被吓得半死，但好在有惊无险，人总算被救过来了。后半夜，陆北栀一直守在蒋依依病床前，宋聿修也在，他看着小女生苍白的脸，眼神有些失焦。

那夜真冷，陆北栀甚至有种 A 市已经进入秋天的错觉，宋聿修不知从哪儿给她找来条毯子，她死死地裹住，身体还是不住地打战。她也懒得再去值班宿舍，干脆蜷在椅子上将就着睡下了。

即将进入深层睡眠时，突然听见房间里的卫生间有窸窸窣窣的声音，她蓦然惊醒，睁开眼，病房里漆黑一片，但卫生间的灯亮着，门未掩紧，有昏暗的灯光从里面漏出来。她循着声音轻声走近，推开门，见里面有人背对着躬下身，对着马桶吐得昏天暗地。

陆北栀惊愕，一时不知道怎么处理这个情况，说话也结结巴巴："宋、宋师兄。"

人听见了，背影僵住一瞬，并未回头。

陆北栀跌跌撞撞地出了病房，倒了杯热水，回来时宋聿修已经正襟危坐在房内的一把椅子上，仿佛刚才什么事也未发生。

陆北栀心里一痛，没有拆穿他，只是将水杯放在他边上的桌子上。

“人没事了，你回宿舍睡吧。”半晌，他才开口，大概是呕吐太久，声音是嘶哑的。

陆北栀没动，说道：“你状态很不好。”

“有点感冒，最近熬夜太多了。”宋聿修拢了拢衣袖，用骨节分明的手指掸了掸肩膀上的灰尘。

她犹豫着开口：“从我进余安开始，就发现你睡得很少，今天似乎尤其累。”

这次他没有回避，点头道：“有点。”

很难得地，他一直在坚守的城墙今日突然撕开了个口子，也许是因为蒋依依一事让他久违地想起了往事，也许仅仅是因为黑夜容易让人袒露内心。

“今天的事多亏你，如果不是你发现得及时，后果不堪设想。”

陆北栀不好意思地低下头：“她也算我的半个病人，而且是你急救得及时。想不到她年纪小，心思却这样深。宋师兄经常遇到这样的病人吗？”

“嗯。”宋聿修背靠在椅子上，没什么生气，只有淡淡的声音显露着他依旧清醒，“很多绝症病人看不到自己的价值，往往会认为活着只是其他人的负累，再加上病痛的折磨，很容易走上极端。”

“其实能够发现他们内心这些细小的心理变化很难，因为人心实在太容易粉饰，旁人以为的太平其实是他们的地狱，不是所有患者都拥有被理解的幸运。”一段话说完，宋聿修的话音颤了颤，似在艰难地掩饰着内心的痛苦，“你可知道，一旦错过那个机会，你便再也没有改变的余地了。”

陆北栀侧目，宋聿修垂下眼睫，在下眼睑落下一片阴影，掩盖住所有情绪。

“而你会因为无法接受结局，每天都活在悔恨与懊恼之中，恨不得千遍万遍地剜自己的肉，但其实那又能改变什么呢？”

“宋师兄。”陆北栀轻轻唤他。

宋聿修突然从喃喃自语中惊醒，站起身来说道：“我去洗把脸。”

即便憔悴如斯，他身上依旧散发着光芒。

是啊，他原本就是个这样敏感而又体面的人啊。

陆北栀却先他一步站起来，牢牢地锁住他的背影，暗暗在心中下定决心，咬牙走过去伸手从后面拥住了他。

前面的人没料到她突然的动作，下意识想要转身。

“别动。”女生带着哭腔。

他动作停顿。

“宋师兄……”三个字刚出口，她突然有些哽咽，“我从小到大遇到的最大的挫折大概就是在喜欢你这件事上，虽然我无法对你的难过感同身受，但我想告诉你，你有人爱，有人期待。所以要好好生活，多多珍惜自己，如果你实在做不到，可以捐给想珍惜你的我，我乐意高价回收。”

她抬眸，盯着那个后脑勺，轻轻拽着他的衣袖：“只要你愿意，我余生的肩膀糖果和爱都给你。所以你能不能，不要推开我，我只是想守护你啊。”

近二十年的孤勇，一股脑全部倾倒给你了。

就在刚刚那一瞬，我似乎拥有了地狱也愿陪你一起跳下的勇气。

就在刚刚那一瞬间，我发现这家伙冷酷无情得连自己也不打算放过，可我……真的好喜欢他啊。

宋聿修心里柔软得一塌糊涂，仿佛有无数绒毛划过心房。

他沉默地任由她抓着自己的袖口，就这样站了良久。

最后，他才察觉这小姑娘算是缠上他了，轻轻挣了挣，又怕弄疼了她，只好开口："你放开。"

"我不放。"

他无奈地叹了口气，只好侧过头，压低声音道："有人来了。"

陆北栀的脑子里突然如惊雷炸响，她涨红着脸向后移了移脑袋，看清了病房前站了谁……

完了。

一行上早班的同事路径病房门口探头探脑，三五个人把走廊堵得严严实实，均是一副看好戏的神情。

陆北栀大惊失色，连连摆手："没有……不是你们想的那样……"

没人听明白她的解释，她忙松开宋聿修的腰，往前挪了一步跟他站在一排："有病人出了紧急情况……"她往里面指了指。

众人一副了然的模样，面上却意味深长。

宋聿修有点想笑，低着头，嘴角轻挑。

他正在填写蒋依依的诊断记录，笔速飞快，落在上面的字跟他平时的风格很不一样，多了几分狂娟。

陆北栀仔细看他的脸，才发现这人憋着笑，她一时气不过，狠狠地瞪着他。

宋聿修察觉到她的目光抬起头，直直地与她对视。

他的目光像夏日滚烫的光芒，明亮又直指人心。

陆北栀怔住。

她慌忙撤回视线，伸手拽过他已经写完的诊断记录，挤过看热闹的人群。回办公室的路上，她才后知后觉地回忆刚刚的一幕。

怎么觉得，宋聿修的这个眼神有点……幸灾乐祸呢。

夜班后体力消耗得实在太大，陆北栀找了个时间眯了会儿。

醒来后，护士台的几个跟她关系要好的护士喊她去吃早餐，因为熬夜不能吃太油，她喝了几口清粥，刚提着被她一扫而光的打包盒去垃圾桶，就听见前面一阵哭喊。

陆北栀朝着声源看过去，那边围了几个人。

还没等她反应过来，小昭慌慌张张跑过来："北北，那边闹起来了。"

陆北栀脑瓜子嗡了一声，来急诊科这么久，她头一回碰见医闹。小昭虽然比她多来了个把月，但也有点慌乱："是蒋依依那个继父，原先蒋妈妈一直瞒着女儿的病情，结果昨天蒋依依一出事，他什么都知道了，听说这人喜欢赌博，估计输了不少钱，现在把火都撒到母女俩身上，简直是个无赖，见着什么摔什么。"

小昭抓耳挠腮："刚有护士过去劝他，他劈头盖脸一顿骂不说，还把一杯开水朝她泼过去……"

"受伤了？"陆北栀皱眉。

"那倒没有。这都什么人啊，女儿刚抢救回来还在病床上躺着，看着继父当众撒泼，脸都丢尽了。"

陆北栀思忖了片刻，扭头让护士台的人打电话叫安保人员，随后心一横，直接往事故现场去了。

小昭瞠目结舌，没见过小小年纪这么不怕事的。

不知道为什么，穿上白大褂的那一瞬间，陆北栀竟是一点害怕也没有。她从围观的人群里穿过去，进入病房。

蒋妈妈正蹲在地上失声痛哭，而她身边那个男人一点触动也没有，指着她破口大骂："大赔钱货生出个小赔钱货，竟然从家里偷钱给这个拖油瓶治病，我跟你结婚真是亏大发了。离婚，什么都别说了，今天就去民政局，在离婚之前，你把这段时间所有的医药费一分不少还给我，不然我立马找律师起诉你。"

大概两人发生了扭打，蒋妈妈的衬衣皱皱巴巴的，纽扣掉了两粒，脚上就一只鞋，另一只不知去哪儿了，模样十分狼狈可怜。

男人一手揪住她的领口，将其提起来，嘴里骂骂咧咧：“你这个蠢货，一天到晚就知道哭，让你给老子哭……”

看样子他要再次动手，陆北栀快步走过去，抓住男人伸过来的拳头。其他护士见状，纷纷上前将他拉住，陆北栀立即将蒋妈妈从他手里扯出来，护在身后。

她死死盯着他，声音冰冷至极：“这位家属，病房里还有其他病人，请你自重！”

“你又是哪儿冒出来的东西？”男人看了她的铭牌，脸上俱是嘲讽，“一个实习生而已，还想来管我的闲事？”

她个头娇小，看起来柔柔弱弱的，男人更不将她放在眼里，伸手欲强行推开她。陆北栀往左一闪，一地水渍未干，男人用力过猛没刹住车，再加上地上过滑，一下子跌坐在地上，他傻眼了一瞬，见周围几个人都在指指点点，心里气不过，只能耍赖：“好啊，你们现在医生很牛嘛，连患者家属都敢打。急诊科实习生陆北栀是吧，我要去院里投诉你。”

“随你。”陆北栀一个字都不愿跟他多说，拉着蒋妈妈往外走。

那人眼见着她示弱，不自觉得意了几分，加上围观的人过多，也不再纠缠，转身从柜子上顺走一颗青枣，往嘴里送去。没承想脚下再次一滑，他猝不及防向后摔去，那颗青枣成了致命之物，卡在他的气管中，顿时无法呼吸。

他张大着嘴，如同一条濒临死亡的鱼。

蒋依依惊呼：“爸！”声音里全是哭腔。

陆北栀闻声回头，在小女生的哭喊中将男人从地上拉起，他的脖颈凸起，陆北栀按了按，似有异物。她从后背猛敲数下，那颗卡在男人气管的青枣终于被吐出，而他的神色也逐渐恢复如常。

陆北栀松开他，正要离开，这男人却突然犯浑，指着她吼道："怎么，你是蓄意报复我是吧，刚刚你是不是掐了我的脖子？是不是？"

"我只是为你治疗而已。"

男人耍起赖："我不过是说你两句，你就以医治为由掐我脖子，我不会就这么算了。"

男人情绪激动，抄起柜子边的暖水瓶朝陆北栀那边扔去，人群一阵惊呼。

小昭尖叫着喊陆北栀，吓得捂住脸。

陆北栀还没来得及回头，只感觉自己突然跌入一个温暖的怀抱。

紧接着，地板上尖锐的响声传来，陆北栀扭头去看，眼前却是一黑。

"陆北栀？"

她愣了愣，听出是宋聿修的声音。

但很快神思被打断了，虽然看不清发生了什么，但她垂在一侧的手背似乎被什么划伤，疼痛感快速袭来，被她忍住："我没事。"

宋聿修这才将她放开了些，毫无表情的脸上突然泄露了一丝冷厉。

蒋依依的继父此时气急败坏地指着面前的几人破口大骂，没有半分收敛。

宋聿修轻描淡写地解开了手腕上的纽扣，褪下白大褂扔在陆北栀手里。

"宋师兄。"陆北栀没来得及扯住他。

宋聿修面色冷凝地上下打量了男人一圈，一脚踢飞了面前碍人的暖水瓶外壳。男人听到动静吓得后退了一步，想乘势溜走，被宋聿修拽住肩膀，往后一掀，男人吃痛地摔在地上哭爹喊娘。他似乎想找准时机挣脱，但被宋聿修牢牢地扣在地上动弹不得，两只手臂发出轻微的战栗，这时闻讯赶来的保安挤过人群，从宋聿修的手中将男人押走了。

这时，小昭才敢从人群里跑上前，担心地查看陆北栀的伤势，她手背的伤口极浅，比起宋聿修的伤势，她的不值一提。

因为那件白大褂的后背已经全数湿透，陆北栀抱在怀里良久，还是滚烫的。

陆北栀呆呆地站在原地，人群散去了也未察觉，宋聿修协同保安处理完这场闹剧，回来见她还没动，眼神突变："哪里受伤了？"

陆北栀食指一指男生露在外面的侧颈，因为暖水瓶碎片的割伤，有血涌出。

他似一点也不知疼，微微倾身，查看陆北栀的伤势，随后抬了抬下巴："跟我过来。"

陆北栀跟他回到办公室，有护士端着清理伤口的医药盘进来，出去时关上了门。她伤得不重，但宋聿修将她的手绑成个大猪蹄子，是不是有点过于夸张了。

"你是第一次处理这种情况，现在家属已经被控制在会议室，现场的目击人员也在，一会儿会有院领导过去，如果叫你，你不要怕。"他声音软下几分，少了平常的冷峻，"我是你的指导医生，你在科室的一切举动我都会负全部责任，我不会不管你。"

"我刚才真的只是为他医治。"

宋聿修颔首："我知道，你如实汇报，医院肯定会站在我们这一方，若他一味不讲理投诉，后面是我动了手，跟你无关。"

"可是……"

"没有可是，如果你的实习报告上被打上这几个字，以后会很难。"

所以……他在众目睽睽之下动手，更有了人证，有了替她担责的名分。

陆北栀一时之间，心里闷得不知如何是好。

“你能……帮我看看脖子上的伤吗？”宋聿修皱了皱眉，“有些疼了。”

她抬起头，看见他脖子上足有半指长的伤痕，已经在慢慢结痂了，幸好划得不深。因为他伤的是侧颈，处理起来不是特别方便，陆北栀面对着他，躬下身，用棉签蘸掉血迹。

会留疤吧，短时间还不能沾水。

她动作极轻，怕弄疼他，每擦一点，便凑近吹了吹。

那一阵细小的气流仿佛在他伤口处打了个转儿，延伸到锁骨，蔓进胸腔，在他心尖儿上盘旋了几圈，来来回回，折磨出一小撮让人难以忍受的痒。

两分钟后，陆北栀感受到手臂突然袭来麻意，后背也开始酸痛。外面一阵狂风吹得窗户呼啦作响，她受到惊吓没撑住身体蓦然跌坐在宋聿修的大腿上。

一秒。

两秒。

两人面面相觑，均是愣住。

随后陆北栀慌乱着站起，他忽然伸手揽住她的腰，她不受控制地抓住他的肩膀，一抬下颚，两人鼻尖对着鼻尖，仅一瞬，她迅速弹开。

腰还是被宋聿修搂着，她盯着他，他的声音有些不太自然：“就这样坐着吧，免得你猫着腰难受。”

陆北栀“嗯”了一声，大气不敢出。

直到贴好创可贴，她才松了口气：“好了。”

宋聿修的手松开，炎热的空气在两人之间丝丝流动着。陆北栀还没站起来，就见他右手托着她的后脑勺，将她的头掰正，仔细地看着她的眼睛："以后不要受伤。"

她从未见过他如此温柔的模样，一时竟觉得有点错愕。

蒋依依继父有意将事情闹大，很快惊动了院里。他更是在网络上以受害者名义造势，不久之后有当日录制的视频经过剪辑之后发布到网络上，余安医院急诊科一时之间成了众矢之的。没过几日，蒋依依继父带着律师团队趾高气扬来到医院，主任将陆北栀也一同叫了过去。

手术室里，宋聿修正在进行的手术已经进入收尾阶段。

是一位腹部受到刺伤的病患，利器穿破脾脏，好在已经止住出血，目前正在缝合。一般情况下，有宋聿修的手术室护士们是不敢闲聊的，大约是这些天急诊科发生的事太多太杂，所以人心惶惶，眼见手术快要结束，大家这才放松了警惕，私下偷偷闲聊了几句。

"听说北栀被家属律师要求当面对质，看起来事情发展很严重……"

麻醉科医生听到动静，咳嗽了声，怒目瞪着两位低声说话的护士。两人立马噤声，偷偷瞄了眼宋医生的侧脸，好在他没有注意到这边。原以为他没听见，直到他进行完缝合工作，巡回护士帮他褪下手术服，其他人抬眸看过去，宋医生的眼底似结了层寒冰，嗖嗖地往外放着冷箭，大家瞬间吓得大气不敢出。

宋聿修从手术室出来，径直去了会议室。

在这之前，距离陆北栀被叫去谈话已经过了半个小时。

她坐在一张办公桌前，蒋依依继父带着两三名律师气势汹汹。她从小到大很少闯祸，几乎没有面临过这种阵仗，虽一时之间有些茫然，但也谈不上犯怵。

"从当天的监控来看，你确实对患者家属有过不当的言行。"

“我只是在基于事实的基础上给予反驳，而且当时他被异物呛进气管，已经导致了窒息，如果不及时抢救会出人命，我并不认为我有错。”

“你与病患家属所处的地方刚好避开监控一角，且当时并无诊疗记录，来证明你没有违规操作。”

“在场的人可以做证。”

“围观的人除了病人、家属就是你的同事，医生以外的人无法了解全貌，当然没有发言的资格，至于在场的医生，我并不认为你的同事不会包庇你。”

面对她的沉默不言，问询的律师一时有些不耐烦，冷声斥道：“作为一个医生要做的起码守则都不清楚，你的指导医师就是这么教你的？”

陆北栀喉咙动了动，半晌过后才哑声开口：“跟他没有任何关系。”

律师抱臂看向她。

“是我看不过病人家属的做派，而且当日他有严重的家庭暴力倾向，不当的言辞已经影响到病房的其他病人，所以我才……”

“你看不过要出手教训我的当事人？你当自己是警察啊？”

陆北栀一时无话，敛下眉目。一股委屈积攒在胸腔里，她忍耐着，却渐渐有了下坠感。

“你别以为这是小事，你一个实习生而已，一个不小心就会毁掉自己的职业生涯，懂不懂？”

她闷头，眼眶酸楚。

这时，门外有脚步声传来，紧接着会议室的门把手被扭动了一下，没开。

门是反锁着的。

突然轰隆一声响，接着又是两声。

门被踢开了，陆北栀扭头。

宋聿修就站在门口，他的白大褂向后翻飞，眉目里有沉寂星空，排山倒海而来。

“陆北栀，起来，跟我走。”他的视线落在陆北栀身上，没有移开。

“宋医生你要做什么，我们正在调查。”几个律师怒目而视。

宋聿修几个大步进去，伸手将陆北栀拽起来，挡在自己身后：“我是她的实习负责人，有事你们可以直接找我，当日我也在现场，且你们口中所谓的事故也有我的一份。她初来医院，不懂人情世故，是我没教会她，一切处分我会承担。”

宋聿修说完，转身扣住陆北栀纤细的手指，轻轻将她往自己身边拉了拉，然后离开了会议室，余下的几个人纷纷侧头。

他的手掌宽大而又温暖，让人舍不得挣脱开。

她被这个人这般抓着手，心情一下子变得奇奇怪怪。好像可以把他当作依靠，好像明知道爱情只不过是个破碎的过程，但内心的呢喃在告诉自己，不会后悔。

爱上他，是一件过分幸福的事。

陆北栀一路被他拽着前行，视线定定地盯住他的后脑勺，脑海里全是他刚刚似乎从天而降的情景。

两人就这样上了顶楼天台。

因为是阴雨天，风十分大，吹得人睁不开眼，可正是这一阵接着一阵的狂风，将人的郁闷一扫而空。

“怎么，这点小事就要英勇就义了？”

男声在身后响起。

陆北栀松开扶在栏杆上的手，转身看见宋聿修从口袋里拿出一小袋猫粮，对着角落唤了两声，一会儿有只奶白色的小猫从一堆废品中钻出来，一瘸一拐地走到他面前。

宋聿修蹲下身，揉搓了下它的小脑袋，抬头看了眼一旁的女生，淡声道：“要不要一起来喂？”

陆北栀错愕，走到他身边好奇地问：“宋师兄也养猫吗？”

“今天早上过来的路上捡的。”宋聿修倒了一点猫粮在掌心里，剩下的递给她，“它的腿受伤了，我把它放到顶楼，晚上再带回家。”

“你要领养它吗？”

“不会，等它伤势好转了会送去宠物中心。”宋聿修喂着猫，见边上的人一时半会儿没了动静，“你在想什么？”

“宋师兄做每件事，好像都很有规划，是个明白自己想要什么的人。”

宋聿修闻言，静静地看着她。

她真诚的一面总是很动人。

他嗓音有点喑哑，略略低沉道：“也不是，起码最近我感觉，在某些事情上有些力不从心。”

陆北栀不清楚他说的是什么，疑惑地问：“为什么？”

他没有继续回答下去：“说不清楚。”

男生隐晦地作答让她的情绪也低沉下去，她再开口时已然有了负能量：“真想也像它一样受了伤被好心人捡走，然后能从让人低落的环境里逃开一会儿。”

宋聿修没察觉自己的声音里带着一丝宠溺的笑意：“你也当猫啊。”

虽然今天的事让她有了些负面情绪，但没有他想象中的糟糕，最起码还会开玩笑，他放心下来，轻声打趣她。

“也许我本来就是呢。”

陆北栀在他面前蹲下身，抓住他空着的三根手指，缓缓凑近了些，短促又轻柔地叫了声：“喵呜！”

宋聿修怔忡，这才意识到她是在冲自己撒娇。

女生的声音细腻又软糯，让人毫无抵抗力。

嗓子太干！

这地方没有半口水喝，他也不知道要干吗，下意识地从口袋摸了根烟出来，上齿咬了咬，又觉得她在此处，抽烟实在不好，偷摸将烟放回原处。

这时，陆北栀已经喂完猫，站起身的时候速度太快，眼前一黑，伸手拽住宋聿修的衣领。

她眼前黑点无数，根本不知道此刻将宋聿修拽到多近。

他的头在她的力道作用下，骤然靠近，她眼睛微眯着，浓密的睫毛如同一扇轻轻挥动的翅膀，勾人心魄的东西呼之欲出。

顿时，他心跳声如雷。

这个人真的是要了命了。

PART.07
我想成为宋师兄不会
轻易丢弃的那类人

“我有点低血糖。”陆北栀尴尬地解释了句。

她脸上滚烫，不好意思地别过头，正巧傅司南打电话给她，她接了个电话匆匆离开了。

宋聿修原地站了会儿，平复了心情，才从天台下去。路上碰见方灿灿，瞧她过来的方向，大概是从急诊科过来的。

“有事？”宋聿修见她堵在自己面前，开口问。

“我了解的你，从不多管闲事，今天却闯进会议室当众失态，即便陆北栀是你手下的实习生，你也不必做到这种地步。”

宋聿修抿唇，冷声道：“让开。”

方灿灿步步紧逼，继续追问：“接下来你想怎么做，替她拦下责任，还是替她背掉所有处分？”

宋聿修别过头：“这是我的私事，没必要跟你谈。”

方灿灿怒目圆瞪：“你竟然将她纳入你的私事范围，她算什么？”

“方灿灿，我尽同事之谊把你当朋友，但你没有质问我的权利。”

闻言，方才还来势汹汹的女生此时气场全无，后退了一步道：“院里不会同意让你出去顶包，一个实习生对他们而言没什么损失，但你是医院最出色的医生，他们不会同意你担责。”

“那是我的事了。”他的语气冷淡得如同对一个陌生人。

“我可以帮你。”

方灿灿叫住他，她对他的在意已经超过自己的想象，此时只有一个念头。

不管用什么手段都要留住他，哪怕有一丝机会也好。

宋聿修站定，转身："你想说什么？"

"我手上有当时医闹的完整视频，我可以帮你，帮陆北栀，只要放到网上去，现在舆论风向立马就会转变。蒋依依继父无非是想借网友的助力，一旦失去，他又怎么蹦跶得起来。当然，你也可以去找当时所有目击的人要，但当时你不在现场，等你找到，她或许早就被医院开除了。"

宋聿修沉默了几秒。

"也许你不会在意这些，但陆北栀她的路还长，如果一开始就被堵死了她要怎么走下去，你想过没有？"

"你想要什么？"

方灿灿神色恢复了正常，又变成那个姿态骄傲的公主："我要你手术室一助的位置。"

宋聿修愣了愣："你在外科，没有必要。"

"不是我，但也不准你用她，其他谁只要你认为得力都可以。"

宋聿修没有想过方灿灿对陆北栀的芥蒂如此深："刚刚那一瞬，我在想你跟我从前认识的方灿灿到底是不是同一个。"

"近水楼台先得月的机会，我得不到，也不会让给别人。你可能小看女人之间的嫉妒心了。"

宋聿修低声笑起来，他的嗓音里全是冷漠："随你。"

随我……

自始至终，感情都是她一厢情愿的事。

交易明明如她所料，进展顺利，为什么心里却这样苦涩不堪？

傅司南一出诊疗室就听见陆北栀因为医闹被约谈一事，在急诊科找她半天没见到人之后，才打电话给她，将她叫出来吃午餐。

菜已经点好，陆北栀刚出现在食堂门口，傅司南便冲她招手。

自家妹妹没有他想象中脆弱，如同平常一样大快朵颐，傅司南目瞪口呆：“我该说你是心态好，还是说你没心没肺。”

“哥，我已经被骂了一顿，你就让我好好吃顿饭吧。”

傅司南努努嘴，将自己面前的菜碟推过去，又夹了个鸡腿到她碗里。

“你打算怎么办，事情没你想象的简单，你知道现在网络暴力有多严重吗，黑的都能被那些人说成白的，也不知道是谁出的招，听说蒋依依这个继父还收买了好几个营销号，现在医患关系本就紧张，到时候你有口难辩。”

陆北栀点点头：“我行得正坐得端，兵来将挡，水来土掩好了。”

傅司南敲了敲她的脑袋瓜子，叹道：“你啊，有我在你别怕。”

“你有什么好办法？”

“要不找爸爸帮忙吧。”

陆北栀突然停下夹菜的动作，将筷子往桌上一拍：“不行。”

傅司南被吓了一大跳：“家里有关系你不用，你蠢啊你，这都火烧眉毛了。”

“本来爸妈就不想让我进医院，我当时学医也是生磨硬踹，他们一开始就打算送我出国留学，顶多做个医学研究什么的，现在出了这么一档子事，他们肯定不会再让我在医院待了。”

“就为了留在宋聿修那个木头身边，你真是什么苦都能吃。”

陆北栀眨眨眼，狡辩道：“我这是为了医学事业发展，尽自己的一份力。”

“你就扯吧。”傅司南顿了顿，“这事其实只要院方出面跟家属调解好，很快会翻篇的，我会尽快跟医院领导沟通，这几天你要是不想在医院待，就请假在家等消息，等我处理好这件事，你再回来……”

虽然知道哥哥一向对自己的事情关心有加，但陆北栀还是谢绝了他的好意，出声打断：“我没你想象的脆弱，该配合调查的我一件都不会落下，工作也会好好完成的，你放心。”

午餐时间很快结束，兄妹二人在食堂门口分道扬镳。

蒋依依继父事件将医院推到风口浪尖，往常医院人满为患，这几日却冷清了些，但急诊科的琐事还是如之前一样忙碌。傅司南在下班前收到陆北栀的信息被告知她需要加班，于是放弃接她回家，约了几个医院做行政管理的好友去酒馆坐坐，顺便探听下院方的口风。

他是进了酒馆之后，才看见距离自己餐桌不远处坐着一个人，她背对着他，无法确认面孔，只是高高扎起的波浪马尾隐约让他清楚了是谁。

借酒消愁的女生连背影都充满了失意。

傅司南与好友酒过三巡，谢绝了跟他们去第二轮聚餐的提议，站在酒馆门口，车钥匙转了转，进车里坐了会儿，终是没有发车。

本就即将进入黑夜的天际霎时沉得吓人，狂风大作，似有暴雨来临。

不知等了多久，雨迟迟未下。

他抬头，方灿灿正坐在靠窗的位置，她很少喝酒，今日有意将自己灌醉。

周身人来人往，热闹如常，傅司南的心像被磕破了个口子，突如其来的刺痛让他放弃了等待，迅速打开车门，朝着酒馆大步走去。

不知道是不是酒喝多了，还是哭过的痕迹实在明显，方灿灿眼睛红通通的，脸上的妆容被毁得乱七八糟，她看见傅司南风风火火过来的时候吓了一大跳。

“家住哪儿？我送你回去。”

他走得太快，气息还未平复，脸色不太好看。

方灿灿重新斟了杯酒，旁若无人地喝掉：“下了班你也这么爱管人？”

两人僵持了会儿。

傅司南干脆不理会方灿灿的挣扎，伸手将她带出座位，轻俯身单手用力，她惊呼一声，整个人已经被他扛在右肩上。

这人看着斯斯文文，从哪里练就这么好的臂力？

酒馆的人纷纷侧头看过来，她难得乖巧没有多话。只是突如其来的剧烈晃动，将她五脏六腑差点颠移位了，酒劲突然上来，她捂着嘴晃荡着双腿。

傅司南不知她的难受，以为她还要回去灌自己，沉声斥道：“老实待着。”

“我想吐了。”女生隐忍的声音从指缝中漏出来。

他警铃大作，四处寻位置，周边没有能坐的地方，就几百米处有个低矮的围墙，他将她扛过去，抱她坐在上面，单手圈住她的腿将人固定住，腾出来的手解了外套，无言地递过去。

方灿灿一眼认出那是某个知名品牌的限量款，价值不菲，但男生没有半点心疼，像丢一块抹布一般丢在她身上。但呕吐的欲望容不得她多想，抓起外套捂住嘴。

呕——

傅司南眉头皱了皱。

“你到底为了谁这么糟蹋自己？”

方灿灿吐完，用那件价格高昂的外套擦了擦嘴，不服气地辩解道：“我怎么就糟蹋自己了？我是生气某些人没有眼光，不懂得珍惜眼前人。”

傅司南冷笑道：“原来你是在气你自己？”

“嗯？”方灿灿晃了晃醉得不轻的脑袋，弄清楚他意有所指，脸红无话了。

夜风阵阵，她穿着风衣都嫌冷，男生抱着自己的双腿别过头，他外套被她折腾得脏兮兮，上半身只剩下一件短袖，看着都冷。陪着自己发疯的傅司南怎么看怎么可怜，她软下调子，张开手掌，搁在他的头顶上，嘀嘀咕咕地念咒：“摸摸小猪头，万事不用愁。”

一遍还不够，又念叨了一遍。

傅司南忍不住笑了：“方灿灿，你又在发什么疯？”

“你是个很好的人，傅司南。”

男生白了她一眼：“废话。”

他重新将她抱了起来，缓慢往车里走，怕再次颠了她，走得很小心，嘴里的话淡了语气：“要发好人卡回车里说。”

方灿灿闹着不愿上车，被他骗到副驾驶座。

傅司南四处找她的手机，用她的指纹解了锁之后，找到购物车里家里的地址，这才上了驾驶位，输入导航后往她家驶去。

车里放了一点轻音乐，路上方灿灿睡着了。

他将她那侧的窗户关上，随后放慢了车速，有意兜兜转转，选了条最绕的路。车进了方灿灿住的小区，拐到她所在的楼栋停下。

傅司南叫醒了这个醉鬼，她晕晕乎乎，早就没有走路的力气。他只得一手拿着她的包，另一手拖着她。她跌跌撞撞跟他进了电梯，从某种角度上看，她像个脑子不好使的蜘蛛，倒挂在他身上。艰难地找到她家，又从包里寻了钥匙，等进入家门的时候，他已经满头大汗。

房里漆黑一片，他腾不出手来找玄关的灯，抹黑着朝前走，脚踩在台阶上没站稳，两个人都摔在地上，他下意识地托住她的后脑勺。

“疼。”下面的人嘟囔了句。

傅司南听见她吸鼻涕的声音，察觉到她语气里的不对劲，找手机打开手电筒，将光亮朝她那边移了移：“哭了吗？”语气里全是叹息跟无可奈何。

光芒落在她脸上，本来通红的鼻头更红了些，她平常高傲得如同一只天鹅，从不愿意轻易依靠任何人，脆弱的样子煞是可爱。

傅司南心动了动。

那一股疼惜是从心底里发出来的，他低头吻住她眼角的泪痕，客厅的灯却突然亮了。

他的动作定格了一瞬，想到什么，蓦然抬眸。

面前站着一位身着睡衣的中年女人，一脸震惊地盯着倒在地上的二人。

受到强光刺激的方灿灿醒了过来，推开傅司南挡在她一侧的手臂，揉着眼睛站起来，对着客厅里站着的女人云淡风轻地叫了句：“妈。”

医院不是一直说方灿灿是一人独居吗？

傅司南的脑子突然炸了。

所以——他刚刚是当着人家妈妈的面……偷亲了她的女儿吗？

完了……

从第二日开始，网上那一场闹剧的讨论风向突然转变，从之前大多数对医护人员的讨伐向保护医疗人员人身安全倒戈，原因是有知情人员公布了蒋依依继父当日所有行程，一个无赖的赌徒形象让众多网友愤怒不已。没过多久，这场闹剧的完整视频在网络上传播，陆北栀的说辞全部得到佐证，很快余安医院又重新归于平静。

这里面谁出了力呢，也许是哥哥，又或者是爸爸得知了消息力挽狂澜将她从风暴的中心拉了出来。

事情已经全部解决，陆北栀上班的步伐也轻盈了些，一大早化了个淡妆，从自家餐桌上叼了片面包匆匆出门。

医院门口遇到小昭，两人有说有笑进了大厅，却在公告栏里看到一张处分的通告，而责任医生那一栏俨然写着宋聿修的名字。陆北栀想到什么，立马朝急诊科狂奔而去，却没在办公室里见到人。

正巧沈霁初从边上经过，陆北栀拉住他，着急地问："宋师兄呢？"

沈霁初讶异："你不知道？他今天请假了。"

"为什么是今天……"陆北栀喃喃自语。

沈霁初翻了翻手机里的日历，确认今日不是什么节日，这才收起手机："他身体不太舒服，原本还打算硬撑，是我将他骂走的。"

"我在微信上找他，他没回话。你有他手机号吗？"

沈霁初报了串数字过去，他见陆北栀转身要走，伸手将人拦住："你不会是因为今天要做徐慧茹的诊疗想临阵脱逃吧？陆北栀我可告诉你啊，你宋师兄请假的时候再三叮嘱我，不要让你偷懒，大明星的手术你得跟着，我虽然不如宋聿修严厉，但这会儿你要撂挑子不干我可要跟你指导医生告你状了。"

陆北栀站定："徐慧茹醒了吗？"

"醒是醒了，但目前谁也不愿见，她的双腿如果不及时复健，多半就废了。"

"那关于性侵一事呢？"

沈霁初掩了掩长睫："她不说。之前的检查结果我已经交给警方，她如果不愿配合，这事最终也只会不了了之。"

"可是……"

沈霁初打断她："北栀，我们只负责治病救人，其他的不在我们要管的范畴。你送她去复健科吧，作为奖励……"沈霁初眼底的笑意深邃了些，"我送你一份大礼。"

陆北栀眯起眼："什么？"

沈霁初笑眼弯弯："你宋师兄闺房的地址。"

徐慧茹的病情需要急诊科与复健科联合会诊陆北栀提前得知了消息，但遇见顾淮的时候还是惊讶了一下。从上学期期末之后，两人已经一个多月没见，她忙于实习，没打听他留在复健科，医院也不过就几栋大楼，两人竟然一次也没碰见过。

顾淮见到她惊喜得很，只字不提他是在这次的联合会诊名单上见到陆北栀的名字才自荐参加的，可真见到了人，嘴巴磕磕绊绊，想说的几句话一个字也讲不出来。

陆北栀自然地跟他寒暄了几句之后，推着徐慧茹跟他去复健科的主治医师那里。

一路上，许久不言的徐慧茹难得开口："他喜欢你？"

陆北栀没想到她跟自己说的第一句话竟是这个，抬头瞧见顾淮就距离二人不过几米的距离，尴尬地一哆嗦，牙齿差点儿咬到下唇："没有的事。"

徐慧茹皱眉："你几岁？这点感觉都没有？是情窦还没开吗？"

"总之是没有的。"

"看人对你挺殷勤。"徐慧茹想了想，恍然大悟道，"哦，你喜欢那个医生，急诊科里长得最帅的那位。"

陆北栀窘了，闭口不言。

徐慧茹眨眼，她十几岁就进娱乐圈，比陆北栀大不了几岁，容颜尚好，却已经满目风霜了，就像一棵空有美貌，但里面早已腐朽不堪的树。

思索半晌，她笑了，淡淡地说：“有意思。”

大约是担心宋聿修的情况，陆北栀一整天都有些魂不守舍，小事不断出错，被沈霁初骂了好几遍。到了下班的点，沈霁初见她来回在走廊踱步，不忍心再吊着她，放她下班了。

陆北栀捏着沈霁初给的地址，狂奔下楼，在医院门口叫了辆出租车。

沈霁初饶有兴致地在窗户边看见楼下女生忙不迭的模样，被刚做完手术的陈楠看见，打趣：“看什么呢，这么有趣。”等他凑近，认出下面的人，“这不是你们科室的实习生吗？她这么匆忙像赶着去还债的。”

两人相识已久，沈霁初默契地接过好友的玩笑，笑着说：“谁知道是不是情债呢？”

陆北栀在车上给宋聿修打电话，手机里一直嘟声不断，无人接听，但她没有挂断。按照宋聿修的个性，即便是请假手机也会随时放在身边，方便第一时间知晓医院的紧急事务。

果然，没一会儿，有嘶哑的男声传来：“喂。”声音似被什么捂着，闷闷的。

“我是陆北栀。”

那边的人安静了一会儿，“嗯”了声。

陆北栀在听到他的声音之后稍稍放心了些，但也不知道要说什么。半晌无话，那头的人竟也没有挂断，任她沉默。出租车在市内行驶，窗外不断有建筑物后退，没过一会儿，电话那头有呼吸声传来，他睡着了。

不好打扰他的休息，陆北栀站在他公寓门口等到天黑，直到有快递员上来，她替他收了快递才敲门，天黑看不清他的神色，直到进屋后，就着灯光才看清他的脸色，苍白如纸。

宋聿修实在腾不出力气来招待她，裹着张毯子在沙发上坐着，一个喷嚏接一个喷嚏。

“发烧吗？”陆北栀伸手探了探他的额头，滚烫的。

还好她来之前，在药店买了些感冒药。陆北栀还想看看他脖子上的伤，但被他躲开了：“有些口渴。”

陆北栀在客厅里寻了半天，找到只很久没使用过的电热水壶，灌满水通电之后，没过一会儿，有水沸腾的声音传来。

她拆了包感冒灵倒入玻璃杯中，加了开水冲泡好，拿在嘴边吹了吹，等稍微晾凉了才递过去。宋聿修接过，就着掌心几颗白色药丸一饮而尽。陆北栀着急了：“太烫了。”

她话刚说完，宋聿修已经将水杯递还回来。

“你回去吧。”他昏昏沉沉，手臂无力地撑在沙发上。

陆北栀执拗：“等你烧退了我就走。”说完，她扶他躺下，但被他拒绝了。

陆北栀皱眉：“从现在开始我是你的主治医生，你得听我的。”

宋聿修压下眼睫，失笑：“你的硬气全用在我这儿了。”

“躺下吧。”陆北栀无可奈何，手轻轻拍了下他的后背。

宋聿修目光抖动了下。

“怎么了？”陆北栀侧头询问。

男生忍了忍，齿间漏了丝闷哼声：“疼。”最终他挤出了一个字。

陆北栀撤回手，想掀起他后背的居家服，但他突然抓住她的手，不让她碰。

他沉默地捏着她几根手指，丝毫没有松开的意思。

“你后背是不是还有伤？”陆北栀想起前几天在急诊科里他挡在她身前的那一下，因为这段时间发生的事太多太杂，她竟一时没想起来，心里大骇，眼底升起一股温热的水汽，“让我看看。”

她眼眶已经泛红，不再退让，两人僵持不下。

最终宋聿修让了一下，松开手，陆北栀掀起他后背的衣裳，他右肩下一大片皮肤竟没有一块好的，密密麻麻全是燎泡，有些破了，翻起一小块皮。

他感觉有温热的液体打在后背。

“一点小伤。”他想要安慰她，张张嘴，口腔里发干，勉强咽了咽口水，艰难地扭头将她的身体掰到眼前，伸手擦掉她眼角的泪水，“我没事，你不要哭。”

他难得的温柔模样让陆北栀更是泣不成声。

“我听沈医生说，你私下跟蒋依依的继父道了歉，你替我扛了所有委屈，我还自以为遇到了多了不起的困境。”陆北栀哭得目光失焦。

宋聿修克制住痛，温言道：“你心里过得了这道坎已经挺好的了，这事你本就没错，但是北北，以后不许再冲动，其实有更好的办法让你规避掉那些东西，你只是经验太少，这不怪你。”

“回去吧。”他明明极度渴望她留下，却又出声催促。

他喝了药，眼皮实在撑不住多久，困意来袭，只觉得有道黑影在前面晃了晃，便陷入更深的梦境。

一觉醒来，已是深夜。宋聿修醒来想翻身，脚边的被子被压得严严实实，房间里就亮了个小夜灯。他借着这丝光亮凑近看，腿边趴着个人，那张脸一侧露在外面，另一侧压着两只交叉的手臂。

他躺的地方是客厅，墙上的电视是开着的，静音，空有画面在变换，里面播放着一部英国电影。绝美的光影通过屏幕投射在房间里，他低头看过去，女生在光影中安静无声。他以前只觉得她清秀，虽刚成年，五官已经有了美人的影子，此刻的她明明早已美得动人心魄了。

美得他不知道如何触碰她。

他轻手轻脚起身，将她横抱起，放到沙发上，盖上毯子。

他哪儿也没去，事实上哪儿也去不了。他早就知道，她所在之地就是囚牢，他已然心甘情愿做了困兽。

他单手托着头，烧已退了不少，此时没有什么不适感，不会干扰他看着她。他这张沙发是当初沈霁初陪他去家具公司挑的，足够软，陆北栀整个人陷在里面，似乎觉得没什么着落感，动辄翻身。

她一动，宋聿修便替她掩好被子。

直到她找到个舒适点，睡得深，再也不动了，宋聿修起身去了浴室。

被断断续续的水声吵醒，陆北栀有夜里起来喝水的习惯，即便是在他人家里也不变，她晕晕乎乎起来找水，只当是在自己家中。直到看清对面裹着白色浴巾的人，她才蓦然惊醒，一时间站也不是，跑也不是，无措地立在柜子一侧。

“找什么？”宋聿修踩着拖鞋过去。

“喝水。”她嗫嚅着答。

宋聿修欺身过来，挡住光亮。有香味袭来，是他沐浴乳的味道，清冽的男香充斥着一小块空间。她也不敢动，庆幸是在晚上，不会让人发现她热烘烘的脸。

他倒了杯水递过来，后撤了几步，她宛如劫后余生，有了喘息之机。

陆北栀抱着水杯，那股清香很快散去，她喝完水才发现他在四处找钥匙。她拉住他：“你做什么？”

宋聿修抬了抬手腕："这个点送你回去来得及。"

陆北栀一把箍住他的腰，不让他行动，语气里尽是哭腔："为什么，为什么总是要赶我走？"

她话说得委屈，让听的人心头一酸。

"你伤是因我而起，连我在身边照顾你都不许吗？"

"我不是什么了不起的人，你爱不到放弃就是，何苦为难自己？"

"可这世界上就是有这样一种人，无所谓大费周章，只要在喜欢的事物边上待着就快乐十分。"

宋聿修僵住。

半晌，他抬手拨开她的手指，没承想女生力气比他想象中要大得多，他无奈："我不找了，你松开。"

陆北栀知道他从不说假话，思索了会儿，松了。

他转身，双手按在她的肩头，俯身看她的眼睛："为什么要这么倔？"

他的呼吸，他的目光，他的气息，他所有的一切，如同千斤重，压在她的眼底。是什么时候开始，只要他一出现，她的毛孔里都倒映着他的影子。

"我只是止不住对你的喜欢啊。"她突然答，顿时泄了气。

听得他生病的消息坐立难安，察觉到他会对自己好，心里便百转千回地想，他待自己到底，有没有几分真心与爱意。

这个人还不知道吧，他的眼睛能救人，也能杀人。

饶是她怎么心高气傲，那是这世界上唯一困住她的地方。

"宋师兄，你可以忽视我的喜欢，而我会努力做一个不会被你轻易丢弃的人。"

宋聿修拿她没有办法："为什么要这么傻啊。"他毫无征兆地拉着她，将她揽入怀中，“你这样叫我该拿你怎么办。”

他的怀抱宽厚，贴进她皮肤的每一处都是温暖的。

陆北栀被他紧紧箍在怀里，一颗心怎么也捂不住，似要马上蹦出来。

他的呼吸就在她头顶，咫尺距离，落下来跳跃在她的眼皮上，鼻梁上。

“宋师兄。”她低声叫他。

“跟我恋爱吧。”陆北栀的嘴唇微微翕动着，冥思苦想出一个理由，“我不麻烦的。”

他喉咙滚动了一下，松开手看了她一眼，收了收下巴：“帮我把眼镜取下来吧。”

陆北栀踮起脚，将那副银框眼镜从他高挺的鼻梁上拿下，原本在这后面的深邃目光再无遮挡，攫人噬人的东西全在里头。她刚要垂下手，一抬头，前面那张脸倏然放大，侧头过来，准确无误地找准她的唇，偷袭而来。

陆北栀受到惊吓，后退两步，他手掌伸过来扣在她的腰上，避免她撞到身后的柜子上。

这一下，让两人距离极尽贴合。

宋聿修松开她，低头很认真地看她，忽然一笑：“这样我才好吻你啊。”

“确定不会后悔吗？”他开口问，声音沙哑但好听，像风拂过草原，让她心底某片已经枯萎的东西倏而复生。

“嗯。”她伸手摸到他心脏的位置，尽管隔着衣料，也听得见里面狂乱的心跳，“我听见它了，你骗不了人。”

她抬头，直到他再次俯身，含住她的下唇。

这是陆北栀的初吻，她给了最爱的人。

尽管生疏，也想要尽可能地回应，她微微张口，轻抵在他的唇瓣上，第一次感受到一个男生的唇，这么软。她有些期待又有点怯弱，但宋聿修再次将她箍紧，让她彻底放弃杂念。

宋聿修从不知道自己原来有这么大的欲望，他原本以为只有一点点的心动，在被陆北栀撕开一条缝隙之后，终于全数倾泻而出。

原来早已那样深不见底。

北北，我的喜欢可是一辈子，你承受得住吗？

他的手指从她扬起的后颈滑入，指腹摩挲在细嫩的耳垂上。那块皮肤本就敏感之极，仿佛烈日下的火炬，一点就着，她几乎忍着战栗，双手环住他的腰死死地抵在他的怀里。

两人如同掉进深水湖泊，放弃挣扎，甘愿在这场深吻里溺亡。

“宋师兄……”她面红耳赤地挣扎出来，大口地喘气。

宋聿修却没有给她多余的喘息之机，笑着问她：“现在就后悔了？”他迅速地找到她的唇。

陆北栀瞪大眼睛，接吻时的宋师兄可不如平日里看到的斯文，简直就是如狼似虎嘛。

宋聿修抚摸着她的头发，电视里的电影放完了一部，又自动跳入另一部。

“北北，你是我的救赎。”他说。

他又口渴得很，四处找水喝，没看见水杯就在茶几边伸手就能够到的位置，陆北栀咯咯笑起来。她仰头盯着他，甚至在喉结的耸动下看出他吞咽了几次。

那白皙的脖颈袒露在光线下，在陆北栀的记忆中，有好看肤色的她只在大一时遇见过一个教官，那是在阳光下暴晒的古铜色，与宋聿修常年在手术室里养成的肤色完全不同，也不及他万分之一惑人。

宋聿修没料到女生会突然凑过来，他以为她在开玩笑，却见她在自己侧颈上狠狠咬了一口。

突如其来的疼痛告诉他，这一切都是鲜活的、真实的。

陆北栀又觉得难过，轻轻吮了吮那道印记，不知道是在对着他还是对着自己轻声道："现在盖章了。"

"这病似乎生得很值。"他将她拥在怀里，许久没有放开。

PART.08
什么时候对她进行一场
烟花般的告白，是我最想做的事

正巧第二日是周末，前夜里怎么折腾都无所谓，但事实上后来什么也没发生，陆北栀独自一人睡在卧室，而真正的病人在沙发上翻来覆去一整夜。早上，她被厨房油炸的声音吵醒，惊坐在床上，在宋聿修的卧室里找到镜子，看见里面那张妆花得乱七八糟的脸，顶着一头鸡窝神情木讷。

呃……不该是这样的，在她的幻想里，确认恋爱后的第一天应该是化着美美的妆，穿上好看的连衣裙约会的场景啊。

陆北栀狂挠头。

卫生间在外面，她的包应该还在客厅的沙发里，里面有简单的化妆工具。她在脑海里回忆了他家卫生间的位置，再三规划好路线后，决定以迅雷不及掩耳之势冲出去，在宋聿修还没反应过来时，迅速整理好仪容，以最好的姿态出现在他面前。

她在心里暗暗打气，深呼一口气之后扭开门把手，越过层层障碍物，直奔沙发，将包抱在怀里，偷偷向厨房张望了一眼，想确认人是不是还在里面，但半掩的门挡住了视线。她做贼似的后退，正要往卫生间去，一只手撑在她身侧的柜子上，正挡在她面前。

陆北栀一个转身便撞在他胸口上，她惊得抬头。

还是熟悉的脸，黑压压的眼睛，不似昨天晚上那般红得出奇。陆北栀摆摆头，想把昨天的记忆全部删去，但它的每一个细节都深刻在脑海中了。

宋聿修并不打算撤开身子：“才一个晚上就认不出了？”

陆北栀脸红，她一大早直勾勾盯着人家看什么，她张张嘴，也不晓得说什么，仓皇之间只能干笑。

尴尬的气氛里，她看见宋聿修朝她光着的双脚睇过来一眼。

独居的男人房里没有多余的拖鞋，她把脚丫往后挪了挪，试图藏在裤脚下面，突然感觉身子一轻，整个人被宋聿修往上提了一下。反应过来时，她的脚已经落在他的脚背上。

“我去了趟超市，买了些生活用品回来，放在洗手池边上了，你自己去拆。”他的感冒好了不少，清晨的声音很抓人心。

陆北栀点点头：“谢谢。”

天哪……她到底怎么了？昨天那样没皮没脸对着人家表白，这会儿竟然紧张成这样。

“鸡蛋你想加盐还是酱油？”

房子里只有他们两个人。

起床之后聊早餐的话题真的很像老夫老妻吧。

“我跟你一样。”陆北栀轻声答。

她抬眸，面对面，两人又对视了一会儿。

“我想先去洗漱。”她撤回视线，指了下卫生间的方向。

“嗯。”他稍一用力，将她整个人带进怀里，抱到卫生间的洗涮台上坐下，从新买的一大堆生活用品里面找到一双粉色拖鞋，穿在她的脚上。

那双手在手术台上翻云覆雨，此时却在为她穿鞋，陆北栀脸有些烫，她仰头打量卫生间里的一切，试图分散被他吸引的注意力。却看见原先所有的单人用品边上都多了一份女生物品，牙刷、毛巾……浴室的整体装修风格沿袭了卧室与客厅，暖色调，不算亮，但看得人温暖。

他单膝跪地，帮她穿好拖鞋：“吃完饭我送你回家。”

“下周末有什么安排吗？”他又问。

陆北栀没答话，想先弄懂他的意图。

“沈霁初安排了个聚会，有些A大的校友，你想去吗？还是去看电影？”他给出两个选项。

陆北栀自然不愿让沈霁初当个大电灯泡，但又不好明说，幸好宋聿修当即否定了前一个安排，淡笑说：“还是看电影好了，正好有部外国片子在中国重映。”

“宋师兄，我们真的在恋爱吗？”她忽然问。

他睇过来一眼：“你怎么想？”

“我没有玩暧昧的习惯。”她认真了不少。

宋聿修点头：“我之前从没交过女朋友。”他顿了顿，补充道，“你是第一个，不出所料的话，也会是最后一个。”说完，他似乎想到什么，又笑了。

他在笑什么？

“宋师兄。”她轻轻唤他。

“北北，我不知道你懂不懂我的意思。”宋聿修拍了拍她的脑袋瓜子，以一种前所未有的温柔说道，“在我这个年纪，大多数人的初恋是过去完成时，而于我不一样，你对我来说，是现在进行时。”

陆北栀脑子卡壳了一瞬，心里突然柔软得一塌糊涂。

从今往后，他是她的了。

回去已是中午，家里正在安排一场聚会，来人是陆北栀跟傅司南常年在国外打职业斯诺克的堂哥傅垸，因为难得回国一趟，两家父母张罗着聚餐。婶婶端着果盘来客厅，笑着问：“怎么北北也学着夜不归宿了？”

闻言，陆母从厨房里探头过来。

陆北栀慌忙解释：“医院值班。”说完又怕大家怀疑，朝傅司南使了个眼色。

正在跟傅司南玩游戏的傅司南看了眼自家妹妹，附和道：“嗯，我证明。”

婶婶“哦”了一声，赞许地看了眼陆北栀，进厨房忙去了。

客厅里只剩下三个年轻人，傅司南在沙发上挪出个空间，看好戏的两位哥哥等着这位待宰的羔羊：“过来，老实交代。”

陆北栀决定打死不认：“交代什么？”

“我昨天下了班去找你，护士台的护士说你没有晚班。”傅司南眯着眼睛。

傅垸也嗅到了其中的八卦意味，凑过来：“不是吧小妹，两年没见，你都脱单了？”

“可不是，我们医院里拥有一大票精英男神，三言两语就把这家伙哄得失了心。”

激将法对陆北栀一向管用，她脱口而出：“才不是，你以为都像你。”

“所以，你有男朋友一事是真的了。”

两人一唱一和激得陆北栀说出了实话，傅垸想了想：“该不会是刚刚送你到楼下的那位吧？都到家门口了，怎么不请人上来坐坐？”

“贸然让人来见家长会把人吓到的。”陆北栀磕磕绊绊地解释，继续道，“今天是家族聚餐，外人在不方便。”

傅司南插了块水果塞进嘴里：“这样吧，改天大家约一桌，打打台球什么的，垸哥不是常说球场上见人品吗，也帮你把把关。”

“才不。”陆北栀想也不想便拒绝，“有我在，休想恶作剧。”

原本想看热闹的人嘴一垮，算盘落空。

傅垸也跟着感叹：“糟了，咱家的妹妹，胳膊肘朝外拐喽。”

拉锯战一来一回，却次次都是她赢，陆北栀心里松快了，她跟着两个哥哥插科打诨了会儿，溜回卧室。看了眼时钟，已经过了十二点，恐怕这个点他会午睡，毕竟是难得的周末时光。她担心他后背的伤势，虽然昨晚有帮他上药，但如果想痊愈，还得持续用药。陆北栀滑动手机通讯录，想了想，又将手机放回桌上。

算了，等他睡醒了再说吧。

却在这时，手机铃声响起，没等响第二下陆北栀便接通。

“你没补觉吗？”陆北栀说，“本来想打电话给你，又怕吵到你了。”

“是有点困。”宋聿修关掉电视机里的杂音，专心跟她讲电话，“我担心你回家挨骂，却等不到你的电话，怕一会儿你打过来我睡得太死没接到。家里还好吗？”

“嗯。”陆北栀手指一下下磕在桌面上，“堂哥一家来玩，爸妈没工夫管我，蒙混过去了。”

宋聿修笑了笑：“我不该担心的，你有第一辅助，傅司南总不会见死不救。”

他的笑声是从未有过的爽朗，陆北栀心一动。

过了一会儿，等他笑声停了，她老实交代：“他要约你打台球，被我骂回去了。”

“好啊，你替我答应了吧。”

陆北栀坐累了，倒在床上，摇了摇头：“我堂哥打职业的，傅司南估计是想捉弄你，他从小最爱揭人短，我猜他是因为方医生对你有些误会。”

这下，宋聿修笑得更彻底了：“北北，我看是你对我有些误会。”

她用傅司南旁敲侧击，没想到被宋聿修识出意图，干脆玩笑着坦白：“嗯，我很小气，所以你以后最好逢人就与她撇清关系才好。”

“那我先澄清两件事，我跟方灿灿没什么关系，以及你怎么笃定我会在你哥哥们面前出丑？”

“你台球打得很好吗？”陆北栀小声问，她没在医院里听说过宋医生有这方面的专长。

宋聿修好似听到什么好笑的话：“不太好，但也不见得会输。”平常他从不爱在别人面前显露什么，此刻却不知为何多了胜负心，补充道，“初高中时成绩不太好，父母只能从别的方面入手希望我能有大学上，因此学了两年。”

陆北栀知道两年不过代指，他一定学得十分出色。

这个男生就像一块藏在深山的宝藏，怎么也挖不到底。

“还有什么是我不知道的。”

“再后面的你可能不会爱听。”电话那头顿了一下，宋聿修继续道，“高中时干脆连学好的台球也荒废了，倒是在台球厅里结识了一群好友，时常混在一起，出格的事做了不少。”

“我读书的时候最大的愿望就是打一次架，可我一次也没实现过。”她听见电话里有响动，问，“是有外人来吗？”

隔了会儿，她听出有水声。

“是在浴池里放水，准备洗澡。”他答，“不过家里是有客人。”

“那我挂了吧。”陆北栀提议。

水声响了会儿，那头似乎准备放弃，快速拧紧：“不用，不洗了。你继续说，为什么三好学生要学人家玩叛逆？”

他的声音通过电流低得很有磁性。

话题断断续续，聊得全是些无关痛痒的话。

陆北栀反应过来，原来她是在跟他煲电话粥吗？从前她最讨厌未莱谈恋爱来这一套，没承想到自己的时候，却这样甜蜜，微弱的电流让人舍不得切断。

直到陆母在楼下喊，陆北栀这才掐断电话匆匆下楼。

一屋子人有说有笑，陆北栀心不在焉，一边应付着长辈，一边盯着捏在手里已经发烫的手机，唯恐铃声会再次响起，这种感觉十分微妙，她一颗心始终被吊着，期待着未知的发生。

而另一边，被晾了半个小时的沈霁初在看了半部默片之后终于不耐烦，怒吼道：“宋聿修，你要是不待见我大可以赶我出门，不带这样折磨人的。”

洗完澡的男生换上毛衣棉裤，趿着拖鞋出来，关掉电视，漫不经心地说：“那你可以走了。”

“不是说兄弟如手足，女人如衣服吗，怎么到你这儿，全反过来了？”

宋聿修一笑：“所以啊，干吗要自取其辱。”

“宋聿修。”沈霁初恶狠狠地扭头，“从前怎么没发现你重色轻友？”

“从前？你几时见过我身边有过女生？”他一把将沈霁初刚揭盖的可乐夺过来自己享用，“这只能说明，人其实有无限潜力，你所谓的没有，只是还没开发出来而已。”

沈霁初默了。

这人怎么一谈恋爱就变得这么无耻了呢？

“怎么不说话了？”宋聿修换了个舒服的姿势靠着，“我还没找你讨要红包，半点血没让你出，还不满足？”

他指的是，从前跟沈霁初打赌，倘若他有了女朋友，沈霁初就得给见面礼一事。

被惨虐千百遍的人仰天长叹：“有朝一日，我一定要向北栀揭穿你这个人面兽心的真面目。”

“可惜，晚了。”宋聿修表达了遗憾，“她现在是我的，也只会信我一人。”

“依我看，你这心动得怕是有些时候了吧？真的喜欢她？”

宋聿修怔了怔：“喜欢。”他想了想，补充道，“我曾经想过该如何避开，可最终发现，这世上有千万条路，最后的终点却已然握在她手里，所以我只能打乱计划不顾一切了。”

千想万想都没料到，堂堂宋聿修会被人拿捏得这样死。

沈霁初不可思议地看着他：“你这次处分也是因为她吧，陆北栀因为蒋依依的缘故不愿起诉，而病人家属却不依不饶，你怕他再缠着北栀，主动请求医院处分来做做样子，放弃晋升。其实这次机会对你而言很重要，没有这次意外，你会是科室主任的有力人选……”

“我不后悔。”那瓶可乐被他捏了又捏，不成形状，“你知道的，我本来就不在意那些，所以你也不用让她知道后难过。”

“我干吗帮你，对我有什么好处？”沈霁初翻了个白眼。

“好处？”他笑，“好处就是我给你找了个好嫂子。”

沈霁初惊了：“宋聿修你够了，人家还不到二十岁，我长她快半轮儿。”他从沙发上跳起，“才几天，小学妹变小嫂子了？”

宋聿修目光扫了眼跳脚的沈霁初：“嗯。”随后思忖了什么，“你知道的，我投资的眼光一向不错的。”

“爱情也算投资？”沈霁初没听懂他的意思，眉头一皱。

“自然算。”宋聿修说，“只是你通常以为的投资是财物，而我这次交出去的，是我的一生，仅此而已。”

沈霁初以为他在开玩笑，仔细看了才发现，他是认真的。

周一照例早会，宋聿修的感冒已经好得差不多，早早到了办公室。而陆北栀来医院的路上堵车耽搁了不少时候，所以她基本是最后几个到的。她跟小昭挤在一张桌子上，记录着一周的工作安排，实习医生的工作她已经熟稔，不像正式的住院医师，做的都是比较琐碎的工作。

她撑着眼皮克制自己不要睡着，可意念越强，睡意的来势却越凶。

每次眼皮一耷拉，小昭便推了推她：“你没事吧？”

事大了……

生理痛折腾得她几乎一夜没睡……

陆北栀抬头，看向坐在最前面发言的人，正巧他也睇过来一眼。

陆北栀内心慌得要命，面上不动声色，瞌睡也被吓得无影无踪。笔在工作簿上乱画了半天，前面的人突然叫了她的名字：“陆北栀。”

不知道是不是她的错觉，办公室里的气氛陡然一滞。

仔细看，才发现是她的主观臆想，原是她自己心脏漏了一拍。

“等会儿留下来，我有事找你。”

她点点头，又怕他没看见，“嗯”了一声。

男生继续讲工作上的事了，陆北栀在心里反问自己，他让她留下是公事还是私事……

会议结束后，同事三两结伴出去，办公室里只剩下他们两人。职场里他是她的指导医生，陆北栀一时半会儿不知道如何看待两人的关系。

他的办公室在最里面的隔间，陆北栀跟他进去后，关上门。

那办公桌上堆的文件有半米高，人坐在里面怕是快被淹没了吧。陆北栀愣了个神，见宋聿修从里面拎出来一个保温杯，他揭开盖子，倒过来刚好是一个小碗。

“猜你没来得及吃早餐。”他说完，将保温杯的杯口倾斜，里面的东西进了碗中，随后递给她。

里面是桂圆莲子粥，还有红枣，全是对缓解痛经有效的食材。

陆北栀不好意思地笑笑：“你怎么知道的？”

“你上个月也是这几天没见笑脸，不难推测。”宋聿修将自己的办公椅推过去，让她坐下。

“是你亲手做的吗？”陆北栀问。

“不是。”他否认，“不过这家店我常光顾，味道不会错。”

陆北栀点头，被他含笑注视着，她不想拂了他的好意，连喝了两口。宋聿修来不及提醒她小心烫，见女生张着嘴，连连吸气，大约是觉得在他面前不好意思，立马抿住嘴。

“慢慢吃，这会儿没什么事。”

他装作没看见，拿了一份文件出去，把门带上了。

陆北栀松了口气，这时痛觉神经似乎才被打通，她拿着手一直扇，火辣辣的感觉还是一直延伸到舌根。粥的味道实在太好，她吃得一干二净，只差没把保温杯里里外外舔了一遍。怕宋聿修撞见她吃货的本性，她趁他回来之前溜了。

宋聿修站在办公桌前，出神地看着空荡荡的食盒，在沈霁初进来之前将其收拾了干净。

沈霁初难得见他在房间里没处理公事，走过去：“看什么？”

“没什么，跑了一只馋猫而已——”他笑了笑，没继续说下去，“有事？”

“徐慧茹的事有点棘手。”沈霁初神情复杂，“今天本来是术后随访，我过去的时候正巧碰见她的经纪人在那儿，似乎要她签订什么保密协议，恐怕那人是徐慧茹性侵一事的知情人。我从里面出来之后，他反复跟我确认徐慧茹是否有精神隐疾。”

“事情恐怕不是那么简单。”宋聿修打开电脑，看了眼徐慧茹的诊断书，“警方那边有进展吗？”

“徐慧茹坚持是自己失足坠楼，不打算追究任何人的责任，也缄口不提自己被性侵一事，警方希望我们能协助。”

“她是艺人，有顾虑。现在是谁在负责徐慧茹？”宋聿修问。

“我是主治医生，北栀配合做一些复健方面的工作，她在复健科那边有熟人，好像姓顾吧，是她同班同学，那个男孩子不错，两人配合挺默契的。”

宋聿修把玩着手里的签字笔，不作答了。

沈霁初又说了些情况，发现男生脸上不知何时生出了一丝不悦。

“办公室恋情怎么样，是不是很刺激？”沈霁初凑过去小声问。

宋聿修手臂搭在办公桌边沿，没搭理他。

“喊出来一起吃顿饭吧？”

“你跟她熟得要命，还需要我叫？”宋聿修睨沈霁初一眼。

沈霁初看出他在吃醋，连连求饶：“别，她也就看在我跟你熟的分上搭理我两句，全是工作上的，私下我们可没有任何交集。”

宋聿修一笑，语气里终于有了暖意：“那就找个时间吧，我问问她的意思。”

陆北栀扶着快要撑破的肚子去病房找徐慧茹，送她去复健科，回来的路上一位身穿黑色西装的男人挡住她的去路。

“您是——”陆北栀莫名其妙地盯着他。

那人伸手过来：“你好，我是徐慧茹的经纪人，姓曾。”

陆北栀自从见他第一面便觉得他面色不善，此刻被他堵住去路更有些不喜，因此对于他的伸手示好无所触动，点头算作回应了。

男人的手在空中停顿片刻，最终尴尬地收了回去：“我有事想请你帮忙。”男人顿了顿，“在这之前我先介绍一下我们公司吧，目前是国内娱乐公司三大巨头里的后起之秀，但实力丝毫不输前两家公司，而我们的股东更是身份显赫……”

“不好意思，我只是一名医生，没有做艺人的想法，对您所说的那些不感兴趣。”陆北栀打断了他，“如果您想聊徐慧茹的病情，可以找沈医生。”

“我找你。”男人一言蔽之。

陆北栀疑惑地看了他一眼。

“我希望你能协助我开一份徐慧茹抑郁的证明。”

陆北栀冷笑：“病人没有抑郁症史，而且我只是一名实习生，没有这个权限。”

那人料定她的回答：“所以我用的是协助。”他将名片递过去，“事成之后，我定会重谢。”

陆北栀绕过他递过来的那只手：“抱歉，我不感兴趣。”

那人还站在原定，她没敢多看，果然是有猫腻。

她大步朝复健科走，徐慧茹已经完成一小节训练，正在休息阶段。几天时间的相处，两人关系还不错。

陆北栀递过去一盒水果：“多吃这个对身体有好处。”

“谢谢。”徐慧茹接下了。

陆北栀有时觉得面前这个人哪里是什么大明星，不过是寻常人家的姐姐罢了。

犹豫再三，她决定跟对方说实话：“其实刚刚我在走廊碰见了你的经纪人，他拜托我协助他开一份关于你莫须有的诊断书。”

“你拒绝了？”徐慧茹似早就料到，寥寥几个字带过，“没想到他们动作会这么快。”

“能不能告诉我到底发生了什么事？”

那张绝美的脸上闪过一丝凄楚：“我敢说，你敢听吗？”徐慧茹冷笑，“那个姓曾的把我拖进公司，我成了他带的第一个艺人。他跟公司高层有关系，能拿到不少资源，一开始我们相处得还不错，直到我发现他在我的房间装偷拍软件，而后威胁我与他发生关系，我才知道他其实是个人面兽心的东西。”

陆北栀愕然："那天你根本不是失足坠楼，而是故意？"

"他跟往常一样叫我去应酬，但那天是我外婆的忌日，我本打算要死的，哪知没死成……"说到最后，她突然哽咽，"我只是希望，那一天我起码是干净的，他却强硬与我发生了关系。"

陆北栀没料到真相如此残酷，即便她面对患者再冷静，也对其起了怜惜之心。

"他来医院找我的精神病史，无非是想如果我真的下定决心起诉他，他可以告诉所有人我疯疯癫癫，所说的话可信度为零。"

"你有想好要怎么应对吗？"

"回病房吧，我有些累了。"徐慧茹声音渐轻。

陆北栀跟顾淮打了声招呼，送徐慧茹回病房。

徐慧茹大概心力交瘁，很快睡下了，但内心肯定怎样也无法平静的吧，此时她正经历着一次炼狱。

一个上午陆北栀心情都不太好，她辗转在ICU病房里熬着，没事了之后才回办公室，对着一大堆资料课本发呆，最后枕着它们趴在桌上一动不动。

人情世故，她这才觉得之前了解得太少，经历了又觉得灰心。

想了半天也没想出个所以然来，阳光在眼皮上跳动了半天，烫得人难受，她有些不舒服，又不想睁眼，过了会儿，恍惚中有阴影落下来，耳边有窸窸窣窣的声音。她睁开眼，映入眼帘的是一双倒着的丹凤眼，过分漂亮。再往前看，一本书立在她眼前，不偏不倚正好挡住照过来的阳光。

陆北栀想要坐起身。

"别动。"他低声说。

宋聿修也歪着头倒在桌面上。

陆北栀听话地保持了之前的姿势，他的手从桌底伸过来，将她垂在身侧的手抓住，握在手心。

“你怎么没去吃午饭？”她问。

“我本来打算叫你一块吃，但感觉你心情不好。”

之前她还觉得灰败、失落，但他一过来，这种感觉又消失得无影无踪，只剩下一丝悸动在声音里颤了颤：“宋师兄。”

“宋师兄。”她又叫了一遍，这次是叫名字，“宋聿修。”

“嗯。”

“我觉得有点难受……”房间里空旷，两人轻声交谈，“我知道了徐慧茹的事。”

“她既然已经能开口跟人倾诉，证明她本身已经在试着放下。”在讨论病人时，他又变回那个无波无澜的医学精英，“北北，要学会将很多事情看淡，才能在生死面前做出正确的判断。”

陆北栀说不过他，只能旁敲侧击：“那你呢，你之所以午休过来找我，是因为担心我？如果是这样的话，可见你也没有左右自己内心的本事。”

“你可以理解成，我的一切在你那儿都有了例外，所以无妨。”他强词夺理。

“自相矛盾。”她拆穿他。

宋聿修被她逗得勾唇。

陆北栀拿着他的脉搏想要确认真假，后面又放弃：“像你这样的人，就算是说谎话也一定是脸不红心不跳的。”

“那怎么办？”他笑了，“你要我怎么证明？”

他腾出一只手来碰了碰她变红的鼻尖，又想倾身过去，但考虑到这里是办公室，不能做得太过，于是克制住。却见眼前的女生闭上眼睛，睫毛轻颤，因为迟迟等不到这个吻，脸上有些不耐烦。

宋聿修偏不过去，瞅着她，看她撑到几时。

走廊里有脚步声传来，越来越近。

陆北栀心跳如雷，在办公室门被推开时慌乱地睁开眼，扭头见是小昭。

宋聿修憋着笑意盯了她一瞬。

她想要责怪他几句，偏偏有人来了，什么也做不了，只得任由他取笑。鬼知道是不是魔怔了，刚才竟觉得他要吻她。

她被他一脸笑意地看着，越来越不自在，只得暗暗在桌下猛掐他的掌心以泄私愤。匆忙站起身间，她小臂撞在桌角，也顾不得疼痛，慌不择路地逃开这个禁锢之所。

陆北栀在这个时间点离开，在他人眼里变成刻意的避嫌，她自己却一点也没察觉，果然她是真的一点心机也使不出来的。宋聿修抿着唇，带着笑意看着逃走的兔子。

幸好，要是刚才再多一瞬，他便真的忍不住要亲她了。

小昭顿时觉得自己成了锃光瓦亮的“电灯泡”了，低头轻咳了一声。

——宋医生刚刚看着急诊科新来的实习生乐不可支的模样……那眼神看得她都酥了。

而陆北栀刚出办公室便收到宋聿修的微信:“那一下撞得疼吗？”

还好意思问，不疼才有鬼……这又是打一个巴掌再来个甜枣吗？

即徐慧茹失足坠楼之后，“××公司又一练习生自杀”几个关键词在微博热搜上挂了一整天，惋惜生命跟讨伐娱乐公司的惨无人性两方言论热度许久不下。

陆北栀关上手机，推开病房的门。

因为要断绝与外界的联系，徐慧茹住在 VIP 病房，原本走廊里便冷清无人，陆北栀站在病房里，气氛更是窒息。

无休止的沉默之后，陆北栀先开了口：“你的腹部出血在最近几天观察之后基本得到控制，接下来会转去普通内科。双腿的复健还是按之前的来做，那边会有专门的医生对接。”

“谢谢。”徐慧茹原本背对着她坐在窗口边，听完她的话推动轮椅转身，那双眼睛相比之前更加暗淡无光，“陆医生，请你告诉我，我的腿……康复的概率能有多少？”

“如果坚持做复健，能与常人一样，或者更甚，人的意志力是无穷的。”

“那就是不能再跳舞了吧。”徐慧茹喃喃自语，“不过，相比于其他人，我已经够幸运了，起码我还活着。”

她见陆北栀一脸莫名，解释道：“那个自杀的练习生是我认识的人。”

“也是跟你同样的遭遇吗？”陆北栀问。

她一垂眼，便有泪落下，也不愿去擦：“或许吧。”

陆北栀递了纸巾过去，她双手接住，第二次说了谢谢。

“我打算配合警方调查，这一次不会再退缩了，反正，我已经没什么可以再失去。”

她面容柔软，此时生出了几分坚硬，看得陆北栀于心不忍：“我推你出去晒晒太阳吧。”

“好啊，正巧花坛里的花开了。”徐慧茹莞尔一笑。

陆北栀回急诊科的时候一群人围在护士台聊天，听说刚刚有紧急病患被送过来，A 市知名财团负责人兼慈善家魏崇，因急性脑出血休克昏迷，第一时间进入绿色通道做了脑部 CT 和腰穿后判定为蛛网膜下腔出血，进入 ICU 病房。

“情况比想象中严重，脑出血 60ml，出血破入脑室，血肿压迫下中线已经有了位移。听说在院方紧急会议后，坚持让宋医生在这场手术中带一助，他同意了。”小昭简单介绍了下情况，“北北，你努力这么久，终于要跟宋医生进手术室了。”

陆北栀哑然失笑：“你怎么确定是我，我现在还没有资格协助他进行这么重大的手术。”

“怎么不行，你靠谱又细心，而且私下练习了那么久，你的实力有目共睹，安心啦。”小昭眨了眨眼睛，凑近她小声说，“而且，偷偷告诉你，你想做一助的事，宋医生是知道的。”

“欸，怎么会？”

“秘密。”小昭直起身，像知道了什么了不得的事，拍着胸脯，“所以我笃定，你就做好准备吧。”

因为很快要进行手术，科里的护士们都忙作一团。

陆北栀坐在办公室里对着视频练手，虽然事情还没确定，但听了小昭的话，她也变得期待起来。手术室里的宋聿修她只在大学竞赛中通过屏幕见过一次，听说极其严厉，一点错也不准出的，她能做好吗？

护士长黎姐进来，见她平时活泼开朗得很，今天却像霜打的茄子，笑了：“宋医生没你想的那么可怕，你跟他相处那么久了，难道没发现他是个嘴硬心软的人？”

“那是没触犯到他的雷区吧。”陆北栀托着腮，“否则我一个刚出茅庐的小姑娘还不得被这头霸气侧漏的大尾巴狼碾压得渣都不剩。”

黎姐扑哧笑出了声：“都到这个时候了，还开玩笑。”

她刚要答，见办公室前宋聿修正经过，身后有人大声叫他。她认出来，那是魏崇的家属，他的女儿魏莹。

虽然两人正站在窗户前说话，但有玻璃阻挡，听不清内容。

“宋医生，关于我爸的手术，我想跟你聊一聊。”魏莹大步走到宋聿修面前。

宋聿修停下手里的事，点头：“请说。”

“我看了手术名单，你这上面写的第一助手竟然是一名在校大学生？我来确认一下您是否写错了。”

宋聿修双手插兜：“没有错。”

“听说这位实习生从进医院以来您就待她格外不同，您的医术我是信得过的，但让实习生负责这么重要的工作，不合适吧？”魏莹虽然面带微笑，但语气里俱是强硬。

“你觉得我公私不分？”宋聿修想了想，解释道，“陆北栀虽然只是一名实习生，但她的实力不逊色于正式医生，还请你收回成见，你父亲的手术我们的医务人员会尽力而为。”

“虽然您有自己的理由，我也相信您的眼光不会错，但我作为病人家属，请求您更换手术人员，这点要求总不过分吧。”

宋聿修沉默不语。

魏莹脸上的笑容未变：“拜托您了。”

几分钟后，与家属做完术前谈话的宋聿修从门口进来，身后跟着几个医生护士，是从神经外科调过来的，方灿灿也在其中，她在国外主修这门课，虽不参与此次手术，但病人开颅的位置是由她跟宋聿修商量出来的结果。

在里面就数他俩资历最老，方灿灿扯着宋聿修想说什么，被他不动声色地拉开距离。

即便如此，陆北栀看了还是酸了一下。

“魏先生的情况想必大家已经听说了，一会儿进了手术室不必因为顾忌他的身份紧张，生命平等，医生首先看到的是疾病。不过因为情况比较棘手，希望大家打起十二分的精神。下面我公布下本次手术参与人员的名单。”

“经检查后是颅内血肿，主要由我来进行血肿清除。”宋聿修止住了话，视线在众人里逡巡了一圈，定格在那个垂头的小脑袋上。

小昭见状饱有深意地推了推陆北栀。

她心里一动，莫名有些紧张。

“一助就让最近从分院调上来的许放医生来做吧，小昭跟陆北栀你俩协助他，散会。”

陆北栀心里一沉，呼吸都窒了窒。

明明知道不会是她，心里已经做好了准备，刚刚还瞎紧张什么。

这下小昭脸色也变了，只觉得如果不是自己多话，情况可能还不会像现在这样尴尬。

“你别想多啊。”她一下想不出什么话来安慰。

“怎么会。”陆北栀笑了笑，拉着她去做准备工作了。

虽然有一点点小失落吧，但能跟他一起进行一场手术，已经是天大的满足了。

宋聿修在洗手池边做术前清洁工作，换穿护士准备好的清洁鞋和衣裤。许放轻手轻脚过去，有些忐忑：“我没想到您会让我做您的助手。”

宋聿修戴上口罩，只剩一双黑压压的眼睛露在外面：“怎么，不乐意？”

“怎么敢，您是急诊科的大神，我一直是顶礼膜拜的。”男孩子语气里全是尊敬。

他笑了：“那就加油吧。”

许放还想说些什么，见宋医生目光穿过身后的玻璃落到在洗手池边用肥皂刷手的女生身上，他心里隐隐觉得奇怪，但没有多话，进去了。

陈楠对患者进行静脉麻醉，并在气管进行插管，方便持续检测术中循环系统的情况。之后，他朝宋聿修点头：“可以开始了。”

宋聿修开始器械点数，核对病人信息，指挥助手医生切开头皮、止血，上止血夹，分层切开皮下、肌肉，翻开皮瓣，随后用电钻和铣刀打开颅骨。

这个时候真正的手术战才刚刚开始，主治医生上场。

做开颅手术一般来说风险很大，稍有不慎会伤害到脑部重要神经，导致相应功能受损。为了保证绝对安静的环境，大家几乎是屏住呼吸，不给宋聿修造成任何干扰。

陆北栀已经从手术台撤下来，跟小昭站在一旁。宋聿修手法娴熟，归功于常年在各类手术中实战的效果，他的特性是沉稳，因此不少医生乐意做他的助手，这样不仅有安全感，还能学到不少经验。

小昭看着宋聿修挺拔的背影，朝陆北栀睇过来一眼，目光里全写着“宋医生真的好帅啊”。

陆北栀抿了抿唇，暗暗表示赞同。

他立在满室灯光的中心处，用注射器对病人颅内淤血进行引流，随后进行血肿清除与颅内解压，全程动作没有一丝迟疑，手法快速让人目不暇接。

无影灯将他认真且专注的侧脸勾勒得如同被建筑家刀刻斧凿后的雕塑，血腥场面在他手里变成了精彩绝伦的艺术。

手术在原定时间内完成，过程顺利，所有医务人员都放松下来，开始低声讲小话，由许放做最后的缝合。

即便是见过宋聿修手术的陆北栀也在心里小小惊叹了一下。

她还在回味刚才整个过程，宋聿修却直直朝她走过来，她本以为是错觉，但没错，是冲着她来的。

她愣了下神。

大庭广众之下，他要干吗？

陆北栀无声地张了张嘴，宋聿修选择了忽视，他眼里有些疲态，长身直立在她面前，上身微欠，将脑袋搁在她的左肩。

陆北栀彻底呆住了，整个世界都静止了。

巡回和器械护士都朝这边看过来，连小昭都识相地挪远了些。

陆北栀下意识想要逃走，却感觉肩膀一紧。她目光乱走，这人是不是太明目张胆了些。

好吧，干脆不躲了。

她咬紧牙关，像根电线杆子一样笔挺挺站着不动。

他满意了些，对着女生肩上的布料将额头和两腮的汗擦干净了。

陆北栀这才反应过来，这人原来是拿自己当抹布了，护士手里的小方巾他不要，偏偏赶过来蹭她，还是当着这么多人的面，她脸像红透的番茄。

闲下来的人面面相觑，了然于心地低笑了几声。

宋聿修木着长脸扫过去，那些人立马止住笑，装作没看见。

擦完汗的宋聿修扯掉塑料手套，出去的时候抬眸看了她一瞬，落满光芒的双眼与她对视后，迅速撤开，不一会儿，人出去了。

小昭小声道：“你跟宋医生这气氛不太对啊，是不是瞒着我什么了？”

“没有。”陆北栀迅速否认。

“要不是确认你对宋医生没那个意思，我简直差点就怀疑你俩根本就背着广大同事偷偷恋爱了。”

陆北栀一怔。

PART.09
玉面小狐狸

长达三个小时的手术结束，所有人都累瘫在办公室里。

方灿灿在员工通道里观看完整场手术，兴冲冲跑过来对宋聿修赞不绝口：“师哥，两年没见，我要对你崇拜得五体投地了。”

宋聿修扯了扯嘴角算作回应，他累的时候不愿多说话。

方灿灿在他那儿碰一鼻子灰，偏又不想在众人面前丢脸，转身见陆北栀就坐在他边上，眼珠子转了转，从钱包里拿了几百块现金，越过宋聿修递到陆北栀面前：“去楼下买点冰咖啡上来吧，我请大家喝。”

气氛略微尴尬。

众人纷纷侧头看过来，人家陆北栀是过来实习的，又不是给你方大小姐跑腿的，这可是我们急诊科的小仙女，哪轮得到外科使唤来去的。

想是这样想，但毕竟同事之间也不好当面下人家面子，一时大家都沉默，没人搭话。

陆北栀看穿了方灿灿的心思，她掩了掩复杂的情绪，笑着起身。

在一旁静默不语的宋聿修，突然伸手拽住边上的女生，开腔道：“谁要喝东西自己跟着方医生下去点吧，让刚下手术室的人跑腿算怎么回事。”

虽然只有短短一句话，但他护短的意思，方灿灿听明白了，其他的同事也明白。

“走廊有自动贩卖机，不用刻意这么麻烦。”陈楠总算明白，清心寡欲宋聿修对新来的这个实习生不一般。

方灿灿脸色不太好看，僵硬地勾了勾唇，手里捏着那几张百元大钞，脸上青一阵白一阵。

陆北栀低头，那只扣在她手腕的手还没松开，她重新坐回去，轻轻挣了挣。男生的指腹往下滑动，手指插进她的指缝，十指相扣。

她掌心出汗，幸好没人注意到这儿。

宋聿修一笑，又扭头看她。

两人坐的工位在窗边，是极其隐秘的位置。她个头瘦小，猫着腰在角落里转笔，日光从侧面打过来，女孩的半张脸熠熠生光。

他面色如常，心里却早已百转千回了。

办公室的气氛有些不对，所幸很快人都散了，宋聿修要去对病人进行术后访查。她憋了一上午，这才有空去了趟厕所，出来的时候却发现方灿灿也在里面。

情敌相见分外眼红的场面，她可不想经历，想要避开对方，却被对方挡住去路："我们……聊聊？"

这熟悉的开场白，好像在哪部狗血电视剧里看过。

"聊什么？"知道躲不过，陆北栀只能迎头而上了。

"你跟宋聿修。"方灿灿心里难受，又忍不住确认，"你们在一起了吗？"

陆北栀没答话，算默认了："我喜欢他。"

方灿灿轻笑："你一个小姑娘，知道什么是喜欢？成年人的恋爱你懂多少？而我不一样，我已经过了容易心动的年纪，所以深知我对宋医生的喜欢可以漫长到一生。"

"喜欢不可以用来比较。"陆北栀推开她要离开，"那样怎么会纯粹？"

"宋医生大概没告诉你，一助的位置是我让他选许放的，你看，即便他心里有一点点要对你的心意回应的意思，但这一次，在你跟我之间，他选择了站在我这边。”

陆北栀心跳漏了一拍，停止脚步。意外地，她安静了会儿，才问：“你告诉我这些是什么意思？”

“他对你有所保留，归根结底又有几分真心呢？而你作为先动心的人，始终是个输家。”

陆北栀已经彻底绷不住表情，生硬地挤出几个字：“谢谢你的提醒。”

方灿灿眉梢高挑，一甩高马尾，把平底鞋走成了恨天高的气质，将身后的女生留在原地。

陆北栀重新进洗手间就着冷水洗了把脸清醒下来，从微信对话框里找到宋聿修的名字，快速打了一行字，又删掉。

算了，他在忙工作，以后再问吧。

陆北栀正要收回手机，有电话打来，是顾淮的。

“有事吗？”她问。

电话那头的人没想到这通电话会让她秒接，有些意外：“想问你有没有空，一起吃顿饭吧？”

在校期间她受了他不少照拂，所以没有拒绝：“好啊，明天中午医院食堂我请客。”

“今天晚上在外面吃吧，就我俩。”顾淮一咬牙，鼓起勇气。

他语气别扭，陆北栀再傻也听出了他的弦外之音。她想了想，半晌后才说：“那你订位置吧，下班了在医院门口见。”

挂断电话，她转手给死党未莱发了条信息，那头很快炮轰过来几个表情。

“我的个乖乖，你终于舍得联系我了。”

“顾淮约你私下吃饭，不会是想……表白吧？”

“这家伙可藏得真严实，但最终纸包不住火啊。”

陆北栀打了行字回去："别幸灾乐祸啊，你倒是出个主意？"

那边没回应了。未莱最近也忙着在一家医疗公司实习，虽然做着助理的活儿，但杂事缠身，两人很难聚一次。

陆北栀放回手机，拍了拍僵硬的脸回了科室，小昭又领头在护士台八卦，连连将陆北栀叫过去："我的天，北北你知道吗，就在刚刚，有颗原子弹在急诊科炸了。"

"什么？"她犹豫地问。

"麻醉科的陈楠医生借宋医生的手机打电话，发现他的屏保，竟然用的一个女生的照片，而且据徐医生透露，这个女生多半就在咱们科室。"

陆北栀吓得听诊器都差点没拿稳："啊？"

"千真万确，大家都在猜宋医生是不是名草有主了。"

陆北栀后退两步，直觉告诉她不该参与这场谈话。她远离了护士台，在脑海里思忖，难道传言中宋师兄的屏保照片是她？

不应该啊，哪来机会拍照片？

她心里疑惑，刚走下楼，就见宋聿修正从对面走廊走过来，偏头跟刘主任在谈话。他抬头，看到楼上拐角露出个小脑袋，想也知道是谁，眼底漾出几分笑意。

真是前有狼后有虎，陆北栀快速缩回了头。

宋聿修再找机会看，人不见了。

因为有外省医院团队来本院交流，宋聿修忙到晚上七点才有空喘口气，在走廊的自动咖啡机上接了杯速溶咖啡，随便找了把椅子刚坐下，值夜班的沈霁初从病房里出来。

"你倒是悠闲。"沈霁初在边上的椅子上挨着坐下，"我下午看见北栀小学妹跟她那个男同学在医院门口坐车出去了。"

他有意煽风点火看宋聿修的反应："你别没谈几天恋爱就被人

挖了墙脚。”

宋聿修抿了口咖啡，眼帘压下，不留情地骂了句：“滚蛋。”

“你属爆竹的啊，一点就着？”沈霁初压着笑。静了会儿，那边幽幽传来一句话：“你经验多，知道一般给女生送什么礼物好？”

沈霁初听出他语气里的低姿态，敢情这家伙也有露出短板的时候，取笑：“这要放以前，我打死也不会想到你还有这一面。”

“算了，不求你。”宋聿修起身要走，沈霁初高声叫住他：“不要我帮忙了？”

宋聿修白了沈霁初一眼：“我百度去。”

“噗！”沈霁初憋不住笑，乐得前俯后仰。

宋聿修懒得搭理他，掏出手机想跟陆北栀发个消息，字打了一半，护士通知有急诊病患送过来，他将手机收回口袋跟了过去。

跟顾淮的晚餐陆北栀吃得很不自在，好朋友变成情侣这种事发生在她那里的概率为零，一开始就无法心动的人怎么可能发展成朋友之上的关系呢，可这个男生却偏偏不死心，想要前进一步。

陆北栀急于把饭吃完，应付了几口，说着要走，到了门口顾淮跟出来，拽住她的手臂。餐厅门口车水马龙，实在不是一个说私密话的好场所，但他知道如果这一次再放开，也许就失去机会，于是他涨红着脸吞吞吐吐说道：“北栀，我有话跟你说。”

“顾淮，我不喜欢你。”她简单直接，将男孩满腹的话堵在嗓子眼。

外头正下着雨，她声音虽不大，但顾淮听得一清二楚，他手却没松开，抓着她一片衣角。正巧马路那头停了辆车，有人从里面下车，朝着这边小跑了几步，到这边时抖掉身上的雨水，才说：“你好。”他伸手过来，“我是北北的男朋友，特意来接她的。”

陆北栀闻言，蓦地回首。男朋友？这又是从哪里冒出来的，再扭头看向车里，未莱在后座窗户边悄悄跟她比了个V字，敢情这就是她出的好主意，不知道哪里找来了个托。

虽知道是假戏，她也硬着头皮演下去，全程对顾淮报以微笑。

顾淮眼底的光倏然熄灭，沉默了许久，才从齿缝里挤出几个字：“那路上小心。”

陆北栀转身，挽着身边男生的手臂朝车那边走去，她有些不放心地想要回头，被制止：“别看，你回头咱们刚才的戏就全白演了。”

陆北栀笑，还挺专业。

她指了指男生的脸，提醒道：“有灰尘。”

男生不好意思地笑笑：“抱歉，刚从隔壁剧组客串了个角色，没来得及洗脸。”

上车后，未莱才跟陆北栀说明了情况：“这是咱们学校艺术学院的学长，下午正巧遇见他，所以请他帮了忙。”

陆北栀点点头，问：“咱们现在去哪儿？”

“先回学校吧，好长时间没聚了，我叫褚序团了个四人餐。”

车一路往A大驶去。

大学后街一如既往的热闹，她一想到跟宋聿修的初识，就感觉像过了一个世纪。在学校那会儿，她怎么也不会料到跟他能发展到后面这层关系。

未莱给她倒了杯热水暖胃，将菜单推到她面前，她没什么胃口，随便指了个菜。

“你跟宋师兄怎么样？”

“还……可以吧。”她简单作答，长睫掩去眼底泄出的伤感。

手机里没来任何信息，她关了手机，忽然听到外面一阵嘈杂，一行人跑出去，见有两个男生在餐厅走廊上扭打在一起。未莱一眼认出了其中一人，惊呼着跑过去：“褚序。”

而被褚序按在地上打的那个，是未莱上个月分手的前男友。

陆北栀跟那位学长都有点惊慌，跑过去拉架，被挨打的那人同伴误以为是打算参战，于是两群人混战在一起，餐厅的其他客人受到惊吓跑出去，老板见状不得已报了警。

宋聿修接到陆北栀电话的时候正在越洋开一个视频会议，看了眼手机联系人他喊了停，出去走廊接听，女生声音细若蚊蚋："宋师兄。"又愧疚又可怜。

他回房迅速结束了会议，匆匆跟沈霁初交代了几句，乘电梯到停车场，开着车绝尘而去。

二十分钟后，公安局内。

打群架的一行人在警察的要求下做完笔录，蹲在墙角等人来接。

未莱还在一边骂着褚序："你干什么打架，人招你惹你了？"

褚序心情不好，满脸阴郁："就是看他不顺眼，那家伙在跟你恋爱的时候就不规矩，今天被我抓个正着，没打死他算他走运。"

未莱又惊又怒，气得不知道说什么好："那现在怎么办？我爸要是知道我进公安局，我也不用活了。"说完，她转头问陆北栀，"北北，你刚打电话叫的那人靠谱吗？"

陆北栀心不在焉地"嗯"了一声。

脑子里搅成一团乱麻，她抬头，穿着一身黑色风衣的男生背对着窗口站着，在收伞。几秒过后，他出现在公安局门口。

这边有警察过去了，大概是他的熟人，两人交谈了几句，那警察目光往这边扫了扫，喊了个名字："陆北栀，有人来接你。"

宋聿修跟着往蹲着的那群人里看了眼，见猫在最右边的女生安然无恙，一路上焦虑不安的心情这才平复了些。他跟着警察去签了字，又耐心地听对方说教了一阵，最后站在离她不到一米远的距离，眼底含着笑："你是打算自己主动过来，还是想我来拉你。"

陆北栀怔了怔，没想到他来得这样快。

她犹豫着起身，见他浑身是水，也没来得及擦一擦。

后面三人也跟了出来，褚序低声问未莱："是你叫宋师兄过来的吗？"

未莱摇头："怎么可能，我连他的联系方式都没有。"

那就是……北栀叫的……

两人对视一眼，看过去，前面那两人的关系怎么看都不像是普通朋友。

"你等一会儿。"宋聿修交代了句，随后去车上取了伞跟毛毯，他将毯子搭在陆北栀身上，但很快滑下来，只得让她自己动手，"裹紧吧。"

陆北栀抓着毯子一角，自己裹上了，这毛毯她在值班室的气垫床上见过，是刻意带给她的吗？

宋聿修将目光转向后面三个人："未莱跟褚序我是认识的，另外一位倒是第一回见。"

陆北栀从浑浑噩噩中突然惊醒，堵在那个学长面前，干笑："也是朋友。"她伸手拉他的衣角，求饶，"我们走吧。"

宋聿修没动。

那学长还没弄清楚几人之间的关系，误将他当成缠着陆北栀的追求者，以为今儿的业务还没完成，伸手："你好，我是她男朋友，请问你是——"

宋聿修目光玩味地看了眼那人，又看了眼陆北栀，回握住伸过来的手，淡淡答："爱她的人。"

"倒是没在她那儿听过有你这号人物。"宋聿修又答了句。

陆北栀一边被宋聿修用目光灼着，窘得不行，一边被未莱用手肘推了推，她目光里全写着"你俩速度神速我怎么不知道"，给弄得不知所措。

“找个机会一起吃饭吧。”宋聿修跟身后面面相觑的三人说完，撑开了伞，将她拉到伞下，在三人错愕的眼神里带着她上车了。

一路上，宋聿修都没怎么说话，等着她坦白。

他不说话的时候气氛沉得吓人，低气压憋得她喘不过气来，一时也不知道如何解释这个情况，默默打了半天腹稿，最后出来就三个字：“我错了。”

宋聿修将车找了个地方停下，熄火，目光沉寂，转头看过去：“那个‘男朋友’，怎么回事？”

陆北栀低头，无措地绞着手指：“是未莱花钱请的。”

男生请她吃饭，又无端多个假男友，不难想明白到底是怎么一回事。

“我很抱歉。”她眼眶微红，可怜兮兮的模样，若是他在来的路上还有那么一点点生气，那现在被她这副样子弄得哪里还有生气的心思。

宋聿修不自觉扬了下嘴角，但很快克制住：“抱歉什么，我们现在是可以互相麻烦的关系。”

瓢泼大雨将挡风玻璃前的树刮得东倒西歪，车内的世界却出奇地安静。陆北栀心头一热：“你没生我的气吗？”

“那你呢？”宋聿修反问，“你生我的气吗？”

陆北栀错愕：“你怎么知道？”

“小昭告诉我你跟方灿灿聊完天之后心情很不好。她说了什么？”

“一些不重要的事。”

“所以你是为了不重要的事气我？”宋聿修笑了，“我不太会哄人，但知道你心情不好，我有点着急了。”

“为什么？”

“害怕失去你。”他双手张开，眼底温情无限，“过来。”

陆北栀微微倾身，被他拉进怀里，男生的声音从头顶响起：“不管你误会了什么，我都道歉。”

陆北栀目光暗淡，她有什么资格生气呢，无非是觉得自己不够好，无法与他并肩作战。

“对不起。”她轻答。

“北北，有些事我本不想让你知道，无心让你误会。我打算让你跟着沈霁初，做他的第一助手，你跟他一起做过徐慧茹的手术，应该知道他的实力是数一数二的，只是他平时吊儿郎当，嬉笑惯了，除了与他共事的人，外人很难了解。前段时间他主动开口要你，我没有放人，对于你来说，这种磨炼的机会来之不易，我不能为了私心牵绊你。”

陆北栀还未来得及答话，又听见他道：“我没打算跟你进行持久的地下恋情，只是一旦公开，很多事情医院里的人势必会拿有色眼镜看你，我希望大家更看重你的实力，而非你我私情，否则对你而言，太不公平。”她坐在副驾驶，靠在宋聿修怀里，听见他用肯定的语气告诉自己，“北北，你会成为一名优秀的医生，很快，所以不要因为任何人和事放慢步伐。”

原来他早就为自己计划周全。

陆北栀一时之间不知道该不该说谢谢，见宋聿修手指从上衣口袋里轻移开，摊开手心，伸到她面前。她定睛看过去，是一条链子。

宋聿修难得有些难为情：“是我白大褂上的纽扣，我托人用钻镶嵌了一下，你拿去吧。”他从不送人贴身物件，这条项链的意义，大概是陪伴和守护吧。

陆北栀眼睛亮了亮，以为宋聿修会给她戴上，但事实表明她想多了。她拿过项链在后颈艰难地扣上，特意仰起脖子，对着后视镜看了又看，说：“好喜欢。”

宋聿修见她乐不可支的模样，暗地松了口气：“那不生气了？”

陆北栀不好意思地扭动着身子：“本来也没生气。”

宋聿修将上衣扣子解开了两颗，身体往后一仰：“这事儿解决了，那开始下一件。继续说说那个‘男朋友’的事儿？”

陆北栀脸红了，凑过来，主动牵他的手，揉搓着指腹。

男生知道她在撒娇，不为所动。

“再抱抱。”她往他身上蹭了蹭。

宋聿修本来木着张脸，此时忍不住笑了。

她脖颈细腻白皙，像博物馆展出的白瓷，让人忍不住伸手抚摸。车里密闭，温度陡增，他不动声色地移开视线。

“宋师兄，你脸怎么红了？”陆北栀凑过去观察他的脸。

“别过来。”宋聿修如临大敌，向后仰去，一个没留神磕在车门上。

“怎么？”

“刚从这个角度看，一束光打在你头顶，我还以为见到了女鬼。”

陆北栀嘟囔着嘴，哪有人这么说自己女朋友的。她兴致缺缺地看了眼时间：“我得回家了。”

宋聿修如同得到大赦，点头：“我送你。”

刚经历过一场大雨之后，世界变得宁静。而陆家却十分闹腾，陆北栀穿着一身围裙进了厨房，嚷嚷着要学做饭。客厅里的傅司南闻言，神情复杂地看了眼即将进入弥留之际的厨房。如果没记错的话，上次她有这个念头是在大二选修的烹饪课之后，把家里所有的锅都烧坏了不说，还把家里一个月的粮食都浪费了，害得母亲发怒让他们吃了大半个月的泡面，那痛苦记忆犹新。

在厨房里忙碌个不停的陆北栀丝毫没留意客厅的低气压，兴冲冲地朝傅司南喊：“哥，我成功了。”

傅司南没想到她手速这么快，刮目相看了一眼：“你们科室十几份便当，你都做完了？”

陆北栀垂眼：“那倒没有。”很快，她重燃了信心，“不过我已经成功打完了一个鸡蛋。”为了让哥哥相信，她特意将碗倾斜了三十度给他瞧。

傅司南噌地站起，快速走过去：“在这之前，你能不能告诉我你打碎了多少个？”再不赶过去，这半年都别想在家里吃到鸡蛋三明治了。

傅司南踩着一地的碎鸡蛋壳，心痛难忍，双手接过继续被她祸害的食物，劝道：“公主殿下，还是让小的来给您帮忙吧。”

“你不是说坚决不帮我吗？”

傅司南扶额：“我改变主意了。”说话间，他嗅到一股浓烟，惊觉是哪里又被烧焦了，“你锅里炖着什么？”

“鸡汤啊。”陆北栀答，“不过我好像忘了放水了，应该是要放水的吧？”

傅司南强颜欢笑地拿话怼她：“要不怎么叫炖？”

他关了火，开了排气扇，又将房内的所有窗户打开，这才没被呛死，指着锅内那坨辨不出是什么东西的黑块：“真心疼吃你‘爱心早餐’的那些人。”

陆北栀丧着脸哀号了一声：“我还是点外卖吧。”

陆北栀趿着拖鞋出去了，留下傅司南任劳任怨地替她收拾了幸免于难的厨房。

第二日，陆北栀起了个大早去医院，趁着办公室里没人，偷偷将单独分出来的一份早餐放到了宋聿修的办公桌上。

刚在大厅里看到不少穿警服的人，她正在想发生了什么事，碰到小昭过来，询问了几句，小昭小声回："你没看新闻吗，徐慧茹的娱乐公司出事了，她那个经纪人因为威胁强奸跟侵犯艺人隐私被紧急逮捕，没承想这人提前得到消息，跑了。警方怕他来找徐慧茹报复，这才在医院加强了守备。"

陆北栀没太关注娱乐新闻，自从徐慧茹转入其他科室，也没怎么联系过，但对方终于鼓起勇气让坏人受到惩罚，她既为对方高兴，又有些担心。

"你是不知道，这事一曝光，网上都炸了，特别是徐慧茹的粉丝，自家偶像变成这个样子，肯定难受得要死。不光是他们，连我都心疼了。"小昭说话间，见陆北栀要按电梯上楼，"你去哪儿啊？"

"这会儿还没到上班的点，我不太放心，去看看她。"

说话声还留在空气中，人已经进了电梯。

宋聿修来医院第一件事便是术后随访，昨天下班的早误了不少事。等他忙完回到办公室，桌上放在保温桶里的食物还是热的，鸡汤跟三明治，想也知道是谁做的，这丫头表达感谢的姿态还算实在。

他正拿起食物要吃呢，沈霁初推门而入，正好看到这一幕，笑道："我说北栀怎么想起请全科室的人吃早餐，敢情是在掩耳盗铃啊。不过，怎么给你的跟别人的不一样？还有鸡腿？"

宋聿修挑眉："我跟你在她那儿的分量自然是不一样的。"

沈霁初彻底酸成个柠檬精："你真的把你二十七年的笑都用在她身上了。田螺姑娘呢，咋不趁机邀功领赏？"

宋聿修也奇怪，按理说她是第一个来上班的，今天却没见到。

拨了电话过去，对方未接听。

沈霁初见他有事，临走前提醒道："你衣服上的纽扣掉了，找人缝一下吧。”

宋聿修嘴角漏出几丝笑，但很快恢复了正常，正襟危坐道：“谢谢提醒，但是不用了。”

沈霁初浮想联翩，还偷看了宋聿修一眼，心里感叹道，爱情这个东西能让这么斯文的人变成衣冠禽兽吗？

宋聿修吃完早餐，寻遍了整个科室都没见到陆北栀的身影，在护士台找到黎姐：“有看到陆北栀吗？”

“问小昭说是去 VIP 病房找徐慧茹了，按理说这个点也该下来了，我让护士去看了。”

两人在一楼等消息，没一会儿，一个小护士跌跌撞撞地跑过来：“宋医生，七楼出事了，小陆在里面。”

宋聿修刚听完她的话，想也没想便往七楼跑。

因为时间还早，陆北栀乘电梯到 VIP 病区，走廊里没什么人，她踩着冰冷的地板一路走到最尽头的病房。门没关紧，漏出条小缝，她在门前站定，敲了敲：“徐小姐。”

无人应答。

陆北栀打算继续敲门，听见房间里模模糊糊有人喊着“救命”。她狐疑着推门进去，只见病床上凌乱一片，仔细听声音是从卫生间里传出来的。

陆北栀心头生出一股强烈的不安，后退了两步，转身打开了卫生间的门。不出所料，是徐慧茹，她被绑住双手坐在地上，嘴巴被粘上了黑胶带。

陆北栀忙过去帮徐慧茹把胶带扯掉，正欲解开徐慧茹手腕上的绳子，便听她颤抖着声音喊道：“快跑。”视线直直地看着陆北栀的身后。

陆北栀镇定自如地回头，却感觉额前受到重物袭击，眼前一黑，跌坐在地上。

等她醒来时，跟徐慧茹一样被捆住了手脚，动弹不得。

病房门敞着，外面围着警察跟医护人员，陆北栀视线逡巡了一圈，见宋聿修拨开人群站在了警察边上。

警察伸手拦住宋聿修：“抱歉，里面有危险，你不能进去。”

宋聿修眼里有焦急神色，直勾勾地盯着陆北栀，她看样子受了伤，严重吗？

那名姓曾的经纪人拒绝逮捕，事情发展成这样大有鱼死网破的意思，他抓了陆北栀，相当于多了道免死符，怎么可能轻易放。

“徐慧茹动手术不久，她边上的医生也受了伤，你们跟绑匪谈判，放我进去看看患者的伤势吧，他暂时还需要人质活着，应该不会拒绝。”宋聿修跟警方提议。

警方负责人本来正有此意，见宋聿修主动要求进去，没有拒绝。

姓曾的虽然松了口，但为防止进来的医生做小动作，一手揪着陆北栀的衣领勒令她站起来，她硬生生疼出了眼泪。

宋聿修给徐慧茹检查伤势的手顿了顿，斜斜地看过去，目光里已经有了戾气：“你要是再敢弄疼她，我就要了你的命。”

“少废话，赶紧检查完出去。”经纪人恶狠狠瞥了他一眼，手不自觉勒紧了些。

陆北栀心里莫名静了，看着宋聿修就在面前，心里生出了几分勇气。

她看到披头散发受到严重惊吓的徐慧茹，又看到为了她身入险境的宋聿修，逼着自己镇定下来，虽然手腕被绑住，但手臂勉强能活动，此时跟这个人有肢体接触，是再好不过的时机。她在脑海里默了默人体构成图，寻找不会致命但一击必中的位置。

陆北栀心下一定，默测了下高度，手臂猛地抬起，手肘向着经纪人的眼睛击去，听到一声惨叫，她知道成功了。

经纪人松开了抓住她的手，去查看自己的眼睛。这时，宋聿修找到机会，身侧的手握成拳，青筋冒起，蓄力一拳打在经纪人的左脸，而对方丝毫没有放松戒备，抓住身边的东西砸向宋聿修。

千钧一发之际，陆北栀扑到宋聿修面前，替他挡了一下，因为力道被分走，他没有受伤，但陆北栀已经晕倒了。

这时警方找准时机冲了进来，将三人从经纪人手中救出。

有担架推进来，将伤势较重的两人送到一楼急救。在电梯里，陆北栀突然醒来，看向四周寻找着什么，放在担架上的手被轻握住，宋聿修轻俯身："我在这里，已经没事了。"

"我们现在要去哪里？"她问。

"去急救室，你有哪里疼吗？"

陆北栀摇头道："不疼，休息会儿就会好。"

宋聿修抚摸她额前的碎发，点头道："那你睡会儿，一会儿我叫你。"

宋聿修第一时间拿到了检查结果，徐慧茹惊吓重于伤势，需要静养。而陆北栀的多为皮外伤，伴有轻微脑震荡。他紧张的神经丝毫没有放松下来，因为工作需要没办法守在陆北栀身边，但一得空他就会去她的病房守着。

很多同事过来探视，将病床围得里三层外三层，没想到她的人缘这么好。宋聿修站在后面等了半天，有警察过来查看情况，人刚到门口，见里面人多没好进来。宋聿修走过去问："有什么事吗？"

"需要受害者做一下笔录。"

宋聿修沉吟了一会儿，思索了下陆北栀现在的状况："我女朋友受了不小的惊吓，身上的伤还在观察期，等好些了我会送她过去。"

那名警察表示体谅后离开了。

病房里原本还叽叽喳喳的，在宋聿修说出“女朋友”三个字后突然安静了。小昭后知后觉，转头跟黎姐说：“姐，你掐我一下，让我感受下这是不是真的。”

顿了顿，黎姐幽幽地来了句：“错不了，这下，整个医院的小姑娘都要失恋了。”

一行人愣了愣，哪里敢再多待，纷纷道：“你们聊，你们聊。”

宋聿修自然乐意这几盏大灯泡离开，倒是陆北栀难为情得很，仰天长叹：“这下完了，你的那帮桃花一口唾沫星子都会把我淹死，说不定你也会被我连累成为众矢之的，你说该怎么办？”

他为她掖了掖被角，气定神闲道：“理她们做什么，何况我要赏花，有你盛开足矣。从现在开始，我负责外交，你只管内政，分工明确。”

“我做的早餐好吃吗？”陆北栀笑嘻嘻地问。

宋聿修回忆了一下：“除了吃到三块鸡蛋壳以外，其他的还算可以。”

陆北栀垂下眼，尴尬得恨不得找个地洞藏起来，在宋聿修给她做检查时丝毫没敢再抬起头。

“你总是受伤，可怎么好。”对面男生叹了口气。

陆北栀握了握他的指尖，语气里带着讨好，说道：“宋师兄你要骂我吗？”

“你再说，我更要气自己了。”他边答边伸手摸她额头上的伤，心疼得很，“怎么办，这样迟早被你吓死。”

陆北栀傻笑了两声：“那用礼物代替对不起好了。”

宋聿修敲了敲那颗小脑袋瓜子：“都快二十了还整天要礼物。”

陆北栀想了想生日的确近了，想问他怎么会知道，转念一想，她实习登记的个人信息上写过，没想到他会记住。

“原来我马上要二十岁了啊。”陆北栀笑了，“挺好的。”

“好什么？”他揪住话里的小尾巴，挑了挑眉，俯下身来，“嗯？你跟我说说。”

女生二十岁是法定结婚年龄啊，陆北栀想。

这个念头让她吓了一跳，她连忙结束对话，身子使劲往被窝里缩：“我要休息了。”

她手上打着点滴行动不便，宋聿修起身给她整理被子，抱着她的上半身往后躺，结果小姑娘装病难受歪在他怀里不起了。他眯眯眼，但没有拆穿，忍笑问她：“怎么，没长骨头？”

陆北栀吸着他怀里的淡淡清香，更赖着不愿起了，顺着他的话往下说：“小仙女本来就柔弱可欺。”

宋聿修小心翼翼地搂住她，避过额头的伤口，手在她头顶摩挲了会儿，叹道：“你都暗示到这个份上了，我不欺负你一下实在说不过去。”说着，他指腹从她耳垂上滑到脖颈。

陆北栀倒吸了口凉气，迅速从他怀里弹起：“在这儿？”她错愕。

宋聿许不容她躲，有点霸王硬上弓的意思：“你的意思，不在这儿，别的地方都可以？”

陆北栀吓得不轻，赶紧自己乖乖躺下了。

宋师兄真是得了理就寸毫不让，原本是想调戏一下他，结果棋差一着，反被调戏了？

PART.10

从何时开始，她活在我的视线里

陆北栀还在病房里思考着今晚如何回家，额头上贴了纱布，头发无法遮挡住。却看见傅司南从门口进来，他眼神里写着“陆北栀你又闯祸了”。陆北栀还未来得及跟他说话，见他身体侧了侧，妈妈惊呼着从外面进来：“怎么伤成这样了？北北你现在感觉怎么样，要不要妈妈去找医生来？”

陆北栀心里暗暗想，哪里需要找，你边上站着一个再优秀不过的外科医生。

她朝傅司南使了使眼色，暗示他帮忙把妈妈糊弄过去。

傅司南耸耸肩表示自己无能为力，然后站在一旁看好戏。

陆北栀顿时觉得此刻的状态比她被犯人绑住手脚还难受，她绞尽脑汁解释着身上的伤，口干舌燥。

好说歹说应付了过去，陆母找了把椅子坐下来，跟儿子吩咐了句：“你去把北北的指导医生叫过来，我倒要问问，我女儿好好来医院实习，反倒自己成了病患，这算怎么回事？”

陆北栀连忙抓住她的手，掀被坐起：“妈，这事儿我回去再跟你解释好不好？你别在职场闹事，不然我以后还怎么在余安待下去？”

“是啊，外人都看着呢。”傅司南也赶紧帮腔，“况且这事，虽然北北被误伤，让我们担心，但好在伤势不重，作为医生，她尽了自己的职责，保护了患者的安危，我们要做的是安慰和鼓励她，而不是让她难堪。”

陆北栀难得听见傅司南这么正经说话，她心头一热，垂眸坐着不动了。

陆母见女儿一副认错的样子，于心不忍，从椅子上站起来："算了，你俩跟你爸一个德行，为了病人自己身体全然不顾，不知道我上辈子是不是欠了你们的。"她伸手摸了摸女儿的头，"知道你没事我就放心了，下班了早点回家，我炖汤给你补补。"

陆北栀眼眶红了："谢谢妈妈。"

傅司南跟着陆母从病房出来，在急诊大厅遇见正在给人急救的宋聿修。

陆母上下打量了他一眼："那人就是你妹妹的指导医生？"

傅司南点头笑道："是。"

"看着倒是一表人才。"陆母嘀咕了几句。

傅司南作为旁观者已经看清了一切，果然岳母跟女婿的气场总是莫名地合啊。

他将陆母送上车，刚回到普外，有护士前来通知他负责的那位急性腹膜炎患者二十分钟前腹痛难忍，原本定在第二天的手术只能提前。

"打电话让二号手术室准备，患者现在在哪里，有做术前检查吗？"傅司南急匆匆往病区走，护士跟在后面汇报，"方医生已经做好检查了。"

傅司南点头："把病人推去手术室等我，我换好衣服马上过来。"

"好的。"护士快步跑向病房。

腹膜炎不算大手术，傅司南动作娴熟，提前十分钟完成了引流手术。手术室里的电话响起来，护士接通后，转身对主治医生道："傅医生，方医生有急事找您。"

边上的助手医生知晓傅司南的脾气，从来不在手术室接电话，呵斥道："挂了，没看到傅医生在手术中吗？"

那护士是新来的，不太懂规矩，丧着脸转身要走。

“也许是有急诊患者，接过来吧。”傅司南说道。

护士如释重负，双手托着座机听筒递到他耳边。

傅司南手上的动作没停，只听见电话里传来一句：“傅司南，救命。”

他心乱如麻，用最短的时间完成了手术，将接下来的工作交给助手，脱下手术服便往外跑。一路飙车到方灿灿家，房门半掩着，他推门进去，家中一片狼藉，甚至连落脚的地方都没有。

“方灿灿？”他焦急地喊。

在客厅一角听到一声闷哼，傅司南侧头看过去，她跌坐在地上，手腕上缠着一根绳子，而绳子的另一头系着的却是……她的妈妈。

“镇静剂，你帮忙带过来了吗？”方灿灿问。

他取下医药箱，方灿灿伸手将注射器接过，因为手臂颤抖，半天没找到血管。

“我来吧。”他说。

病人在注射之后，沉睡过去。

两人坐在狼藉一片的客厅，半晌，他才开口：“你妈妈这个样子多久了？”

“有几年了，起初只是抑郁，后来恶化成狂躁症，无法控制自己的情绪，本来有护工在她身边，一直都是平安无事的，只是这几天她知道了我爸再婚的消息，情绪失常到连护工都控制不住，这才打电话通知了我。你能帮我保密吗？”

傅司南点头。

他看过她很多样子，这是唯一一次，她这么无助。

陆北栀躺了一个上午精神恢复得差不多，午休时在宋聿修的陪同下做了笔录，下午给魏崇做术后陪床。因为病人在目前情况下还未脱离危险，需要有医生随时记录他的生命体征。

下午她从ICU出来，碰到守在外面的魏莹。不论她在商场上如何叱咤风云，在病房前却只是一名脆弱不堪的家属，过度的担忧让她面容憔悴不堪。

陆北栀安慰道："手术很成功，病人很快就会苏醒过来的。"

"谢谢。"魏莹话刚说话，只觉得上身摇摇欲坠，她不得已去抓陆北栀的手臂，"抱歉，头有点痛。"

陆北栀神情复杂地看着魏莹。这已经是魏莹第二次出现这种状况，她伸出一根手指在魏莹眼前晃了晃："魏小姐，请问你能看清这是几吗？"

对面的人眼睛微眯，仔细辨认之后，才确认："二。"

陆北栀一僵，扶她的动作变得小心翼翼："戴小姐，你经常头痛绝不是小事，建议你做一个检查，病人这边我会照看好的。"

在送魏莹回家属陪护室后，她急匆匆去办公室，里面没人，她出门往后拐，见值班室有人，推门进去。宋聿修正在换衣服，刚脱了上衣，没想到会有人进来，愣住。

陆北栀抬头，四目相对，电光石火。

宋聿修很快恢复了镇定，弯腰去床上拿衣服，扫了她一眼道："你自己想看也就算了，敞着门室打算让所有人一起围观我脱衣服吗？"

陆北栀被噎个半死，忙后退关上门。

宋聿修换好衣服，目光在她额上的伤口定格了会儿，招她过来换药。他一边用蘸了碘伏的棉签轻轻擦拭，一边问："你这么急找我干什么？"

"我怀疑魏莹患有颅脑动脉瘤。"陆北栀边忍着疼边说，见宋聿修顿了顿，她继续补充，"我在陪护魏崇的时候，发现她有急性咽喉炎，经常咳嗽，还伴有头痛跟复视，在今天上午十点的时候，还呕吐过一次。联想到魏崇的病状，我猜测应该是家族性遗传，只是到魏莹这儿血管壁异常改变造成肿瘤。”

宋聿修静静听陆北栀说完，处理完伤口，给影像科打了电话后道：“我已经给魏莹安排了颅内 CT 跟血管造影，等结果出来后再讨论具体治疗方案吧。”

陆北栀翕合着唇瓣，低声道：“我不确定，也许是误判了，你不质疑我吗？”

“我信你。”

男声低缓，却是不容置疑的语气。

造影结果出来之后，判定为不规则分叶状前交通动脉瘤，因为发现得及时，瘤体小，可采用介入栓塞治疗，创伤小，恢复快。

拿到诊疗结果，魏莹在听宋聿修讲解完病情之后，没想到被自己忽略的身体异样会造成这么严重的后果，如果病情延误下去，甚至会有死亡的危险。

“最先发现你病情的不是我，而是我手下的实习生。”宋聿修按住陆北栀的肩膀，将她推到魏莹面前，“所以你的谢谢，不应该对我，而是她。”

魏莹怔住：“原来是陆医生。”

她抬头跟宋聿修说：“我能跟她单独聊聊吗？”

宋聿修用眼神询问了陆北栀，在得到肯定答案后，没在病房里多留，出去后关上了门。

病房里安静得能听见点滴液流动的声音。

“在说谢谢之前，我想先跟你道歉。”魏莹先开了口，“之前我父亲的手术，宋医生将你选在一助的位置，是我以你不过是一名实习生，不够资格参与我父亲的手术为由请求宋医生将你替换，我很抱歉。”

“没关系，如果我是您，我也会有这种想法的。关于您的病情不必过于担心，目前情况还很乐观，我们会尽力而为。”陆北栀心平气和地回答。

这让魏莹更加愧疚，半晌无言，点头说了声：“谢谢。”

陆北栀从魏莹病房里出来，见宋聿修站在门口还没走，快步走过去，笑道：“你守在这里干什么，还怕我被她吃了不成。”

已是晚上，走廊里的灯光昏昏沉沉，暧昧不定。

“我是有句话，想在下班之前跟你说。”

陆北栀仰头道：“什么话？”

宋聿修朝着她前进两步，看着她一字一句道：“你比我想象中还要优秀，这不是作为男朋友，而是以一名专业医生的角度，对你的表扬。”

陆北栀没想到他突然来了这么一句，感动得无以复加。

宋聿修双手插兜转身，留下心情复杂的女生，消失在走廊尽头。

陆北栀刚回急诊科，便被小昭和几个护士拉过去，几个人啧啧啧半天，像是看什么新奇人物似的。

陆北栀被盯得发毛：“你们干什么呢？”

“看不出来啊，你竟然默不吭声地把宋医生拿下了，闹了半天，他的锁屏头像是你啊，老实交代你们在一起多久了，发展到什么地步了？”

几个八卦大王一连串的炮轰砸在陆北栀身上，她默默地后退几步，扯着嗓子干笑：“现在是上班时间，不宜聊私事。”

正好，沈霁初从边上经过，她从未觉得见他如此开心，连忙跟过去：“学长，正好有几个问题请教下。”

八卦团还没反应过来，陆北栀已经溜得没影了。

沈霁初在办公室门前停下：“你有问题找你家那位比找我要有效率得多。”

“嗯，没错，那我走了。”陆北栀灿灿一笑，拔腿就走，被沈霁初逮回来。

他眯眼审视道：“你又拿我当枪使？”

陆北栀嘿嘿笑出声：“有些事心里知道就行，何必说出来伤自己心呢。”

沈霁初翻了个大大的白眼，刚好见宋聿修从值班室出来，拽住他吐苦水：“欸，我说，你女朋友怎么跟你一样爱耍无赖啊？”

宋聿修对“女朋友”三个字很受用，慢条斯理地回：“这种问题等你以后就会知道答案了，不过前提是，你得有个女朋友。”

千盼万盼，陆北栀总算盼到周末，那天宋聿修对自己发出约会邀请的话语似乎还在耳侧回响，头天晚上她激动得睡不着，一个劲炮轰死党未莱。

“睡没睡没睡没？”一大串表情包发过去。

几分钟后，手机响起来，是视频电话。

那头的人翻了个大大的白眼：“三更半夜你干吗呢？”

“你说，初次约会穿什么好？”陆北栀苦恼万分。

“既然是约会，你穿什么你家宋医生会不喜欢？不过你俩在医院不是够浓情蜜意了吗，用得着私下约？不腻？”

“公是公，私是私，在公他只是我在实习期间的上司，我们分得很开的。而且只要待在他身边，我欢喜都来不及，怎么会腻。”

未莱鸡皮疙瘩起了一身：“在单身狗面前能不能克制点秀恩爱，顺便说一句，狗死的时候，没有一对情侣是无辜的。”

这时宋聿修在微信对话框里发过来影院地址，陆北栀笑着放下手机，正经在衣柜里挑了件白 T 恤和牛仔裤，换装游戏折腾到半夜才结束，大约是太累，倒头就睡着了。

影院虽然离陆北栀住的地方不远，但宋聿修坚持来接她。

因为不想让他等，陆北栀在餐桌前匆匆尝了几口妈妈煲的汤，拎着包找个借口就出了门。离约定时间还有十分钟，她站在路边等。怕穿衣服显胖，一上午都没吃什么东西，她揉了揉饥肠辘辘的肚子，马路这头有辆车在她面前停下来，头染黄毛的青年探出头喊道："美女去哪儿啊，我送你一程。"

即便站得足够远，她也闻到了对方酒气冲天，她厌恶地别过头。

"别这么高冷嘛。"那人笑了笑。

"建议你把车靠边，然后找个代驾，否则你会因酒驾而被拘留。"陆北栀冷冷道。

黄毛青年愣住，头一回搭讪遇到个这么不识趣的，迅速关闭车窗绝尘而去。陆北栀拨通交警大队的电话："您好，我要举报有人酒后驾驶，车牌号为……"

她话还未说完，便听到轰隆一声巨响，她立马看过去，那辆白色小车突然逆行变道，与迎面过来的一辆公交车相撞，此时正值高峰期，后面私家车更是接连追尾，哭喊声一片。

她匆匆对着电话交代了情况与地址，挂断之后，迅速往事发现场奔去。

交通事故惨烈，好在之前跟宋聿修处理过这种突发情况，陆北栀虽然心里没底，但也顾不得想太多。她从包里拿出自己的胸牌，对着事故现场的人喊："我是余安医院急救科的实习医生，在 120 到来之前，有哪些人需要帮助？"

她话音刚落，有几个青年男女搀扶着朝她走来："医生，我身上很不舒服，能不能帮我看看？"

陆北栀粗略地扫了几个人一眼，多是些皮外伤，尚能自理。

紧接着，前方有从车里爬出来哀号的，情况虽然紧急，但大部分在救护车到来之前没有危险。

而剩下那些不能给她回应的才是最紧急的。

陆北栀心里大致有了数，那辆公交车翻倒在路边，她在车门探了探身，血气冲天。里面大约有五个人处于昏迷状态，离她最近的位置躺着一个小女孩，十岁左右的模样，陆北栀摸她的脉搏，已经没了呼吸。

陆北栀颤着目光在里面环视一圈，突然听到一声轻微的闷哼，为了避免车身震荡，她小心翼翼地往车尾走，在走道边上看到一位倒地的女人。她蹲下身查看，女人的生命体征极度微弱，在确认对方身体没有致命外伤之后，她正欲扶着女人的身体平躺，女人死死抓住她的衣服，她顺着女人的视线看过去，女人怀里护着一个婴儿。

陆北栀小心将孩子抱起来，这时交警和120急救已经赶过来。她轻轻起身，从破碎的车门下去，她穿着高跟鞋行动不变，干脆将鞋子脱掉，光脚往救护车边跑。她脑袋里一片空白，只存着救人这一个信念，以至于宋聿修伸手将她拉住时，她没反应过来一个趔趄。

宋聿修护着她跟孩子，她这才抬头看他。

他额头上的汗已经将刘海打湿，头发被抓得凌乱不堪，说话的语气却如常：“孩子情况怎么样？”

陆北栀忍住了泪目的冲动：“还活着，但处于昏迷状态，初步认定是被巨大的冲击力伤到了胸椎神经，需要马上拍片查看具体情况。”

宋聿修在路上得到陆北栀所在的位置发生车祸的消息之后，脑子里一直绷着一根线，而现在见她平安，他逐渐镇定下来。

“你先带孩子回医院，剩下的我带着人处理。”

宋聿修清冷的嗓音传送到她的耳膜，他一如既往地冷静与专业。

“孩子的母亲还在公交车上多发骨折跟挫灭伤，除她之外，有一名十岁女生已经死亡，剩下的两位乘客重伤。”陆北栀说完情况，转身上了车，救护车驶离事故现场。透过车窗，陆北栀看到宋聿修忙碌的身影，在距离的影响下，模糊成一个黑点。

陆北栀抱着孩子，天空阴沉一片。

交通事故造成伤员过多，且一半的人员被送到急诊科，所以科室里的医生全数出动，忙得焦头烂额，连水都来不及喝。

婴儿的情况比陆北栀预想的更加严重，胸椎神经断裂，好在急救之后已经脱离生命危险，随后被送去儿科，那边的医生有一些诊断问题，邀请宋聿修过去联合会诊。

急诊科骨干一走，所有重任全部落在沈霁初身上。

陆北栀被安排留在诊疗室救治轻伤患者，她神经紧绷，本就处在紧张状态，偏还被护士叫去安抚个别患者的情绪。她拉开帘子，那人虽然身上不少血迹，那张脸她却是认得出的，那个酒驾的黄毛青年，也是本次交通事故的肇事者。

“哟，原来是漂亮妹妹，你是医生啊？”那人笑嘻嘻地跟她打招呼。

陆北栀看他一眼都嫌恶心，冷冰冰地问：“伤哪儿了？”

黄毛青年抹了抹衣服上的血，一副没心没肺的模样：“这不是我的血，别人的，我坐急救车过来沾到的。刚有医生给我检查过了，也就轻微脑震荡，没什么事。”

“那你闹什么？”

“我就想换个安静点的病房，这儿哭天喊地的，太闹腾。你放心，我家里有的是钱，医疗费我不会少给的。”

陆北栀嘴角勾起一抹滑稽的弧度，眼睛定定地瞅着他，像瞅着一个怪物，随即缓缓道：“监狱去不去，那儿安静。”

黄毛再傻也听出她语气里的嘲讽，想要争辩：“你这人怎么……”

“闭嘴。”恶心两个字在陆北栀舌尖上打了个滚儿，终究忍回去了，她平静了些，“急诊科不是您的私人别墅用来度假的地方，来这里的都是生命垂危的病人，人命也不是花钱就能买到的。”

黄毛只觉得这妹子看着年纪小，说话却针针见血，不敢再吱声了。

车祸急诊一直忙到下午，其间有警察过来处理情况。黄毛青年作为肇事司机在确认伤势无碍之后被带去了公安局，走的时候还笑嘻嘻地跟陆北栀打了招呼，她没好脸色给他，如果不是碍于医生的身份，甚至想给他一拳。

陆北栀揉了揉发胀的脑袋，在走廊歇了会儿，遇到刚从急诊门诊出来的小昭。她递了瓶水过去，见小昭脸色不好，问：“怎么了？”

小昭犹豫了片刻，才支支吾吾答：“刚来了个患者有点奇怪。”

“车祸送来的病人不是已经处理得差不多了吗？”

“不是，这人前几天是因为腹膜炎在外科挂的号，手术动了没两天就强行出院了，刚刚被送过来，嚷嚷着肚子疼得厉害，我看着伤口没有什么问题，一时半会儿查不出病因。这会儿沈医生还在手术室，宋医生又被叫去儿科了，没人能拿主意。”

陆北栀想了想，催促她起来：“我跟你去看看吧，两个人总比一个人强。”

小昭松了口气，点头道：“北北，谢谢你。”

两人到了门诊处，见病人正躺在床上哭爹喊娘，小昭怕出错，扯了扯陆北栀的衣袖用眼神询问她要怎么办。陆北栀镇定下来，询问病人：“是伤口疼还是里面疼？”

“里面，一阵阵钝痛，你能先给我开点药吗？”那人满头大汗，已经到了虚脱的极限。

“这种情况多久了？”

“出院后的当天晚上，已经持续三天了。”

陆北栀按压了他的腹部，找到了疼痛点，随后问小昭：“腹部CT结果出来了吗？”

小昭点头，将片子替给她，病人肠穿孔。陆北栀将片子带回办公室研究，手机铃声响了起来，是宋聿修打过来的，想必他这会儿已经完成了会诊。很奇怪，他不过才离开一会儿，却觉得太久没见。

陆北栀快速接起，电话那头窸窸窣窣的脚步声响了一阵儿，男声才传过来：“喂？”

“你现在在回科室的路上吗？”她问。

“还没。”

“那你有空给我打电话？”她轻笑着在桌面上抠了抠，打趣，“你以前也不是这样，工作时间从不谈私事。”

“我就是想你了。”

陆北栀闻言愣了愣，停下手里的动作。电话那头的声音有些无奈，但马上恢复了正常：“里面几个医生争论个没完，我出来散散心。”

“孩子的情况很棘手吗？”

“嗯。”宋聿修顿了顿，正思索着要不要告诉她，怕她知道了难过，但她很快会成为一名正式的医生，早晚要经历这些，没有藏话，“胸椎神经断裂会造成永久性下半身瘫痪。”

“连你也没有办法吗？”

宋聿修叹气苦笑：“是啊，我也是个失败的医生，对不对。”

陆北栀的眼眶红了，孩子的母亲还在重症观察期，她半晌没说话。宋聿修留意到她的低落情绪，声音轻柔了些：“北北，说话。”

“我……我只是觉得有些不公平。”陆北栀低着头，“无辜的人生死未卜，肇事者平平安安，跟没事人一样。”

电话那头的人静了会儿，才开口："你的心太乱了。作为医生，看到的只有疾病，没有高低贵贱，只有轻重缓急。做好你该做的事，其他交给法律，好吗？"

陆北栀这才意识到刚才的话有多失态，揉了揉眼，坐直身子，尽管他看不见她道歉的姿态，她也十分诚恳："对不起。"

她又在将他当领导，而不是倾诉对象，宋聿修心里有些失落："你现在在休息吗？"

"嗯，顺便看看片子。科里送来个病人，是前几天出院的腹膜炎患者，因为腹痛挂了急诊……"

宋聿修倚在墙边，有路过的医生冲他打招呼，他点了点头算作回应，见电话那边没了声音，询问："有什么事？"

"我在腹部 CT 里看到了显影线。"

宋聿修显然也没料到是这个结果，他握着手机，修长的手指在阳光下泛着白光。

他目视远方，语气沉静到辨不清情绪："你先安排病人入院，我处理完这边的事情马上回。"

电话很快挂断，宋聿修加快了回会议室的脚步，眼神也冷冽了几分。

陆北栀挂断电话，小昭敲门进来，看了看她的脸色，问道："宋医生怎么说？"

"他有事要忙，一时半会儿回不来。"陆北栀将 CT 片往手臂下一压，"你有打听到是外科的哪位医生给这位腹膜炎患者做的手术了吗？"

小昭"嗯"了一声，不知道该不该说，虽然陆北栀比她要早，且年龄也小，但个性沉稳，在进医院之后勤奋努力，处理事情竟然跟宋聿修一样变得老练。看她的脸色神情这般严肃，小昭心里无端害怕起来：“北北，这事不会跟做手术的医生有关系吧？”

陆北栀抬头，一时也不敢肯定。隔了一会儿，小昭再次开口：“这个患者之前是傅思南医生的病人。”

陆北栀闻言，瞳孔颤了颤，她手肘撞到桌上的牛奶瓶，刺啦一声脆响，玻璃罐子碎了满地。

腹膜炎患者的二次手术安排在第二天。

陆北栀心情凌乱到极点，没等到宋聿修忙完，提前下班了。她乘坐电梯下楼，医院大厅的电视屏幕上正在播放着医院骨干医生介绍，傅思南因为外貌和医术出众，经常代表院方参加一些科普类节目，电视屏幕上的他，坐在主持人身边侃侃而谈，眼睛里全是对自己职业的自豪。

她是因为哥哥才改念医学专业。

大一那年，傅思南去非洲做医疗援助，她每个月都会收到他寄到学校的照片和信件，一直持续到援助结束。她去机场接机，哥哥背着一个破烂不堪的包从里面出来，他英俊的脸黝黑了许多，站在人群里微笑的时候，她突然觉得，这个她熟悉万分的人，早已不再是儿时将她扛在肩上的小男孩，他的双肩早已生出翅膀，他遥远得像天际里耀眼夺目的星星。

陆北栀在自家小区门口徘徊，无意间被突然从黑暗里蹿出来的人影吓了一跳。

她定睛一眼，果然还是那个幼稚鬼。

傅思南哈哈大笑，将手里的袋子往肩上一甩，像扛着把大刀，大摇大摆朝她走来：“又在想什么呢，看你半天了，你属狗的啊，原地转圈寻找自己的领地？”

陆北栀硬生生挤出一丝笑，想也知道肯定比哭还难看。

“喏，给你带的红豆牛奶冰，也不知道你什么习惯，都秋天了还喜欢喝这个。”他嘴里不依不饶地吐槽，但手里给她往杯口插吸管的动作却没停。

陆北栀咬着唇，拼命将眼底即将泄露出来的坏情绪忍回去，双手接过傅思南递过来的冷饮，狠狠吸了一口吞进腹中，冷静许多。

傅思南站在一旁，陷于寂寂的夜色中，想弄清楚发生什么事：“你是不是实习犯了什么错了？”

陆北栀低低应了一声：“嗯。”

傅思南柔声开导：“你凡事追求完美本没有什么不好，但这段时间我眼看着你给自己的压力太大了，宋聿修虽然严厉，但他不会无缘无故冲你发火，在医院里他是专业的，你放宽心就是。”

“那如果……是很大的错呢？”

傅思南声音瞬间柔软：“天塌下来，我给你兜着，我比起你那心上人不差分毫，妹妹总护得住的。你啊，怎么着也是我们陆家的人，出息点啊，别遇事就哭鼻子，从小到大你一哭鼻子，我就没辙。”

陆北栀咯咯笑出声，糯着把嗓子喊：“哥哥。”她还像儿时那般撒娇，仿佛这些年一点烟火气也没染上。

傅思南眼神沉了沉：“北北，你知道吗，从小到大父母几乎把全部注意力放在我身上，而对你忽略太多。尤其是爸爸，这些年你拼命努力想要得到他的认可，一路走得很辛苦。北北，你会怪我吗？”

“怎么会？”陆北栀轻轻启唇，哑声道，“我最喜欢哥哥。”

傅思南将她往自己身边揽了揽，抚摸着她的头说：“傻瓜。”

“你已经做得很好了，知道吗？”良久，他低低地说了一句。

陆北栀低着头，一直憋在胸腔的情绪突然倾泻而出，眼睛盯着地面，泛酸得厉害。

宋聿修下了手术台，接连给陆北栀拨了两个电话都是未接。他将手机捏在手心里，快步往更衣室走，走廊里的护士从未见过他这样匆忙的模样，疑惑地叫了声："宋医生。"

那头的人没有任何回应，因为走得太快，衣服下摆向后翻飞，在空气里留下一阵冷冽的消毒水味道。

送过陆北栀回家，知道地址，他开车到她的小区。

陆北栀先前没接到宋聿修电话，后面才看到他发过来的信息，大概意思是他一会儿过来找她，但不必等，困了就睡。

陆北栀这哪睡得着，刚洗完澡，她缩在被窝里，抱着个手机没撒手。

半个小时后，她接到宋聿修的电话。

宋聿修关上车门，大步往小区里面走，这才发现脚上的鞋也未来得及换，边走边给她打电话："路上堵车晚了些，睡了吗？"

电话那头的女生鼻子有些堵，声音传过来瓮声瓮气的，大约有些感冒："还没，你是不是有急事？"

"没有。"他说完，又很快否认，"也是急事，我担心你。"

他很难有这种词不达意的时候，陆北栀默了默。

很快，宋聿修听到窸窸窣窣的声音，猜出她要起床，阻止道："你不用下来，这个时间点晚了，而且会打扰到你家人。我虽然很想见岳父岳母，但现在这个场合，我怕是会出丑。"

宋聿修垂眸瞧了瞧脚上的拖鞋，清冷的眸子终于有了点暖意。

陆北栀囧了囧，没动静了。

"你家在几栋？"宋聿修问。

"15 栋，往左边走你会看见一家幼儿园，再往前就是。"

宋聿修按照她说的路线，很快找到。他站在楼下抬头，三楼亮着灯的窗户被打开，露出个小脑袋瓜子，他语气柔和道："看到你了，夜里冷，回被窝去。”

陆北栀听话地缩回了头：“宋师兄，你专程过来只是为了吹冷风吗？”

“我是在跟你赔罪。原本能早一点回科室的，儿科那边有几个疑难病例，接连被塞了三台手术，手机也落在会议室，我下了手术台才看到你的信息。”

陆北栀回：“我猜到了。”好不容易申请到联合会诊的机会，儿科那边自然不会放过。

“那女友殿下，我现在能坐会儿吗？”他在不远处寻了条长椅，轻笑着请示，解释道，“今天实在站了太久。”

陆北栀顺着他的话装大方：“坐吧。”

宋聿修见她放松了许多，这才收起玩笑语气，进入正题：“我知道你在担心什么，今天入急诊的腹膜炎患者是否真的如我们猜测的那样，还需进一步确认。若是真的，也并不一定就是手术室护士玩忽职守，没有清点纱布，患者在术后因为医生的漏诊，没有进行任何腹部影像学检查，我在医院这几年，也有遇见患者故意自己吞下纱布，以此来谋取私利的情况，一切还是未知数。”他将发烫的手机换到另一边，告诉她接下来要做的事，“我们首先需要调取这段时间患者详细的治疗记录，包括影像学检查，以此来判断，纱布是什么时候开始出现在患者肠腔里的。”

陆北栀听着他的话，知道她心里的想法怎么都瞒不过他，一时之间强忍住的冷静情绪霎时土崩瓦解，再出声时语气里有了哭腔:“哥哥他不会犯这种低级错误，他不会的。”

“我知道。”

是的，你知道。

你知道医生这个职业之于他如同之于你一样，那无与伦比的职业感与归属感，是你们一切骄傲的来源，为此寒窗苦读多少年，并甘之如饴。

“北北。”他声音坚决，带着不容置疑的味道，“不许多想，睡觉。”

女生不太情愿，轻声呢喃了几句，过了会儿，大约是真的困了，听筒里传来清浅的呼吸声。宋聿修没着急走，半倚在长椅上坐了会儿，已经十一点，小区里还有零星的人进出，他抬头看楼上的房间，看起来是亮了个小夜灯，光线微弱昏黄，漆黑的夜里他的眸光亮了亮。

风渐大了几分，看起来有雨要下。

他这才起身，朝小区外面走去。

陆北栀第二天醒来时手机烫得跟在沸水里煮过一样，她按了下电源键，指纹解锁后，手机屏幕中还显示在通话中。她吓了一跳，难不成昨晚电话打了一夜，她什么时候睡的？宋师兄又是什么时候走的？

因为心系腹膜炎患者的二次手术，她睡得不是很好，在床沿上呆坐了会儿，恢复了精气神，才缓缓起身洗漱。哥哥似乎比她走得还要早，又或者是故意想让她睡个懒觉，才没有叫她。

陆北栀挎上包出门，还不到七点，街上的早餐店已经排了不少上班族。陆北栀属于生活比较粗糙的那种，懒起来的时候连张嘴吃东西也不乐意。

她刚到值班室换完衣服出来，就被宋聿修拎去休息区吃早餐。

桌上摆着厨福记的牛肉面，包装比较简陋，但汤汁被人护得完好，愣是一滴也没洒出来。陆北栀愣了愣，她是什么时候跟护士台的人提过自己馋这家面馆很久了，就是碍于距离太远很久没吃，不曾想被路过的他听了去，记在了心上。

“赶紧吃。”宋聿修将筷子递给她，“吃完等沈霁初到了，准备手术。”

陆北栀低头吸着面条，而一旁的宋聿修正看着手里不知名的文件。他神色寡淡，她还以为他会有什么私下话跟她说，结果什么也没有，兴致缺缺地吃完，收拾了餐具。站起来的时候宋聿修也跟着往外走，陆北栀突然回头，歪着脑袋明目张胆地盯着他。

被看的人被她的目光盯得头皮发麻，正欲询问，却见她突然正面贴近他的胸口，拽过他的双臂就往自己不盈一握的腰肢上放，她有意要引诱他犯罪，没有丝毫羞怯，瞳仁里全是柔情蜜意，看得他都有些醉了。

他大概知道这小姑娘想做什么，想弯下身子遂了她的意。陆北栀的手往他脖子上一绕，四目相对，他难得见她主动，全然将自己当成木头任由她摆弄，心里却有些痒。

想吻她。

陆北栀将他心尖撩拨了一番，迟迟没有后面的动作，他清醒过来，只感觉她的手在自己的后颈处拨弄着。

似是故意的，又带着几分无辜，她解释着：“你后面的领子折进去了。”

宋聿修抿唇，口有些干。

陆北栀浑然不觉他的尴尬，笑着问：“怎么了？”

他伸手刮了刮她的鼻头，干脆彻底将她揽入怀中，这才觉得踏实了，有些无奈低声道：“你就是没想让我活。”

陆北栀仰头，轻声细语地回答道：“我不是故意捉弄你，只是想答谢你的早餐。”

见宋聿修认真地打量着她，她询问：“我脸上有东西没擦干净吗？”

他摸着她额间的碎发：“是你眼睛里有星星。”

陆北栀眼底闪过一道光芒，朝着宋聿修摊开手心：“收费，不能白给你看了。”

宋聿修哼笑：“怎么算？”

男人笑的时候整个气场都变得如春风般十分和煦，她见到他神色里的温柔，忍不住勾了勾唇：“两毛一斤，不闪包退。”

他从口袋里掏出钱包，把里面的现金全部拿了出来，搁在女生素白的掌心里。

“恭喜你获得了它的独家使用权。”她笑起来脆生生的，瞳仁里似乎泄了蜜，甜得让人欢喜，“我会把喜欢设置成仅你可见。”

宋聿修怔住几秒，下巴在她头顶蹭了蹭，几秒之后笑出了声：“油嘴滑舌。”

他曾经信奉用理性处理一切事情，凡事克制从容。现在才发现这世上不是所有法则都有道理可循的，你喜欢，就会甘愿。

——原本笃定了孑然一身，不过是因为还没遇见你。

PART.11
比起不能待在你身边，
因为我而让你变得疲惫不堪
才是最难过的事

宋聿修出手术室后的神情不太好，陆北栀大概猜到了几分，心也跟着一沉。她开口要问，一抬头，对上男人黑沉的瞳孔，将话压了回去。

“我先去找他聊聊，等回来再说。”宋聿修抓了抓她的小脑袋，轻声安抚。

他去找傅司南是怕她在哥哥面前开不了口，由他这个外人去，既免了傅司南的尴尬，也不会让她为难。

陆北栀竭力保持冷静，点头：“我在办公室等你。”

宋聿修难得去普外，正逢午餐时间，工作人员不在，正好，免得人多嘴杂。他加快脚步去了医生办公室，路过几间病房，因为外貌出众，引得好几个女家属侧头看过来。

傅司南在十分钟前收到宋聿修的短信时倍感意外，两人几年前一起在急诊科实习，算是有几分交情在，但宋聿修个性冷淡不好相处，加上两人都有些傲气，久而久之，傅司南虽然为他的实力折服过，但也极少主动搭理过他。后来，科室又来个方灿灿，外界更是传闻两人因她而不对付。

傅司南没明白宋聿修找自己的缘由，按理说他跟自家妹妹恋爱，再怎么也犯不着找自己这个哥哥来同意。

傅司南来不及多想，人已经进来了。

他起身，将自己的椅子让给宋聿修。宋聿修没跟他客气，坐下后将一个文件袋递过来：“有件事需要你确认一下。”

傅司南倚在办公桌边，一头雾水地接过文件，打开一看里面是张 CT 片，底下还有一张手术记录单，时间追溯到一个星期以前，主刀医生那行赫然印着傅司南的名字。

他愣了愣，问宋聿修：“什么意思？我们科室的手术单怎么会从你那儿来？”

“这是我从主任那边调的，这是你之前的患者，出院后昨天挂了急诊，上午做了二次手术，我们的医生从里面取出了两块遗落在腹腔的纱布。”他没再继续说下去，但傅司南已经明白他的意思了。

傅司南将手里的文件仔细看了看，陷入沉思。

这事太荒唐，不应该发生在一个资历出众的外科医生身上，宋聿修挺严肃地叫了他一声：“傅司南。”

对面的人这才回到现实，他将文件封好，原原本本还给宋聿修，语气自然得如同什么都未发生：“谢谢你没有直接把东西交到院里，而是先来找我，让我有了心理准备。”

宋聿修正坐在一侧，接东西时微微倾身，那双眼依旧冷静理智，凝视他几秒后，淡声开口：“这事虽说保管器械的巡回护士过失最大，但一旦调查起来，你这个主刀医生也难辞其咎。”宋聿修顿了顿，复又道，“病人有权了解自己的病情，我不会隐瞒。”

傅司南突然笑了，点头：“这才像我认识的宋聿修，你公事公办，反而让我觉得受到了尊重，起码你没有质疑我的医德。之后你也不用念着我跟北北的关系。”

宋聿修认真地看着傅司南。傅司南笑容凝在嘴边，垂眸：“北北……应该很难过吧，你能帮我安慰下她吗？”

“是我的荣幸。”宋聿修低声答。

墙上的时钟过了一点。

不早了，他得回急诊科，陆北栀还在等他。

宋聿修起身，正欲拉开门，便听身后的人说：

“如果我因此事离开余安，我妹妹还需要你多照顾。她太小，人情世故都不懂，但我知道她对你很上心，请你好好对她。”

“我会的。”宋聿修的手停在门把手上，答得没有任何迟疑。

宋聿修回去的时候，还未到上班的点，一群人在办公室里吵吵闹闹，只有陆北栀一个人坐在角落发呆。他进去，女生眼巴巴地看过来，她为傅司南的事焦急万分，但碍着人多不好开口，就这样隔着人群看着他。

从他的神色看，她便已经明白了。

陆北栀向来聪明，甚至不需要只言片语，她就能猜到全貌。

此事让陆北栀不知道如何面对宋聿修，曝光之后，哥哥原本明媚的前途很可能毁于一旦，她又怎么能装作置身事外，什么都没发生呢？

思虑太多，脑袋里乱作一团糨糊。

表面上她装作什么都没发生，傅司南也丝毫不提此事一句，家里的气氛沉闷了许多。

腹膜炎患者在知道病因之后决定对失职的医护人员提起诉讼，这件事闹到纪检监察会，很快在余安传播开来。方灿灿从外地调研回来时，医疗事故闹得纷纷扬扬，她竟一点也不知情，大概是傅司南有意瞒着她。

方灿灿不知道怎么出了一趟差，发生了这么多事。

下了电梯，方灿灿匆忙奔进办公室，没有见到人，她取下包就往外跑，终于在医院门口截住已经收到停职调查令的傅司南。

“上班时间你要去哪里？”方灿灿焦急的神情一闪而过。

“这段时间太累，只是想休息了。”傅司南一开口，嗓子有点哑。

两人隔着一段距离对视着。

方灿灿紧咬着下唇，转身欲往回跑："我这就去告诉主任，你是因为我才提前离开手术室，如果如实相告，也许他能网开一面……"

她话还未说完，身体被人向后一扯，带到温暖的怀中。

"这事不许再提。主刀医生是我，犯错的是我，我不希望你的家庭私事成为整个余安的谈资。方灿灿，你努力了这么多年，去走更光明的路就好，我已摔在烂泥中，说什么都于事无补，你不需要为我这种人浪费力气。"

方灿灿先是错愕，随后眼眶含着泪："那你呢？你的未来不打算要了？"

"我在哪儿都一样。"傅司南轻声道，"而你，应该留在梦寐以求的余安，留在喜欢的人身边。"

方灿灿眼睫颤了颤："傅司南，你是不是傻。"

"是傻，但我甘愿。"他松开她，抱着打包盒往车上走，心一横，拧动了车钥匙，眼睛再也不敢往后视镜看一眼。

陆北栀本想送哥哥，到了门口，远远见他跟方灿灿在一起，没再过去，转身往科室走。在休息区碰见其他科室的几个护士在聊天，见陆北栀过来了，声音小了些，但仔细听不难听见内容，倒有几分像故意。

"咱们以后还是小心点吧，真要出了什么事，这辈子可就完了，像傅医生那样有能耐的人，上头照样铁面无私……"

这些人表面看着和气，实际眼睛里似乎都藏着刀，恨不得随时往人身上割。

陆北栀听着，脸色难看得厉害。

她心不在焉，接热水的时候打翻了手里的纸杯，沸腾的水淋在手背上，顿时红肿一片。小昭原本趴在桌上休息，吓得连忙跑过去，抓着她的手便往凉水下冲了半天，红肿未消，已经在起水泡了。

“没事，我去找药水，擦下就行。”陆北栀轻描淡写地说着。刚刚那群叽叽喳喳的护士还在说什么，她只觉得刺耳得厉害，找了个借口往办公室走。

急诊科的办公室一向人少，没想到今天走廊堵了一群看热闹的人，陆北栀挤过人群，正撞见沈霁初从里面出来。他神色慌张，忙将她往外推：“别在这里待着。”

陆北栀心里有些不安，正欲问发生了什么事，就听到办公室里有女人的声音传来：“我先前就来找过你，我求你，让你在家属那里调和，希望能私下调解，多少钱的损失我们都可以拿，我们也能当面道歉，只求不要把这事闹到明面上，毁了我儿子一生，你为什么还要让这件事发展到这个地步？

“你一个不知道从哪里来的乡野小子跟我女儿谈恋爱，我都睁一只眼闭一只眼了，你又为什么要较真，非要毁了我们一家才甘心，我们到底欠了你什么？”

宋聿修自始至终一字未答，透过玻璃窗看过去，无法看清他的神色。

怒吼声一阵接着一阵，嗓门实在过大，不少人都听见了，扭头打量着陆北栀的神色。

陆母的声音像一把尖锐的利刃，将陆北栀的心割得稀巴烂，她鼻尖酸楚得厉害，一时竟呆愣在原地。

“走吧，阿修让我找你，也是怕你处在这种境地，怕你为难，别辜负了他对你的心意。”沈霁初拽着她，想拉开她，但她没动。

她将所有情绪忍了下来，抬头，镇定如初地跟沈霁初说：“让我进去吧。”

沈霁初拦不住她，只得松手。

门锁被扭动一下，门开了，陆北栀进去，轻声喊：“妈。”

脸红耳赤的女人停下话，扭头，又瞧见身后围观的人，素有教养的她终于冷静了些。

而宋聿修没料到陆北栀会进来，眉心一拧，突然往她那侧移了移，挡在她面前，终于开口说了第一句话：“阿姨，我的错，别骂她。”

陆北栀眼睛红了。

“妈，有事回家说，别在医院闹了。”

陆母深深看了她一眼，绕过两人扬长而去。

宋聿修脸色冷得让人不寒而栗，走廊的人不敢再围观，四下散了。只有在面对她时，那股冷意稍微缓和了些，他小心地看着她，漆黑的瞳孔里透露着几分温柔。

陆北栀抬头看着他，眼眶就热了。

她想去抱他，但母亲的出现，无形地将两人拉开了距离。

她只能克制地看着他流眼泪。

这一切并非他的过错，却要他来承担非议，全是因为她在中间的缘故。这个世界疯狂而纷扰，明明他该是最清醒最一尘不染的那个。

宋聿修心情有点复杂。

本来什么事也没有，偏她闯进来，他见不得她流眼泪，于是狠狠地剜了那头的沈霁初一眼。

沈霁初见状连连讨饶：“我顶多算护她不利，你就别再将我生吞活剥了。”

宋聿修懒得搭理沈霁初，冲陆北栀招招手：“北北，你过来。”

陆北栀走到他跟前，仰着头，眼睛红通通的。

“对不起。”她小声说。

宋聿修好半天没说话，他定定地看着她的小脑袋，半天憋不住了，将人往自己这边带了带，叹息：“够了啊，跟你没什么关系。”

陆北栀任由他拉着，一言不发。

“一会儿纪检监察的人会过来，我应家属的申请要去参加这次会议，你哥哥也会到场。”宋聿修原本居高临下抿着唇，这会儿垂头，摸了摸她的额头，“我知道你夹在中间很难，你会怪我吗？”

“宋师兄，你只是在做你该做的事，我怎么会怪你。我妈妈之前私下为哥哥的事找你，你不也瞒着没告诉我吗？”

宋聿修安静了一瞬，堵在胸腔许久的矛盾突然豁然，环着她的手臂收紧了些，低声说：“我没有怀疑自己的决定，我只是怕你……跟着我受了委屈。”

陆北栀杏眼里全是真诚，认真地道：“我比你想象的要坚强。”

宋聿修看着她，心脏柔软塌陷了一块，像被泡在海水里的海绵，又酸又涩，鼓鼓胀胀。

“我宁愿你永远骄傲、不会有这样的时刻，至少不是因为我的缘故。”

话音刚落，办公桌上的电话响了。宋聿修松开她去接，那头的护士说话语气急切：“纪检监察的人已经过来了，家属明确表示如果您不在场，他们拒绝参加。”

“我知道了。”宋聿修看了眼墙上的时钟，目光扫了扫面前的女生，刻意压低了声音，“我马上过去。”

空气接连窒了窒。

陆北栀自然地开口：“我先去工作。”

她调整好情绪，如同什么都没发生。

宋聿修盯着那道背影，直到她消失在走廊里，随后才穿上挂在衣架上的外套，快速赶去会议厅。

他光洁的脸庞上透着棱角分明的冷峻，进门时引得所有低声讲小话的众人纷纷噤声。

那道颀长的身影从门口进来，信步走上自己的位置，白炽灯下的男人，俊朗的五官上没有显露任何多余的神色。

那英气逼人的气场连看惯了大场面的傅迟都忍不住侧目，视线在他身上停顿了几秒后离开。这一屋子人里，唯有他举止投足都敛着锋芒，仿佛是一把极其锐利的刀刃，藏在帷幕之下，若有似无。

偏偏这把利刃是向着自己。

傅迟听着身后的人小声争执，只字未言。

陆家跟傅家都是A市极富盛名的医学世家，当初两家结姻本就惹人眼红，这次更有不少人在等着看好戏。纪检监察专门处理医疗事故，这次也如同往常一样，唯一特别的恐怕是这次事故的主角，这位被外界传闻铁面无私的纪检监察长傅迟在处理儿子的错处时，是否还能镇定如常呢？

傅司南扭头看父亲的脸，不过几天时间，他竟如同苍老了好几岁，白发渐生。

监察会的气氛剑拔弩张，平静的海平面下实则波涛汹涌。最终将参与腹膜炎患者手术的巡回护士吊销执照并开除，而其他医务人员则停职处分。傅司南作为此次主刀医生因为自身手术过程没有其他错误，被下放到余安分院。

这结果对他而言，已经是最好的了。只要他还能从事这份职业，在哪儿都一样。傅司南坦然地接受了这个事实，而傅迟，却面如死灰。他将陆、傅两家的名声看得比命还重要，这几年，虽说他对儿子夸赞得少，但儿子所取得的成绩他总是第一个知道，也是打心眼里引以为傲，不曾想事情转变成这副模样。

十二月的A市，傍晚落了一场雨，冷风习习。

监察会结束的时候，正值下班时间，陆北栀没留在科室加班，父亲早就发信息通知她，会在停车场等她一起回家。

宋聿修还在安抚家属情绪，陆北栀没来得及跟他打个照面，乘坐电梯去了地下停车场。

车内有些沉闷，三人各自坐在座位上，没有任何话。

傅司南见陆北栀脸色也不好，想到什么，又碍于父亲在前座不好大声说话，压低了嗓音："我听说妈今天去你们科室大闹了一场，北北，她最近因为我的事压力太大，你还有……宋聿修都别往心里去。"

陆北栀正欲作答，听见前座的人低咳了一声，目光沉沉地扫过来："你还有心情担心别人，还不都是你惹的祸？"傅迟一双眼睛透着寒意，神态威严，"我给你找了家研究所，明天就去报到。"

傅司南面色微僵，态度坚决："我不去。"

"难不成你真打算去分院？我跟你妈的脸往哪儿搁？你混成这个地步，确实是我没管教好你，我们家三代从医，清清白白，竟然毁在小辈的手里。"

天色暗沉得如同泼了墨一般。

气氛凝滞得无法喘息，陆北栀将窗户开了条缝，有冷风灌入。

傅迟跟儿子本就沟通甚少，聊到一半无话可说，于是将话头一转，思忖了片刻，问："北北，你下学期就要毕业了吧？"

"是。"陆北栀轻声回。

"我跟你妈妈的意见是，你是女孩子，我们本无意让你学医，但当初你一意孤行改了专业，我跟你妈妈也默认了。你如今留在急诊科，又恰好在余安实习，工作肯定会受到你哥哥的影响。这个学期差不多快要结束，马上要准备毕业答辩，你就选择这个时间回学校吧，如果不想在学校待，也可以回家来，准备出国留学一事。"

陆北栀斟酌再三，终于开口："我想留在余安。"

"即便是惹人非议，你也愿意？"傅迟问。

她低头："是。"

这个女儿从来都是乖巧懂事，却不想在这事上如此强硬，傅迟扭头："给我个理由。"

"我喜欢这里。虽然只有短短几个月，但我的梦想已经在这里生了根，发了芽……"

还未等她说完，傅迟蓦地冷笑："跟你恋爱的那个人，是你现在的实习老师？"

陆北栀没料到他会在这个时候提宋聿修，且毫无铺垫，现在将他在这个时机提到父母跟前，实在不恰，她还在沉思，父亲催促道："回话。"

她抬头看向前方，心里已经暗下决心，喜欢一个人不是什么见不得人的事，为什么要藏着掖着。她点头，语气平稳："是他。我会找个时间带他回家来。"

"那倒不用。"

陆北栀笑意凝在嘴角。

傅迟不愿再提这个人："公事上，今天已经领教过。至于私事……"

车堵在高架上迟迟不动，他瞬间耐心全无，漆黑的眸子落在陆北栀身上，嗓音微沉："你觉得合适？"

陆北栀心里咯噔，如同一盆凉水泼到心底，父亲的话说得决然，没留任何余地。

"如果你自己做不了这个决定，我会托人去医院给你办离职手续，要不我亲自去也行。"

傅迟说话向来算数，陆北栀知道没了转寰的余地，她红着眼眶争辩："我与哥哥都有自己的人生理想，您大可不必把家门的荣光压在我们身上。"

傅迟怒了："你也跟你哥哥学着顶撞父母是不是？"

傅司南从未见过父亲发这么大的脾气，扯了扯陆北栀的衣袖，示意她以后再说。

这时，车已到了家门口，还未等车停稳，陆北栀便推开车门，跳了下去，快步往家走。陆母正从客厅出来，看到女儿涨红脸的模样愣了愣，冲着她的背影喊："北北，不吃晚饭了吗？"

她话刚出口，傅迟浑厚的嗓音从后面传来："她爱吃不吃，我看她能熬到几时。"

"怎么吵成这个样子，女儿还小，有什么事不能好好说？"

"这就是你养的好儿女，儿子不争气，女儿也开始顶撞长辈，学得好一嘴伶牙俐齿，现在为了一个男人前途都不要了。那人要是真喜欢她也就算了，你没见他今天在监察会上那副模样，哪里顾着她的情面。"傅迟盯着女儿的背影，越发怒不可遏，"我告诉你陆北栀，你想留在余安，休想。"

下班的时候，不知道陈楠跟沈霁初哪里来的兴致，拉着宋聿修去吃夜宵，两人一前一后架着他上了车。宋聿修不喜欢热闹，但知道这两人是看他这两日情绪不高，专程安慰他才组的局，虽说没拒绝，但全程都不太上心，更不留意身边人来去，撑着下巴时不时滑开手机锁屏，对谈话内容不感兴趣。

陈楠凑过来，狐疑地问他："干什么呢，心不在焉的，手机都快被你磨破了。"

宋聿修静了会儿，才答："我等她电话。"

边上两人面面相觑，弄明白了他嘴里的"她"指的是谁。

沈霁初本以为他是因为不想待在这个酒局在开玩笑，灯光下看清他的神情，才知道他是认真的，取笑道："好好的，她还能消失不成？你想重色轻友就直说。"

“我怕她因为我跟家里闹翻。”他顿了顿，“为我做这种傻事不值得。”

联想到最近发生的事，沈霁初犹豫了片刻，才说：“你有没有想过……以后你们会很麻烦？你站在家属和真相这边本没有错，但对象是她亲哥哥，他的家人如何看待你啊？”

沈霁初目光乱走，看得出是真担心：“说实话，我第一次知道北栀的家世时也是吃了一惊，你说俩兄妹怎么就这么低调呢。阿修，你如果真的打算跟北栀谈恋爱，你就去找她父母，拿出你的诚意来。”

他话刚说完，原本陷在沙发里无言的人突然抬头：“诚意？”

“对啊，你说说你，工作虽然好，但这么多年也没存下什么钱，你总得让人觉得女儿跟着你不会受委屈不是？”

宋聿修若有所思，拽过陈楠手里的酒杯，仰头灌了一口。

沈霁初朝陈楠眨了眨眼，陈楠立即附和：“是啊是啊，他说得没错。”

“这个周末我要回趟T城。”宋聿修没头没脑地来了一句，拿了外套起身，“账我去结，走了。”

人出了门，包间里寂静一片。

陈楠坐到沈霁初身边，轻声问：“每年这个时候他就会离开A市一阵子，今年又到了那个时候了吗？”

“嗯，算算日子到了。”沈霁初神色不明，突然他起身拍了拍陈楠的肩膀，随后匆匆出门，“我不放心他，出去看看，明天医院见。”

宋聿修酒量浅，属于几杯就倒的类型，所以如果不是特别难受，一般不会喝。沈霁初跟出去，见人没走远，站在街边呕了片刻，他递过去一瓶矿泉水，吐槽道：“你之前阻止陆北栀喝酒的时候说话一套一套的，怎么到自己这儿就不管用了。”

人弓着背，吐得差不多了，接过水，道了声谢。

“你要回T城的事，北栀知道吗？”沈霁初问。

宋聿修摇头：“我没说。”

“为什么？”

“她还小，没必要让她跟我一起承担那些事。”

沈霁初看着难受，站在街边吼：“阿修，你到底要为难自己到什么时候，以前的事不怪你，你是时候放下了。”

闻言，宋聿修终于抬头：“我父母也说不怪我，但他们病重一直到临去世，都不愿告诉我，我连最后一面也没见到，一个人做没做错，只有自己知道。”宋聿修眉头一皱，想要继续说些什么，但最终还是收住，有意将这一段往事揭过去，“我没事，你回家吧。”

他越是隐忍，越是让人揪心。

但沈霁初终究是外人，他能说什么呢？

陆北栀的手机钱包落在车上，隔天一大早才找到时机拿回来。她躲在卧室给宋聿修打电话，刚响了两声，那头的人就接起：“北北？”声音清冽，不像从梦中刚醒来。

父母守在楼下，不准她出门，一时之间她被困在家中，哪儿也去不得，此时听见他的声音，鼻头泛酸，但又不敢让他察觉，只是轻声唤他：“宋聿修。”

她的南方口音带着与生俱来的软糯，听得他困意全无。

“昨天家里人有为难你吗？”

陆北栀摇头：“没有。不过因为哥哥的事，我暂时不能来上班。”

“好，我会帮你请好假。”

电话那头传来一声极克制的哈欠，陆北栀询问：“你没休息好吗？”

“是没睡。”他将听筒拿近了些，“我等你电话等了一夜。幸好你这个时间打了电话给我，不然我可能会疯。”

陆北栀愣住。

他极少有这种袒露内心的时候。

她抿了抿唇，饱含愧疚：“那等下回，我赔给你。”

宋聿修闻言，低笑了几声，反问她：“赔什么？小姑娘，你知不知道大早上跟一个身体健康的男士说这种话很危险。”

他自说自话，听得陆北栀脸红到耳根，支支吾吾地说：“我是说哄你睡觉，你想到哪里去了。”随后破罐子破摔，“算了，随你怎么想。”

那头半晌无话。

陆北栀着急了：“你该不会真的在想什么不健康的内容吧？”

“不是，我是在想。”他顿了顿，道，“我们都没有好好约会过。计划很多，但我时间很少，等过了这段时间，我想把工作放一放，好好陪你一次。”

他正色起来让陆北栀招架不住，心里又酥又软，一时感动得不知说什么好。

“我怎么觉得，你像在跟我告别。”

宋聿修翻了个身，将电话换了一侧，话语里生出许多自责：“我让你这么没安全感吗？”

“不是，是我害怕，我感觉我要把以后的幸福提前透支了。我想你想得要命，你想我吗？”她微眯着眼，盯着天花板，小声嘟囔。这些话在夜里她打了无数次的腹稿，却发现真正说起来一点也不难。她直接而又坦率，宋聿修从未感受过如此纯粹的感情，竟不知该如何作答。

“你想我吗？”她不甘心地再次问，带着几分痴缠，惹人心软。

宋聿修沉默了几秒，忍不住低低笑出声来：“想。”

言简意赅，却已经是他捧出的全部真心。

“有多想？”她声音又轻又细，像燃烧在夜幕中的一根火柴，倏而点亮了所有的黑暗。

他忍不住在脑海中勾勒她清秀的轮廓，明媚的双眸里总是含着笑意。他一遍遍地勾勒，乐此不疲。

“全部。”

陆北栀得到了她想要的答案，咯咯笑了几声。

“北北，明天我要回T城一趟，本来我想过几天，但最近事情太多，我留你一个人在A市不放心，所以改变主意提前走。在这之前，你不要因为我而跟家人发生任何争吵，等我回来，我想以你男朋友的身份见你父母一面，所有事情交给我来解决好吗？”

“你要出差吗？”她难过又不舍，“那我们岂不是这段时间都不能见面了，什么时候回来？”

“很快。”他答，“我还有事要托付你。”

“什么？”

“之前在天台捡的那只猫还养在我家，我不在没人照顾……”

还未等宋聿修说完，陆北栀直点头，自荐道：“我来照顾。”

之前还说要送去宠物领养中心，原来自己偷偷在养，根本舍不得啊，这个嘴硬心软的家伙。

宋聿修扯了扯嘴角：“猫粮在阳台上的柜子里，你一并带走吧。钥匙我会放在门卫那儿，你过来拿就是。”

陆北栀点头，略带苦恼说：“那人家不给我怎么办？”

“不会。”宋聿修笑了一声，“我会告诉他，来拿钥匙的是我女朋友。你给它取个名字吧，这段时间要是无聊，可以逗逗它，别到处跑。

“你知道吗，昨天我仔仔细细想了一夜，想明白了一件事。”

陆北栀还沉浸在要分别的悲伤中："什么？"

"我有些离不开你了。"

温柔男声通过电流，每个字都清清楚楚传到她的耳膜。

仅这一句，陆北栀突然像被人敲击了后脑勺，清醒至极。

半晌过后，宋聿修突然听见电话里传来一阵哀号，他不明所以："怎么了？"

女生带着哭腔："我刚刚已经在心里做了放你走的心理建设，现在不愿意了。"

电话里她的气息真实得如同就在耳边，而非远在城市的另一头，两人的呼吸在电流里交缠着，宋聿修的声音带着晨露的湿润，轻轻柔柔："等我回来。"

电话中断之后，陆北栀猫似的唔了一声，拽着抱枕满床打滚，心里却是甜蜜的。

父亲下令收了她的钱包，还让母亲守在家里，她哪儿也去不得。好在她死乞白赖软硬兼施，才让母亲松了口，在第二天下午找到时间溜了出去。

她打了个车，去宋聿修所住的小区门卫室拿钥匙，总觉得那个保安大叔看她的眼神怪怪的。

保安也察觉到自己的唐突，哂笑道："宋医生在这小区住了快四年了，头一回跟人说自己有女朋友，我们都很好奇来着。"

陆北栀挠了挠头，有些不好意思，接过钥匙正要上楼，见上面有人拎着行李下来。她刚要让道，那人止抬眼，两人对视片刻，她喊了声："方医生？"

方灿灿没想到会在这儿遇到陆北栀，愣住："你怎么在这儿？"随后想到什么，笑了，"你难不成也追宋聿修追到这小区来了？"

她用了"也"字，陆北栀敏锐地嗅出味儿了。

“别这么看着我，我可没对你家宋医生做什么。”

方灿灿将行李放到地上，电梯里还有不少东西，陆北栀搭了把手：“你搬家？”

“对啊，回国的时候托人帮忙租的这个地方，说是想离宋聿修近一点，但其实，一共也没碰到过几次面。”

东西太多，她又没请搬家公司，一个女生爬上爬下，陆北栀都看不过去，提出帮她，她没拒绝。

“你要去哪儿？”

方灿灿的房间里一片狼藉，两人累得坐在椅子上喘气。

方灿灿从冰箱里拿了两瓶矿泉水，将其中一瓶给陆北栀扔了过去，另一瓶自己开盖，猛灌了一大口，解了渴才说：“去分院。”

她说话简练，陆北栀听得迷茫：“你要离开余安吗？为什么？”

“那儿条件好，员工宿舍都是单人间带阳台，这样下去可以省一大笔开销了，而且人也简单，不像这边，说话总弯弯绕绕的。”

“啊？”

方灿灿一言难尽地看着她：“难不成你想我留在余安跟你抢宋聿修？”

陆北栀连忙道：“不想。”

方灿灿漂亮又大方，宋聿修瞎了眼才看上自己，万一往后要是他也意识到这个那该怎么办？

方灿灿笑了笑，长腿往前一伸：“你倒是真简单。想听实话吗？”

陆北栀：“嗯。”

“实话就是，我追着一个人跑太累了，想停下来，也许四周还有不一样的风景呢。”

陆北栀连连点头：“是啊是啊，我看傅司南就不错。”

方灿灿哑然：“他？”

陆北栀拍着胸脯："我保证他对你绝对真心实意。"

方灿灿笑了："你怎么保证？"

"他是我亲哥。我们血脉相连，我就是他肚子里的蛔虫，他想什么我全都知道。"

"傅司南是你哥哥？"方灿灿讶异。

陆北栀眼一眯："你知道他喜欢你多少年了吗，他要是知道你会去分院，恐怕会高兴得晕过去。"

方灿灿低头，没接话。

东西差不多都收拾好了，陆北栀急着去领猫，电梯里她按了宋聿修住的楼层，方灿灿大概明白了她今天是来干什么的。

"他对你真的很用心。"话语里有羡慕，但没有嫉妒，"你俩现在甜得跟蜜似的，他要是不在A市待了你岂不是会难过死。"

陆北栀没明白方灿灿的意思。

方灿灿察觉到自己多话了，但话说了一半，也不好不接下去："你还不知道吗？今年余安这边去做医疗服务的团队定了，宋聿修的名字在上面。他应该已经接到通知了，没告诉你吗？"

"怎么会？"陆北栀蓦地抬头，眼底有火光闪过。

他是余安最得力的青年医生之一，外派的工作怎么着也落不到他头上去。难道有人想借着这个机会，将他从余安排挤出去？

是因为她吗？虽说爸爸再怎么生气也不至于用这种手段，但他的影响力还在那儿，加上他对宋师兄的态度，底下的人为了讨好他而打压宋师兄的情况不是不会有。

宋聿修为什么不告诉自己？

陆北栀脸上的情绪转变得太快，方灿灿一时之间有些无措："你没事吧？"

电梯门开的声音将陆北栀从思绪里拉回现实，陆北栀一脚踏出了电梯，扭头对方灿灿说：“我先走了啊。”她垂头翻了翻钥匙，开门进去。

那猫像是认主，见她进门，直朝她蹿过来。

宋聿修给它将东西都准备得齐全，她将猫装进笼子里，一手提着它，一手抱着袋猫粮，出门了。

她去了趟医院才回家，二楼的书房亮着灯，是爸爸回来了。

自从哥哥被调去分院，家里格外冷情，每个人都恹恹的，爸爸比之前更忙更累了。外面关于家里不好的传闻越来越多，他是一个讲究身份体面的人，可以想象他承受了多大的压力。陆北栀原本一肚子质问的话在看到他头顶白发的那一瞬什么也说不出来，她下楼，见妈妈正坐在客厅里，眼睛通红，有哭过的痕迹。

母亲陆心然见陆北栀下楼，掩饰住难过的神色，语速很快地道：“饭在锅里我给你热好了，中午做了牛肉汤，那个肉不错，是我去市场买的新鲜的……”

陆北栀坐在餐桌边，看厨房里那道假装忙碌的身影。不一会儿，陆母给桌上添了碗筷，两人面对面坐在桌上。

“我今天去看你哥哥了。”陆母略提了一句。

陆北栀抬眸：“他还好吗？”

“已经到这个地步，又谈什么好与不好呢？”陆母给碗里盛了勺汤，汤匙与碗壁相撞，声音沉闷，“他从来都是乐观的，怎么会把难受写在脸上，在别人眼里他已经是有‘前科’的医生，同事待他处处小心，连我都察觉到了，他怎么会感受不到。更何况，他被调去行政岗位，这对他来说简直生不如死。”她说完，眼睫颤抖，有泪落下，“北北，算妈妈求你，你爸这几天跟你置气，饭不吃，夜里还翻来覆去，他那么一个心高气傲的人，我真怕他出事。”

陆北栀牙齿咬着下唇，几乎出血。

"你就听他的话，离开余安吧。现在这个情况，你在那里，不合适。"

"哥哥的事，为什么你们非要把错安在他头上，作为一个医生，他只是在做他该做的事而已。"

她个性又强又烈，认准死理，很难被说服，心却是软的。

陆母懂得女儿的性格，抬手摸了摸女儿的额角。

不知道是不是自己的错觉，陆北栀觉得妈妈的指腹竟有些粗粝。

"北北。"陆母语重心长地说，"不论对错，只论感情与立场。我们为人父母，难道不可以有私心吗？事情发展成这样，我们已经没有办法将他作为你的男朋友接纳，况且，流言可畏，他又如何与我们相处呢？"

"我为什么要让我看得比天还大的喜欢败给别人随口胡诌的流言？"

"可我们在乎，你哥哥变成如今这副模样，他那么心疼你，你就不能心疼心疼你哥哥？你真的要为了他，跟所有人闹翻吗？"陆母蹲在女儿跟前，与她对视，"我从没想过要插手你的感情生活，以前觉得只要你高兴都随意，但他，不行。如果我们接纳他，那哥哥、我还有爸爸，全部成了外人眼中的笑话。"

妈妈的话响在耳侧，陆北栀扭头，竟发觉眼前模糊一片。

什么时候哭的，竟然一点也没察觉。

陆北栀死命地咬住下唇，但一点用也没有，压抑地哭出声："对不起。"

"在我真的对他使任何手段之前放弃吧，我不想走到那一步。你就当离开他，才是为他好吧。"陆母看了她一眼，叹息着离开了餐厅。

四周又恢复了安静。

“对不起……”陆北栀重复着，也不知道是对谁说。

为什么，爱情与家人走成了对立面，她又要如何选择呢？

她喜欢他，也曾经觉得那是世界上最纯粹的感情，如今却变成了他的负累，变成他走在众人之中的非议，他明明是那么优秀那么干净的一个人啊。

陆北栀站起身时，手没抓紧碗，白瓷碎了一地，她蹲下来，双手环抱着膝盖，将头埋了进去。

PART.12

别离开我

宋聿修的飞机在下午六点抵达 T 城。

他上飞机前给陆北栀发了信息，此时开了机对方还没有回，他心里有隐隐担忧，站在路边随手打了个车，去往墓园，在那里待了两个小时才回市区。

宋聿修三年前给二老买的房子，是为了给他们养老，谁知道到最后钥匙都没送出去。新房他每年回一次，长久没住人里面积了不少灰。他正里里外外打扫着，感觉身后来了个人，脚步放得很轻。

宋聿修装作没看见，找准时机，倏尔抬手，抓过那人的肩膀，往地上摔去。

“哎呀，我的哥喂，是我。”周沉在地上疼得张牙舞爪。

宋聿修看清了来人，放弃了下一步的动作。

周沉是他高中时的死党，算算时间，几年没见了。当初他父母去世，还是周沉打电话通知的。宋聿修时隔两年回到 T 城的第一件事就是办葬礼，周沉当时帮了他不少忙。

周沉还跟以前一样，染着一头杂毛，叫唤着起了身，把手里的塑料袋子往茶几上一放，点评道：“修哥，你这身手不减当年啊。”

宋聿修扯了扯嘴角：“是你太弱不禁风了。”

周沉还以为两人会生疏，听到他一如往常打趣自己，心里舒坦了，乐颠乐颠地帮他搞完了卫生，两人歪七扭八地躺在沙发上。

“这次回来待几天？”周沉点了根烟，递给他。

“不久。”

考虑到第二天没有工作要处理，宋聿修没有拒绝。

他打开手机，目光在空白的微信界面上定格了会儿，一时无言，随后将手机丢到了沙发另一侧，重新躺了回去。

那手机差点砸到周沉脑袋边上，他不知道宋聿修哪儿来的火气，凑过去瞄了一眼，刚好看见宋聿修的锁屏壁纸，乐了："我说你这次怎么这么急匆匆呢，敢情是急着回去找你的温柔乡。"

"这是嫂子吗？"周沉啧啧，"长得跟明星似的。"

宋聿修扫了周沉一眼，那目光里分明写着："你有没有眼光，拿我媳妇跟什么人比呢？"

"好看吗？"宋聿修慢吞吞地起身，夺过手机。

"好看啊。"周沉怕宋聿修不信，连连点头，"真好看。"

宋聿修背靠着沙发，哼笑了声。

火光舔舐着烟头，已经燃去半截。

"我之前让你帮忙找这房子的买家的事，有消息了吗？"宋聿修问，"这房子我想尽快卖了。"

周沉闻言，表情正色了几分："你需要钱急用？"

"急。"

他惜字如金，周沉诧异："可你之前不是说要回T城？房子卖了你住哪儿？"

"我改变主意了。价格低些不要紧，但要尽快。"

"不是哥，你有需要找我啊，卖房算什么？"周沉急了，"修哥，你说话。"

宋聿修将烟蒂熄灭，丢进烟灰缸，穿上鞋站起身，笑了："也没什么事，就是娶媳妇儿用。"

周沉愣了，有片刻的无语，很贱地来了一句："陷得够深的啊。"他还想取笑宋聿修几句，宋聿修那边手机突然响起。

宋聿修背过身接通。

“你还知道给我来个电话，看看你的通话记录，我给你打了多少通……”

“宋师兄。”

女孩细如蚊蚋的声音将他打断，更将他的心再次打乱，电话里有播报员催促登机，他突然明白了什么，追问：“你在哪儿？”

“T 城机场，你能过来接我吗？”

宋聿修的唇线突然抿直。

“微信给我发个位置共享，在我过来之前不要乱跑。”他顿了顿，“我马上过来接你。”

挂断电话，他拿起挂在椅子背上的外套，边走边穿。周沉不知道他遇上了什么紧急事，跟了出去。

“开车了吗？”宋聿修问。

周沉将车钥匙递给宋聿修，宋聿修道了声谢：“我要去机场。”

“我跟你一起吧，我知道近路。”他随宋聿修一起下楼，拉开副驾驶车门。

宋聿修瞪了他一眼，将他赶去后座。

周沉叫苦不迭，明明他才是车主，怎么摇身一变还得给他秀恩爱让路。

一路上没堵车，一刻钟就到机场门口，宋聿修车开得快，周沉在后面差点没晃出胆汁来。车放在停车场，熄了火，宋聿修径直往机场大门走去，里面人来人往，他在人群里一眼认出她来。

姑娘果真听话地蹲在墙角，包揣在怀里，眼皮在打架。

恍惚中，听见有人在叫她。

陆北栀抬头，循着声源看去。

“宋师兄。”她高兴地喊了他，绕过人群往他这边跑来。

宋聿修下意识地张开了怀抱。

她在笑，笑得那样好看。

陆北栀跳起来扑在他怀里，双腿环住他的腰。

宋聿修早有准备，稳稳地接住她。女生扬着脑袋，直勾勾地打量着他。

“你怎么跑过来的？你知不知道现在几点，你一个女孩子还敢到处乱跑？”宋聿修因为担忧，说话不自觉音量抬高了些。

“沈医生帮我订的票。”她小声嘟哝，“生气了吗？我只是想见你。”

又是沈霁初，早晚要把他揍一顿。

宋聿修扭头，不看她：“下来。”

陆北栀挂在他身上，像个蜘蛛：“不要。”

僵持了几秒。

不管宋聿修往哪边扭头，她都挡住他的视线。他败下阵来，失笑：“你老盯着我做什么？”

“你好看啊，怎么也看不够。”

宋聿修彻底笑了。

在她面前，他永远只能举手投降。

“这里人太多了，想亲热回家去。”他低声与她商量。

“我早就想这样做了，我要在大庭广众之下宣告你是我的。”她带着点骄傲地往他怀里蹭。

他太久没有抱过她，只觉得她瘦了许多，于是放任她的举动，一手托着她的腰部，往停车场走。

等到了停车场，陆北栀这才发现有个人等在那里，站起身朝着她叫了声：“嫂子好。”

陆北栀窘得只差找块地把自己埋起来，偏偏此时宋聿修加大了手劲儿，不如她意，坏笑道：“现在又想下来了？”

“宋聿修。”她脸涨得通红。

他没放她走，径直往副驾驶去，抱着她坐到座位上。

“还气我吗？”陆北栀钩着他的手指，小声问。

他懒得理她，又不自觉牵了下嘴角：“回家。”

“我饿了。”陆北栀有点不好意思，“晚上没怎么吃，要不回去做饭吧？”

她做的饭……宋聿修滚动了下喉结，没有当着外人的面下她的面子，点点头：“那先去菜市场，这个点应该还没关门。”

两人一来一回，刚进后座的周沉顿时备受冷落：“你俩够了啊，这儿还有个喘气的呢。嫂子，你看起来比照片要小啊，上大学了吧？”

“我明年就毕业了。”

哦，学霸啊。

“跟修哥谈恋爱特没劲吧，他这人哪儿哪儿都好，就是没什么情趣。”

“你一边玩去。”

宋聿修拧钥匙踩离合，终于忍不住插了嘴。

周沉努了努嘴，侧着身子往座位上缩了缩，感觉下一秒自己就要被赶下车了。

看宋聿修的模样，对这小姑娘呵护得不得了，这还是他从前认识的会打架会闹事就是不会疼女人的老大吗，脸上抹了层蜜，跟被电视剧里的暖男魂穿了似的。

当然，这些话周沉是不敢当着老大面讲的，也就在心里吐槽。

车在菜市场门口停下，宋聿修将钥匙还给周沉，牵着陆北栀进了菜市场。

小姑娘本来就爱逛街，现在算是释放了天性，一路叽叽喳喳个没完。宋聿修跟在后面，看着她的背影，竟觉得他所有关于烟火气的生活期待全是她给的。

因为有了她的爱，所以他也渐渐对未来产生了期待。

“你知不知道，逛菜市场之前，首先要明白菜市场里的分类，菜摊、肉摊、水产摊，其中占地面积最广的就是菜摊了。”

宋聿修点头，一本正经地看着她满口胡诌。

“得亏你今天带上我，否则像你这样一看就不常做饭的人，一定会被精明的摊贩按在地上摩擦。比如说这个。”陆北栀拣起一把青菜，“这个小白菜的价格就十分有讲究了……”

卖菜的大爷看不下去，尴尬地笑笑：“姑娘，这是荠菜。”

陆北栀眼皮抽了抽，不会这么快就被戳穿了吧，她不去看宋聿修憋笑的表情，“那老板您给我来点青椒吧。”

大爷：“这是秋葵，青椒在另一边。秋葵十块一斤，青椒三块二，您要哪种？”

“算了。”她无力地撤回了手，垂眸时眼睛一亮，“这个茼蒿倒是新鲜，是刚到的货吗？”

卖菜的大爷用宛若智障的表情看了小姑娘一眼，脸色耷拉下来：“靓女，那个……垫货用的假草不卖的，你要是想买隔壁有家五金店，应该有卖的。您还需要别的吗？我这后面还有不少客人呢。”

装不下去了。

这也太让人窒息了……

本来还想在宋聿修面前装一回贤妻来着，结果人设还没立住就崩了。她努力地调整了下面部表情，扭头看向宋聿修，他终于不站在后面看好戏，上前在摊上挑了些菜，大爷欢欢喜喜称重去了。

陆北栀松了口气，垂着脑袋跟他去结账。

宋聿修走到菜市场门口，转头等她跟上来，然后自然而然地牵住她的手。他忽然说：“我不需要你在我面前表现什么，你就是你，不必为我做任何改变。你已经做到最好了。”

陆北栀胸口一滞，不丧气了。

宋聿修住的地方离菜市场不远，两人走着回去。

T城很宜居，人少，气候也温和，街道进入深秋，行道树上的枯叶时而落下，簌簌扑在肩膀上，或着落到脚边。

这条路要是春天开花的时候一定特别美，陆北栀想。真想，在这个没人打扰的地方，就这样一路走下去。

她掩饰住几分失意，想起离开A市时母亲说的话，心又开始疼了起来。

在飞机上已经哭了很久，擦了很重的粉才掩盖住泪痕，在见到他的一瞬，所有的杂念都没了，唯一一件事她是确信的。

她爱他，很爱。

宋聿修没发现她的异样，开门，在玄关的鞋柜上给她递了双拖鞋，男士的。他将自己的给了她，打着赤脚去厨房了。

她深爱的男生正在厨房里给她做晚餐。

锅里煮着米饭，流理台上忙碌的人正在弯腰洗菜。

丝瓜炒蛋、蜜汁茄肉，闻起来简直不要太香。陆北栀瞠目结舌：“你怎么会做菜？”之前去他家，看见厨房干干净净的，不像有做饭的痕迹。

“高中毕业就会，我独立的时间比较早。”他给碗里盛了汤，给她端过来。

陆北栀迫不及待地夹了块排骨往嘴里送，结果烫得不行，张着嘴含含糊糊地喊他。

宋聿修来不及去抽纸巾，双手捧在她嘴边，示意她吐出来。

陆北栀活动了下差点被烫破皮的嘴：“你干吗用手接？”

宋聿修将菜都推到她面前：“嗯，我愿意宠着。”

“你来T城是做什么？”陆北栀边嚼菜边问。

宋聿修瞅了她一眼，看样子，沈霁初没告诉她他家里的事。

“有些私事要处理。”

他没说得很详细，陆北栀也没问。

等过几天再告诉她吧，告诉她家里的事。

没有任何工作和外人的打扰，这顿饭吃得平静。饭后，陆北栀主动揽了洗碗的活儿，而宋聿修在客厅处理一些事务。她端着一碗切好的杧果肉坐在他跟前，起初只是看看电视，后来有意让他分心，故意逗他。

宋聿修正在看周沉发过来的房租买卖合同，一只脚顺着他小腿勾上来，他脸色微变，手指颤了颤，手机差点没摔到地上。

她翕着唇，原本只是逗趣，却在他眼神看过来的时候呼吸一滞。

不该开这样的玩笑的。

他就穿着一件居家服，垂感极好，V领露出锁骨，灯光自上而下打在他的头顶，显得他的五官深邃，十分撩人。

陆北栀有些慌了。

两人的恋爱时间不短了，但正儿八经亲只有寥寥几次。

他将手机放到一边，上半身朝她凑近，声音压低：“你想干吗？”

“不想干吗。”她将脸别过一边，“我只是痒了。”

宋聿修哑然失笑：“哪里痒？”

“脚……啊。”

他搂住她后倒的上半身，盯了她半晌：“你是不是觉得我没脾气，坐等着让你捏扁搓圆呢？”

“哈？”

“边上坐着去，离远点。”

她不是刻意装傻，是真不懂，宋聿修无可奈何。却见女生突然抓着他的领子，主动迎过来，吞吞吐吐：“如果你想要，我会负责。”

“不许再说这样话。”

“你是不是当我是小孩，我长大了的。”

他松开她，命令道：“去睡觉。卧室已经收拾出来了，里面有洗澡间，向左边拧是热水。”

陆北栀不情不愿地起身，在宋聿修松懈的时候突然俯下身，轻呵了口气：“你在床上希望我怎么称呼你，修哥哥——”她故意拖长了语调。

“你还来是不是？”

宋聿修猛地起身，将她抵在墙角，语气里有几分无奈：“我也只是个面对女朋友撒娇时无法抵抗的普通男人，不要挑战我的底线。”

陆北栀还没说话，宋聿修又凑过来一点，他高她一个肩膀，低下头与她对视：“不高兴了？”

陆北栀呼吸乱了。

“我知道你没准备好，你或许是想讨好，但在我面前你不需要展现这一面，别说只是需要再等一等，时机没到，哪怕一辈子不碰你，我也做得到。”

陆北栀怔忡的瞬间，宋聿修伸手敲了敲她的脑袋瓜子：“睡觉去。”

陆北栀仰头：“那我可真走了。”

宋聿修点头：“其实，你这次过来找我，我很高兴。”

声音虽小，陆北栀却听得一清二楚，摇了摇他的手臂央他：“你说什么？”

“好话不说第二遍。”宋聿修掀了掀眼皮，女生垂着头往卧室去了，他叫住她，“过来。”

陆北栀站定，往回走了两步。宋聿修倾身，捧着她的脸，在额间蜻蜓点水落下一个吻，眉目间柔情似水：“晚安。”

撩得人心尖直颤。

陆北栀回到卧室无论如何也睡不着了，只能玩手机刷微博，然后再把未莱和褚序叫出来聊天。快到深夜，客厅里的灯光却是亮的，她口渴，寻了个喝水的借口出来，外面却不见人影。

大半夜不睡觉去哪儿了？

陆北栀找了半天，发现他坐在侧卧的阳台上，正在打电话。

宋聿修不知道陆北栀就在门口，他还在想这个时间沈霁初怎么会有这个闲工夫找来，刚开了免提那边就炸了："我刚才到主任那边才知道，你接受了今年海外派遣？"

"嗯。"他从冰箱里拿了听雪碧过来，此时放在阳台上，罐子上积了一层水珠，他握着，手心也渗出了水，"这事等我回来再说吧。"

"别，我心里装不住事。怎么个意思，你现在跟陆北栀在一起，是被谈恋爱下了降头还是怎么，连前途都不要了，这事你如果强硬拒绝的话……"

"院长已经找我聊过，你觉得拒绝就能避过去吗？"

"你让他儿子离开了总院，人家摆明了想报复你，打回你的研究论文，将你手术机会减半，这些就算了，毕竟是陆北栀的家人，你与她在一起除了忍别无他法。但这次呢，将你调去S国，现在说的只是一年，到时候天高皇帝远，你想回来也无计可施，看样子是想把你挤出余安。也对，只要你走，你跟陆北栀之间自然也就完了。"

宋聿修没说话。

陆北栀看到他的侧脸，在黑夜里沉默如星，她笑容凝在嘴边，随后渐渐消失，转身回了卧室。

"虽然我很喜欢陆北栀，但你是我兄弟啊，我要怎么帮你？"

宋聿修食指提着雪碧的拉环，轻轻一钩，汽水从里面喷出，他嘴角略一抿："你这样当着我的面，直言喜欢我女朋友？"

“都这个关头了，你吃哪门子醋。”

“小点声，她在睡觉。”宋聿修淡淡提醒他一句。

沈霁初在电话那头脑补了这个画面，头皮开始发麻，他嘀咕一句：“你们这效率够快的啊，别到时候回来，给我带个侄子什么的？”

宋聿修想了想：“也不是不可能。”

“宋聿修，你太无耻了。”

“拜你所赐。”

“所以你已经打定主意去S国做医疗服务，然后呢，你把她一个人留在A市，就不怕她跑了？”

“我不愿让她在我与她父母之间为难，也许我走是最好的选择。”他认真了些，“我会找个时间告诉她，到时回来我会跟她结婚。”

沈霁初叹了口气：“真做好打算了？没想到痴男怨女，你也会沾上几分。”

“嗯，爱到无药可救了。”

男生的眼睛在黑暗里发着光。

宋聿修挂断电话回去，旁边卧室的房门半掩，他推门进去，女生四仰八叉地躺在床上，睡姿极不好看，如果现在开灯的话，能看到她嘴角挂着口水也说不定。

他轻手轻脚进去，将掉在地上的被子捡起来，帮她盖好。

大概是被影响到，陆北栀翻了个身嘤咛了一声，那模样实在可爱，他忍不住低头亲了亲她的头发跟眼角。

那一瞬间，他想，这世上一定没有永恒，否则我怎会嫌时间太短，不够爱你。

一直到听见关门的声音，确认宋聿修已经出去之后，陆北栀才睁开眼，不知道怎么，也许是黑夜使情绪低落，她轻轻眨眼，有泪落下来。

因为头一天晚上睡得太晚，宋聿修难得地睡了个懒觉，迷迷糊糊中，好像听见女生清脆的窃笑，耳边一阵痒。昨天窗户没关严实，楼下巷子里早餐的香气顺着窗缝飘进来，他饥肠辘辘地醒来，见陆北栀托着腮盯着他的脸一动不动。

她没料到他醒得这么快，他的侧脸在天光中十分立体，光影跳动在上面，不像是尘世的男子。

“一大清早，你在我这儿扮望夫石是不是？”宋聿修问。

陆北栀脚趾都尴尬得蜷缩起来，刚要直起身，被宋聿修伸手拽到怀里：“都这样了，抱一会儿再走。”

表面正人君子，实际还不是拜服在我的美色下，哼。

陆北栀正得意，突然听见人在她头顶嗅了嗅，问：“你什么时候洗的头？”

她心里一抖，该不会是有味儿了吧，她推开他，拽着发尾闻了闻：“很难闻吗？”

“你这么激动干什么？”

陆北栀别扭着，脸上青一阵白一阵：“只是因为昨天睡得仓促，没有来得及洗，我平时可是很爱干净的。”

“我只是觉得太香了随口问问。”他掀开被子起床，路过她时，食指点了下她的额头，嗤笑，“这么在意你在我这儿的形象吗？”

陆北栀这才反应被揶揄了，男生已经趿着拖鞋去了洗浴室。

周沉早早地将车跟钥匙送过来，两人漫无目的地在T城闲逛，看到好玩的地儿就停下来，走一走，转一转。

T城有一点独特的民族风格，小巷子深处闹中取静，最适合散步。

两人溜达着，进了宋聿修的高中，他并非刻意将她带来，但正合陆北栀的意愿。正值上课时间，校门紧锁，他带她翻过后门的围墙，谁知被巡逻的年级主任发现，误当成两个不务正业的高中生追赶：“你们两个怎么回事，我眼瞅着你俩翻围墙进来，说吧，哪个班的，溜出去干什么了？不说是吧，名字，把家长叫过来。”

陆北栀跑不动，扶着腰停下来，气喘吁吁：“这老师体力怎么这么好，要不算了，我们当面认个错？”

“不行。”宋聿修去牵她手，将她拉到一间废弃教室里藏起来。

“怎么了？”

他喉咙滚了滚，半晌脸色不甚好看地回了句：“他是我高中班主任。”

陆北栀愣住，随后叉着腰大笑：“你说，我听沈霁初说你读书的时候混过一段时间，难道因为头染红毛走路八字脚嘴里叼着根牙签，被老师拿着棍子追着打？”

宋聿修冷眼看她，她好不容易寻到他的黑点，哪里肯放过：“平时看你横，怎么这么怕老师？”

宋聿修将她按在墙角，她的笑声戛然而止。

窗外是郎朗读书声。

他低头看她，声音又低又哑：“我还怕老婆，你信不信？”

陆北栀傻眼了，抓着他衬衣下摆，磕磕巴巴地发了一个不完整的音：“啊？”

什……么？

要是她没听错的话，对方刚刚是给她发了一份结婚共享吗？

那老师还在喊着话，挥着教鞭往另一边去了。宋聿修看到人走远了，这才放开她，捏了捏她出汗的鼻头，轻笑：“看吧，让你安静下来的方法我有一万种，没想到这个最有效。”

原来是玩笑话啊。

在 T 城的短短两天仿佛是一场不真实的美梦，宋聿修骑着单车带她穿梭在校园里，下午一起逛鸟市跟游乐场，连最讨厌的大头贴也陪她拍了个遍，回 A 市的飞机上她拿着照片爱不释手，一点也不怕宋聿修笑话。

下了飞机，已经是傍晚，取了行李出来，外面刮着大风，不好打车。

“你就在这儿站着，我叫你再出来。”他将行李箱递给她，自己跑出去，狂风将他的发梢高高吹起，不一会儿下了小雨，他再回来时，衣服湿了大半。

“我晚上有夜班，不能送你回去，还好打到了出租车。”他说着将牛仔外套脱下来递给她，“披上，外面有雨。”自顾自地说完提着行李箱出去了。

陆北栀站在身后，乖乖地按照他说的做，上了车。

“我可能会回学校住一阵子，你要是没事就来见我吧。”陆北栀朝车窗外看去一眼。

宋聿修点头：“不许胡思乱想。”

“就这样？”陆北栀不甘心地看着他，“这都要分别了，你就这么干巴巴几个字？”

宋聿修叹气：“你想要听什么？”

陆北栀想了想，仰面：“那你说句简单的，‘宝宝我爱你’好了。”

男生黑着脸，却也不想她失望，含含糊糊发了几个模棱两可的音节。

陆北栀满足地“嗯”了一声，老佛爷一般朝外面的人挥了挥手。司机看两人的腻歪终于结束，一踩油门往雨幕中驶去。

后座的女孩笑个不停，两分钟过去，笑声依旧，司机却隐约听出了不对劲，他看了眼后视镜，面容素丽的姑娘脸上挂着笑，眼里含着泪。

“你没事吧？”他好心地问。

却没有听见回答。

宋聿修前脚踏进办公室，沈霁初后脚便推门进来。因为请假几天，手中的工作积压不少，他开了电脑，对着单子查找病例，一边滑动鼠标，一边问来人：“你这么着急找我，什么事？”

“没什么，就是——”沈霁初犹豫了会儿，在宋聿修奇怪地看了他一眼后，才说，“这次去S国的医务人员的正式名单下来了，没有你。”

宋聿修显然也没料到事情有转变，停下手里的动作，沈霁初将一张A4纸递过去。

“我也没想到，她会在上面。”

“谁？”

“陆北栀。”

空气里一阵沉默。

原本被晾在一边的纸页迅速被宋聿修捡起，沈霁初挠挠头，继续道：“她跟你商量了吗，我听说是她直接冲到院长面前，列举数条缘由堵院长的话以此反对将你调走，并且表示如果因此出现了派遣人员空缺，她愿意代替你。院长跟她爸妈是老交情，以为这事是她父母授意，也就没拒绝。”他刚说完，见人关了电脑，急匆匆往外走，拉住对方，“你干什么去？”

“我去问清楚，她不能去。”

“这是个苦差事，她主动报的名，上头自然乐意，况且来不及了，名单已经发给S国那边的负责人确定，不会撤回了。北栀没来医院吗，她消失的这几天，偏巧家里人得到这个消息，已经闹翻天了。”

宋聿修一连拨打数个电话，无人接听。

看样子是她有意躲着他，不会轻易让他找到。

沈霁初见他脸色阴沉得骇人，后知后觉地意识到，自己好像又多嘴了。

人家姑娘刻意瞒着他，大概是有自己的想法在里面。这事从当事人嘴里说出来，总比从旁观者那里得到消息好很多。

“阿修，你没事吧？”

宋聿修的声音一片死寂：“你能帮我找到傅司南的电话吗？”

陆北栀擅自决定去S国的事发酵几天后，即便家里人有意隐瞒，傅司南也得到了消息。她消失了几天才露面，父母恨不得将她生吞活剥。傅司南赶回去的时候，家里发生过一次激烈的争吵，地上一片狼藉。

陆母对着他痛哭流涕：“你妹妹被爱情蒙了心，居然嚷着要去S国，我是管不了她了，你再劝劝她吧，嗯？”

“我要怎么劝？从小到大她是最有主意的那个，一旦决定九头牛都拉不回。何况错是我犯下的，你们为什么要逼她？”

“可是再怎么说她还有我们呢，怎么能不管不顾意气用事？”

妹妹眼神涣散地呆坐在一边，看得他难受，傅司南将她拉起来，捡起桌上的钥匙拔腿就走。

“去哪儿？”陆北栀拒绝。

“你还想待在家里挨骂啊，不如去我那儿待两天？”傅司南和颜悦色道。

陆北栀斟酌了片刻，跟他上车了。

她情绪不见好，整个人恹恹的，连他摆在她跟前的零食也不拿了。

傅司南转动着方向盘，拐过前方的路口，问她：“想好了？真打算去S国？那儿环境可不比这儿，你受得住吗？”

她吸了吸鼻子，皱眉：“我不是小孩子了，连你也要拦我吗？”

傅司南摇头："没有，我只想弄清楚，这事儿是不是跟我有关？爸妈因为我的事逼你离开宋聿修，你索性离得远远的，让谁都找不到对不对？"

陆北栀捻了捻手指，没说话。

"你倒是清静了，让我们怎么办？"

"我没想让你们为我担心，所以我——"

"所以你干脆瞒着做了决定？"本以为她长大了，却还是孩子心思，傅司南叹了口气，"你如果真想好了，就好好跟爸妈说，既然你觉得你的决定是正确的，那得到他们的同意也不会是难事。可你看你现在是负着气，爸妈嘴上怪你心里却担心得要命。"

"哥。"陆北栀紧绷的脸松快些了，"这事已经定了，没有余地了。我已经长大，有独立的人格，不想再依附任何人，知道要为自己的行为负责，也明白适当的历练对我而言是好事。派遣只有一年，很快就过了，我不能一直生活在你们的照顾下，学医不是一时兴起，这回更不是。"

"明白了。"红灯亮起，傅司南将车停在十字路口后，思忖了一会儿，伸手摸了摸她的头，"爸爸那儿，我替你去说。"

"既然这事儿解决了就放一边，我们来谈另一件。"傅司南又说道。

"什么？"

"说吧，为什么不接宋聿修电话，人家快急疯了，打电话到我这里。当初可是你要死要活追的，现在怎么，又不喜欢了？"

"喜欢。"陆北栀抬眼，"准确地说，不只是喜欢，我好爱他。可是现在的情况你也知道，爸妈迁怒他，勒令我与他分手，妈妈去医院里大闹一场，流言纷纷，他们甚至使手段将他调走，我有什么好，值得人家拿前途做赌？又怎么好意思开口，让他等我回来。"

“如果继续跟他在一起，我真的想象不到爸妈还会做什么？哥，他们怎么会变成这样？”

傅司南神情严肃了些：“感情是你们两个人的事，单方面做的任何决定，都是对另一方的不尊重，知道吗？”

陆北栀侧着脸，回避。

“人现在在我宿舍门口等着，你去见他一面。”

陆北栀彻底慌了：“哥。”

她根本没想好怎么跟他说，这才一直躲着他，猝不及防地见面，她一点应对的准备也没有。

车开到目的地，陆北栀在副驾驶抬头看了眼前方。

黄昏的光线昏昧，他便在尽处逆光的方向面对着她站着，遥远地看过来一眼。

陆北栀打开车门，走过去才发现掌心已经濡湿。

“为什么不接电话，我打了无数个，全是无人接听。”宋聿修的声音很沉，“怕你出事，这两天一直心神不宁。”

陆北栀不敢看他：“对不起。”

宋聿修侧眸沉默。

“我……要去S国了。”她见过很多次安静的模样，没有哪次像现在这样让人窒息。

“如果你已经做好决定，现在算是通知我一声？那么很抱歉，我已经从别人的口中知道了。”

陆北栀这些天没睡好，嗓子哑得厉害：“你不也打算瞒着我去吗？我只是做了一下交换，这对你来说，不会有任何影响。我已经成了你的负累，在彼此感到彻底厌烦疲倦之前，还不如由我来做个了结。”

“陆北栀，你什么意思？”

“我们分手吧。”她眼神空洞，了无生气地看着他，声音里带着哽咽。

在听到“分手”两个字的瞬间，宋聿修甚至感觉浑身上下所有的血液都冰冷无比：“你知不知道你在说什么？”

“全世界都让我们分手，为什么要再硬撑下去呢？你是我强追来的，本来就不算什么天降之缘。你不过看我小姑娘可怜，勉强跟我在一起。宋聿修，我们就走到这儿吧。”

半晌过后，男生哼笑了声，鼻尖逸出了一丝冷意：“你觉得我跟你在一起是可怜你？”

他在嘲笑自己，大老远跑来跟一个不到二十岁的小姑娘谈什么真心？

“将人心撩拨得团团转，随随便便就轻言放弃。陆北栀，你跟马路上一抓一大把的女人也没有什么区别。”

陆北栀抓着衣角的手指蜷了蜷。

他的喉咙像被切割器切了个对半，每吐一个字都难受至极：“既然你已经做了这个打算，那就如你所愿。”

宋聿修转身离开。

留在原地的陆北栀终于卸下一身狼狈，忍不住号啕大哭。

PART.13
北北，别怕，我来了

稍微有点心眼的人都察觉到了，最近急诊科的气压真的很低，表面平静实则暗涌。

沈霁初从办公室出来去值班室午休，在病房门口正遇到新来的一位女实习生哭着跑出来，扭头往里面一看，宋聿修沉着张脸站在窗户边。刚好小昭路过，他拉住她疑惑地问："发生什么了？"

"别提了，那人把病例搞混了，宋医生一点情面也不讲，直接当众骂了一顿，搁谁受得了啊。"小昭同情地看过去一眼，随后问沈霁初，"宋医生最近怎么了，吃枪子了吗？他每次看我的时候，我总觉得他在瞄准，好一击击毙。"

沈霁初做了个嘘的动作："背后说上司的坏话，小心被他听见。"

小昭吐了吐舌头，赶紧溜了。

正好宋聿修查完房从病房出来，沈霁初刻意咳嗽了声，没承想人压根儿没理他，径直往值班室走。他吃了瘪，只好跟着往同一个方向走。

急诊科的男值班室上下铺，宋聿修是靠窗的那个，即便只是很仓促地躺一会儿，床铺永远是最干净整洁的，他有近乎偏执的洁癖。

此时，人正在脱外套，那一身肌肉惹得沈霁初也忍不住多看了几眼。

"有事说事。"他莫名其妙的眼神令宋聿修也感觉到了异样。

"我是想问你，为什么陆北栀走的那天你没去送，闹别扭了？"

宋聿修没搭理沈霁初，掀开被子，躺下了。

偏偏沈霁初爱自找没趣，贱兮兮地凑过去问："该不会是被甩了吧？”

宋聿修被戳痛了几分，掀开眼皮，敲了敲腕上的表盘，不耐烦道：“你到底睡不睡？”

“睡，我这不是关心你吗？”

“不需要。”宋聿修翻了个身，背对着他。

“你不跟我说，那我只好打电话问当事人了，正好她走了将近一个月，也不知道过得好不好……”说完，他煞有介事地拨打电话，嘴里嘀嘀咕咕，“这次被派遣过去的有位儿科医生是我老熟人，人不错，还单身，我打算介绍两人认识认识，也算有个照应……”

话还没说完，手心空了，沈霁初扭头，手机被宋聿修夺去，对方像被踩着了尾巴，用因通宵值班而熬得通红的眼眶瞪着他：“你敢。”

“手机还我，我逗你的。”沈霁初急了，“你对她余情未了，明眼人谁看不出。”

宋聿修侧身，手机丢还给他。

沈霁初双手接住这个费了他大半个月的工资才得到的新款手机，心疼地摸了摸，确认没事，才小心翼翼地放到旁边的桌上。

“你问问你自己，多久没回家了？不是我说你，没哪个人失恋了跟你一样不修边幅，衣服都快有味儿了。”沈霁初好心劝他，“治愈情伤跟买东西一样，你买不到这个款式，你就在相似的选项里再找，说不定下一个更好。”

“你什么意思？”宋聿修难得回了句话。

“实在不行，你就在医院再找一个嘛。”

宋聿修掀了掀眼皮，言简意赅地回敬他三个字：“你放屁。”

沈霁初眉头抽了抽，怎么撞上这么个死心眼儿啊。

人他是没劝动，反而碰了一鼻子灰。

宋聿修还跟以前一样，大部分时间待在医院。时常板着张脸，说话不留情面，眼睛里都发着冷血的光。只有沈霁初知道他在粉饰太平，表面如同暴风雨前的宁静，实则随时会爆发。

果然，没出乎他的意料，长时间连轴转的宋聿修身体终于支撑不住，病倒了。沈霁初甚至觉得，这样也挺好，起码能让他睡个好觉。

宋聿修单身汉一个，又没人照顾，沈霁初不放心，请了晚上的假，催了三四遍才让宋聿修回家休息。也只是在楼下药房拿药的片刻，转眼人却不见了，沈霁初到处找，才在街边找到他。

A 市的冬天是北方最早下雪的城市，地上白皑皑一片，雪没停，宋聿修站在街边一时怔忡。沈霁初快步过去，见雪落在他头上，肩上，已经将衣服打湿，他却半点察觉也没有。

“怎么跑得这么急，停车场的路也不在这里。”

宋聿修眼里全是失望，喃喃道：“认错了人。”

他站在那里不肯走，沈霁初只能将车开过来，上车后，见他心神不定，询问：“到底认错谁了？”

雪下的大，路上堵成一片。

雨刮器在挡风玻璃上一来一回，将积雪扫走，声音有规律地循环。

地图上的交通路线全是殷红，沈霁初见他一直不说话，人也急躁起来：“你是不是烧得厉害，别吓我啊。”

“我以为她回来了。”半晌，副驾驶上的人终于出了声。

宋聿修嗓子疼，脑子里也搅成一锅粥。

生病的人最脆弱，沈霁初想骂他傻，嘴巴张了张，最终什么也没说。

在路上挪了半个小时，到家已经漆黑，沈霁初给他扎了针，人总算睡着。沈霁初本以为他会接着休息几天，没想到第二日照常上班，科室的妹子背地里称呼他为拼命三郎，倒是对他的膜拜又多了几分。

除了生病不经意流露的那一次之外，宋聿修再也没在沈霁初面前提过陆北栀，仿佛这个人从未来过他的生命。

春节很快来临，因为航班实在紧俏，订不到回来的机票，陆北栀留在S国过年。

她在这边过得不错，过来做医疗服务的团队不止中国，还有日本和韩国。她结交了个常年做公益的女医生阿宝，是可以下班后一起聚餐的关系。刚好大家都没有在春节期间急着回国的打算，相约一起吃团年饭。

来之不易的休假，陆北栀已经在心里做好安排，要睡觉睡到自然醒，然后再找个街市逛逛，买些有特色的玩物摆件寄给傅司南。

却没想到，大概是想要照顾她的思乡情绪，阿宝领着几个外国友人不请自来，大晚上按响了宿舍的门铃，将不知从哪里买来的窗花对联在陆北栀眼前晃了晃："北栀，惊不惊喜，意不意外？"

她正要睡觉，又不好拂了人家的兴致，压下睡意，硬生生挤出一丝笑。

阿宝是个自来熟，第一次到她的房间来，免不了好奇，见她桌子上铺了照片，好奇地凑过去看："这么多亲密合照？大家都在传你有没有男朋友，平时也没见你没事煲电话粥。"

那些照片全是当初与宋聿修拍的。

"你们快过来，看大帅哥。"阿宝冲着几个朋友吆喝。

陆北栀有些不好意思，忙从她手里拿走，将它们收好放进抽屉："没什么好看的。"

"哎，你不是吧，你怀里揣个大宝贝还藏着掖着？"阿宝本不爱八卦，偏对陆北栀多了几分好奇，平时见小姑娘装得一本正经，现在逮着个机会自然刨根究底。

陆北栀耐不住她絮絮叨叨，轻笑："我总不能把前任时刻挂在嘴边吧。”

阿宝一听她说是前男友，略微可惜地叹了口气，不提这茬了。

气氛虽有些尴尬，好在阿宝平时是个话痨，且兴头在贴窗花对联上，很快就绕过这个话题。那几个外国人不太会说中文，时不时还蹦出几个英文字母，就这样中英夹杂的对话，阿宝竟然聊得兴致勃勃，等将房间装扮好，已经到了中午。

陆北栀热了些医院食堂里的中餐招待，美名其曰大餐，那些人一点也不嫌弃，甚至还点了几根蜡烛，给这顿饭增添了不少雅致。

她端着饭菜上桌，阿宝打趣她十分有做家庭主妇的模样，另一位三十多岁的日本男人接过话茬：“我要是再年轻几岁，一定追你。”

阿宝一听立即兴奋得不行，暗暗给其他人使眼色，挖空心思撮合：“现在也不晚啊，男未婚女未嫁，我看你俩再合适不过。”

“北北，你说你到底喜欢什么样的？”

陆北栀已将饭菜全数端上桌，没了避开的借口，只好坐下来，敷衍道：“不爱说话，眼睛深邃，脾气不太好但对我有温柔的一面，最重要的一点是手得好看。”

“说得这么细，我怎么觉得你有所指呢。”她不经意的描述让阿宝想起刚刚照片上的男生，“那你说说，之前那个男生有这么好？”

提到宋聿修，陆北栀脸上的笑容深了些：“是，在我这里他天上地下举世无双，这世上再没有人能入得了我的法眼，所以你别老惦记着做红娘了。”

好吧……阿宝虽然不懂为什么两人分手，但看她态度坚决，只能认输。

话锋一转，不知道谁提起初恋，一群人聊得兴起。也不知是有意醉，还是酒量浅，喝了几杯，一行人迷迷糊糊，互相搀扶着离开了。就阿宝宿舍远，陆北栀不放心她一个人回，去卧室铺好了床，人醉了很听话，安静地躺下了。

陆北栀的困意被闹腾得无影无踪，躺了会儿怎么也睡不着。算了下时间，现在是凌晨三点，那宋聿修已经上班了吧。自从几个月前她提了分手过后，两人再也没有联络过，甚至走的那天她也没接到任何电话。

她嗅着房间的酒味，对着微信里空白的对话框发了会儿呆，随后鬼使神差地拨通了沈霁初的电话，她特意算着时间，九点拨通他的手机。

很轻的等待音，陆北栀竟紧张得不知所措……

电话那头很快接通，沈霁初有些意外，对话却不生疏，一开口便是："你还知道打电话报个平安？"

陆北栀挠挠头："学长新年好，我来这边之后换了手机，国内的号停用，今天才想起来忘记告诉你了。"

"鬼才相信你会专程打电话告诉我这件事。"他故意陪着陆北栀插科打诨，等着对方露出真正的狐狸尾巴，果然，两人东南西北扯了一堆。

女生装作自然地问："今天是初一你们还上班？"

沈霁初了然地笑笑："你也知道的，平常人休息却是我们最忙的时间。尤其这几天，科室里处理了不少交通事故，需要有人留下来值班。"

陆北栀也跟着笑："那不正好，总听你念叨过年就会被家里催着相亲，这回总算躲过去了。"

电话那头的人哈哈大笑："别说，你还挺了解我。"

宋师兄，她想问问他过得好不好。前面铺垫了太久，一时却不知道从何问起，电话里安静了几秒，她想再度张口，突然听见电话里有人在问，宋医生通知开会是几点。

听见他的名字，她心跳了下，有一种强烈的预感。

大概是手机被沈霁初拿远了些，人声忽然有些模糊，紧接着彻底安静了，似乎有人走了过来。

“干什么呢，都看着我笑？”那头传来再熟悉不过的声音，尽管离沈霁初的手机很远，但她还是听见了。

仅短短一句话，让陆北栀感觉五雷轰顶，一颗心飘浮在半空中，蓦地向下坠去，最后找到落地点，摔成粉碎。

无尽的黑暗里，如雷的心跳声回响在狭仄的卧室。

咚，咚咚，咚咚咚。

而那边的宋聿修从办公室出来，便看见几个人坐在走廊的椅子上，不知道密谋着什么。听见声音，沈霁初快速将手机往他眼前晃了晃。

宋聿修懒得理他的玩笑，匆匆一瞥却怔住，国外来的号码，虽然没备注名字，但不难猜出是谁。沈霁初难得见到他这种管理不好自己表情的时候，正想恶作剧，往手机屏幕看了一眼，刚才的通话却中断了，他倍感没劲：“挂了。”

宋聿修脸上没什么情绪，将白大褂的袖子挽起来，拿着水杯往咖啡机边上走。

“电话号码你真不要？”沈霁初在他身后喊。

宋聿修没搭理，白瓷水杯抵在咖啡机的出水口，滚烫的棕色液体流进杯里。走廊里的嘈杂渐渐消失，耳边突然有清脆的女声传来，宋师兄。

宋聿修迅速朝声源处侧眸，女生明眸皓齿，冲着他跑过来的模样格外好看。

——大概是因为爱过，我喜欢的你依然立体而鲜活地存在每个角落，无论如何都避开不了。

——你说我只是因为可怜你才与你在一起，又怎会知道我早就被你拿捏得死死的，而我居然还因此而很开心。

——我曾经觉得只要你在，我掀起山河，踏尽星辰，将整个宇宙馈赠于你也做得到。但你走了，我这无处可藏的心意又该给谁呢。

“阿修，你这咖啡都泼在手背上了，不烫吗？”沈霁初站在他身侧莫名其妙地问。

宋聿修这才被拉回现实，不动声色地缩回手，转身端着满满当当的咖啡进办公室了。

曾几何时，他也变成了曾经最嫌恶的感情用事的人，有关陆北栀的所有信息，他都逃不开。

短暂的忙碌让两人断了联络对方的心思。

整个春节陆北栀除了在医院值班，就是到处闲逛吃吃喝喝，体重却没什么变化，这让一直坚持锻炼的阿宝愤愤不平，仰天长叹老天不开眼。

阿宝其实身材不错，但她有些婴儿肥，加上平时穿的衣裳宽大，这才给人一种胖的错觉，尤其站在脸小的陆北栀身边特别明显，所以她一门心思泡在健身房。

没了阿宝在身边聊天，陆北栀少了很多乐趣，但不妨碍她出去散心。这里的街道没有国内的繁华，但别有一番风味。她以前除了旅游，很少有离开A市的机会，来了这里才发现自己独立的能力很强，半年的时间，更让她练就了好胆量。

一个人去野外拍照，跟当地人学语言，已经到了能正常沟通交流的水准，所以接诊的时候她时常担任翻译的角色。

午休的时候，她接到傅司南的电话，寻常的聊天之后，他沉默半晌，问：“你跟宋聿修真的断了？”

陆北栀“嗯”了声，显然不想聊这个话题，哥哥却没有中断的意思，叹了口气："可惜了，爸妈现在可后悔了，觉得当初不该逼你，不然你也不会头脑一热跑这么远。"

"我挺好的，等我回来时，说不定你开颅的技术还不如我。"陆北栀得意地哼哼了两声，突然意识到自己话里有失，小心翼翼地问，"哥哥你现在还是没办法回手术室工作吗？"

"虽然暂时还不行，但我实力可没退化。"傅司南语气轻松地笑着安慰妹妹，顿了下，接着道，"我恋爱了。"

陆北栀吃惊自己错过了什么："哎？跟方灿灿？"

"叫嫂子。"

"好了，你这总算是守得云开见月明。"她真心为他高兴，还想问问细节，肩膀被人拍了拍，她扭头，是科室里的小护士，大概有病人进来，挂断电话前她嘱咐着傅司南，"下次我要听详细版本，你得一字不落地告诉我。"

在得到对方肯定回答之后，陆北栀挂断电话。

陆北栀从员工走廊出去，见大厅里乌泱泱躺了一片人，少说也有二十个，她愕然，转头问："这些都是前来看诊的病人吗？"

"都是一个石油公司的，症状相似，发热还伴随着肌肉疼痛。现在病房里没有这么多床位，只能让他们先等在大厅里。"

陆北栀正在了解情况，离她最近的一个病人突然起身，扯了扯她的衣袖："医生，能不能帮我看看，我从两天前开始腹泻，太难受了。"

那人眼睛猩红，面部遍布红斑且浑身无力，站立没多久，便瘫软在地上。

陆北栀蹲下身为他听诊，心肺处有杂音："护士，体温量过吗？"

"39.2 度。"

"联系影像科，给他们做彩超。"陆北栀神情严肃，"人不能躺在大厅里，我会让人腾出一间病房，你叫上几个护士，把人转移过去。”

安置好病人，她拿上彩超结果正要去找领导，正好院方已经得知此事，下楼查看，她如实进行了汇报：“这些人全部高烧39度以上，且有同样的腹泻脱水现象，绝不是简单的疟疾，加上这个公司的职员中有去过中东出差，临床症状跟X病毒太像了，这种病毒传染性和致死率都极高，医院决不可掉以轻心。”

院方代表沉吟了片刻，点头：“将血液送去病理科化验，一旦确诊立即封锁急诊科。另外，所有与病人有接触的医务人员都必须身穿防护服，如果真的是传染性疾病，我们要做好打持久战的准备。关于这里所有的情况我会尽快上报给相关政府，协助我们追踪所有与病患接触过的人员，将伤亡降到最低。”

S国突发传染病的新闻在次日晚上传到国内，因为有不少华人在疫区，引起了政府重视。而在网络新闻的头条，不少网页给了一大面版面报道此事，并为逝者祈福。

宋聿修这边得到消息的时候，他正在和沈霁初在一家面馆里吃晚饭，店里的电视上突然插来一则消息：“昨日下午十点，S国发生特大传染疫情，截至目前为止确诊人数已达100人，死亡人数已增加至13人，尚有3000人在医学观察中……”

宋聿修听见主持人播报的声音抬头，紧抿着唇眼睛一眨不眨地盯着电视屏幕，蓦然起身，白瓷汤碗被打翻，汤面洒了一地，而当事人丝毫没有在意。他死死捏着手里一双木质筷子，直至它们断裂在他掌心。

新闻播放完毕之后，他才坐下，眼里一瞬间失常，呆滞地坐在椅子上。

沈霁初立即拨打了陆北栀的电话，无人接听的提示音无比冰冷，彻底击垮了对面的男人。

宋聿修脸上全是绝望，从未如此无助。

她远在万里之外，半点信息也无，留给他的只有那一堆令人心惊肉跳的数字。她还好吗？那一刻，他脑子里飞快地略过她的脸。

没有任何时候比现在更想见到她。

手机突然响了起来，是刘主任。

“喂？”他接通电话，高度的精神紧张让他连声音都变得粗噶难听，他逼着自己耐心地听完电话，拿起外套就走。

沈霁初怕他这个样子出事，拽住他，焦急地问：“你去哪儿啊？”

“回医院，有重要会议。”宋聿修停顿了一下，脸色阴沉得可怕，“关于此次S国疫情的。”

沈霁初机械地跟在他身后，冲向泊在路边的车。

宋聿修脑子里嗡嗡直响，砰地关上车门，一边系着安全带，一边将油门踩到底，打着方向盘的动作都带着悲哀与无可奈何。汽车飞快利落地掉头，呼啸着往医院驶去。

他身上被泼到的面汤还没来得及处理，衣服上沾着面条，沈霁初问：“你就这样去跟院领导开会？”

“没事。”他眼底盛着暮色，微微一收，进大厅按了电梯。

应该没事，如果真的有派遣过去的医务人员出事，不会现在才传来消息。宋聿修脑海里闪过无数个念头，站在会议室门口，他几乎是逼迫自己用尽全身力气挺直了背脊，推开了会议室的大门。

他刚坐下，刘主任看见他铁青的脸色，关切地问：“你还好吧？”见对方没回话，补充道，“没你想的那么严重，起码我们的医务人员暂时都没有出现感染的情况。”

宋聿修这才抬眼跟刘主任对视，紧绷的脸上出现了一丝血色：“有具体的消息吗？”

“找你来就是为这事，那边很混乱，我们也是刚刚才联系上负责人。我知道你之前在国外有参与过抗击传染病的经历，我们现在需要一批有经验的医生过去……”

“我去。”他打断刘主任的话。

“这不是一件小事，你要想好。”

“我知道。”他顿了下，接着说，“照目前这个情况，我是最合适的。”

刘主任满意地点了点头，舒了口气：“院方已经安排人去准备救援物资了，明天早上你带人出发，当然一切都是自愿原则，这事有危险，我们不会逼迫任何医务人员。我们马上会跟那边参与抗疫的医生连线，就由你来进行吧，具体是什么情况，你心里好有个数。”

宋聿修沉声应下，解开一颗衬衣扣子，似乎这样才能顺利呼吸。

“刚好，这人之前也跟你学习了一阵子，你们应该会有默契。”

闻言，他解扣的手指突然停住：“你说是——”

“对，是陆医生。”刘主任接过话。

宋聿修还未管理好自己的情绪，视频连线已经拨通，那张熟悉的脸出现在屏幕上，距离上次他们见面已经过去四个月。

他知道自己输了。

在分手之后无数次说服自己是她先放弃这段感情，凭什么是他暗自懊悔，而现在知道她出事，除了心急如焚以外，也看清了他一直放不下她的事实。

陆北栀显然也没料到两人会在这种情况下见面，当场僵在镜头前，失重般的惊喜从脚底蔓延到头顶，心头翻起一股又一股的酸楚。

一时竟不知道该说什么。

刘主任不懂这两人怎么有这么大的情绪转变，先开口：“时间紧迫，请陆医生先说说你那边的情况吧。”

陆北栀从神游中回到现实。

“截至目前，已经有 112 名患者已经被确诊感染了 ×× 病毒，医院已经启动了一级应急响应，所幸没有出现医务人员交叉感染的情况，但重症病人太多，所有人已经处于体力透支的状态，所以我们急需救援物资和医生。而 S 国政府……”

她远比宋聿修想象中的要镇定。

“感染源是否找到？”宋聿修问。

陆北栀摇头：“因为时间仓促的原因，目前还在调查中。”

“若是迟迟找不到感染源，很大程度会发生次波感染。这样吧，我之前写过一篇关于 ×× 病毒的防控研究报告，稍后会发到你的邮箱，或许会对你们有帮助。”

“好的，我会注意查收。”

两人一来一回，又回归于专业上。

因为时间有限，无法聊太久，在做完最后的对话之后便要挂断。尽管知道二十几个小时之后两人会再见，宋聿修的胸腔起伏无数下，仿佛此次一别就是永恒，突然在终止会议之前看向屏幕。

“陆北栀。”他鬼使神差地叫了她。

陆北栀心脏漏了两拍。

“注意安全。”他满腹的话要问，最后也只说了短短四个字而已。

“我会，谢谢关心。”

她面上保持礼貌，心里早就乱了。

对视两秒，画面中断。

宋聿修拿着报告离开会议室，刘主任在边上打趣他：“宋医生，我之前真不知道，这世上还有人能叫你手足无措到这个地步。”

宋聿修抿唇，微微朝刘主任欠了欠身，大步离开了会议室，携着报告回急诊科，办公室里坐着十几个人，他推门进去，大家都站起来，看得他愣了愣。

沈霁初朝他递过来一张单子，神情一改之前的嬉皮，严肃了几分："大家知道医院要派人去支援疫情，安顿好家里的事就赶过来报名了。"

洁白的纸页上按满了密密麻麻的红指印。

宋聿修抬头，这些医生护士有的是家中独女，不过二十多岁的年纪。有的初为人父，因为工作原因很少陪伴家人。此刻却为正在异国他乡素未谋面深受苦难的人红着眼眶冲上战场。

他面上平静，心里如同煮开的沸水，起伏不定。

"人不能全走，得有一部分人留在急诊科，援疫医护人员的名单稍后我会挨个通知，请大家做好准备吧，我在这里谢谢大家了。"

这一夜，宋聿修过得艰难。他在手机上刷着S国那边的疫情消息，下楼在医院门口抽了根烟，随后拨通了电话，给几个留在余安的医生安排之后的事情。

第二天一早，一行人乘坐飞往S国的飞机。陆北栀所在的医疗团队在地处偏远的小镇，交通不便，为了让援疫人员和物资快速抵达，当地政府派出了直升机。

陆北栀忙到凌晨，在喝水的空当才有时间开了手机，里面数通好友打来的慰问电话。

她第一时间打电话跟家人报平安。

来S国之后父亲鲜与她联系，怕自己的任性让他失望至极，还是后来才知道，父亲以她的名义给阿宝所在的基金会捐赠了一千万元的物资。她这才明白，远在万里之外，父亲也时刻心系这边的消息。

他早就与她和解，耿耿于怀的是自己吧。

电话拨通之后也只是短暂寒暄，父亲沉默了半晌，只是在挂断电话的那一瞬，突然说了一句：“我们以你为傲。”

陆北栀红了眼，一时间没办法平复心情，悄悄哭了会儿。

阿宝在边上站了会儿，不知道怎么安慰她，待她哭完才过去，拍拍她的背：“一会儿有救援物资要运过来，你去顶楼接一下吧，顺便呼吸下新鲜空气，好几天没沾床了，你可不能倒下啊。”

陆北栀点头，乘坐电梯上了顶楼停机坪。

此时快到凌晨，天空一片暗蓝，她站在无垠无际的苍穹下，想起了很多事。

从最开始在大通课上遇到宋聿修开始，无数片段如同幻灯片一样慢慢演放。

还有那只流浪猫，到现在都没有名字，它现在还跟以前一样不认生吗？宋聿修太宠着它了，让它都不知道人间险恶。

直升机的到来，引起了剧烈的狂风，她被吹得伸手去挡。

螺旋桨在转动几周后，缓缓停住，舱门打开，有人跳下来，紧接着里面有人在往外转送物资，陆北栀跟几个护士一一清点完毕。机舱里有熟悉的说话声传来，她的笔触停顿在清单纸页上，迅速扭头去找。

舱门没人要出来。

是她出现幻听了吗？

陆北栀提起的一口气，立马泄了出来。

就在她放弃寻找的那一瞬间，掩住的舱门复又被拉开，她再次回眸。那张熟悉的面孔出现在昏暗的灯光下，他穿着黑色的长衣长裤，均掩在防护服下，那双眼睛透过护目镜看向她的脸，彼此对视的瞬间，宛如隔世。

陆北栀呆愣在原地，连捏在手指间的笔坠在地上也丝毫没察觉。

他就这般如天神降临，像是满载荣光归来的人，周身都亮起一层光晕。

即便两人只相隔几米，这短暂的距离似乎走得极慢，而陆北栀已经忽略了周边任何人事，一双眼睛只定格在他身上，仿佛少一眼，他便要消失。

人越走越近，最后捡起她掉在地上的签字笔，站定在她面前。

他的嗓音还如之前一样沉稳："你好，我是此次前来支援疫情的中国医生，宋聿修。"

他的手伸过来，隔着防护服陆北栀轻轻回握住。

幸好没人看见她眼角溢出的眼泪，才让她不至于狼狈地与他在异国相逢。

宋聿修跟着工作人员与当地医院的负责人见了面。

"因为担心这边的情况，正好又缺一个运送物资的人，所以我提前过来，我的同事们随后就到。"他短暂地解释，看了眼站在一旁翻译的陆北栀。

天知道他在十几个小时的空程里，脑子里过滤了多少内容，闭上眼睛就能想起的这张脸，此刻突然无比清晰起来。他偏偏又在嘴硬，开口说的每一句话都是疏远。

宋聿修心里有些懊恼，他申请去了重症病房，而她在前台负责接诊，以后打照面的时间也不多。

医院的气氛本就紧张，加上两人之间的关系微妙，没怎么来得及聊，就各自忙碌去了。

陆北栀给前来看诊的病人抽完血拿去化验，阿宝得空跟过去，盯着她的脸看了会儿，说："北栀，你今天看上去桃花满面啊。"

陆北栀奚落道："隔着防护服你也能看见？"

"那是。"阿宝抿着嘴笑，"那个人可是宋聿修，宋聿修。"

陆北栀这才抬头看了她一眼："你早就知道，所以才专门叫我过去的吧，我就说，我平时根本不负责接物资。"

"我也是昨天得到的消息，没想到他真的会来，我猜他肯定是为了你，你在这边危险重重，他在国内坐立难安。"

"胡说，他是为救治病人。"

"不管是为了什么，总之你看起来很开心。"阿宝早就看穿了一切。

陆北栀眸色淡了淡："开心又怎么样，最爱的人永远没法在一起，这是惯例。"她见阿宝止住了话音，顺着阿宝的视线扭头，宋聿修正站在门口，神色不明，不清楚他到底听去了几分。

三人均沉默了几秒，宋聿修走进来率先打破了沉寂："我来取化验单。"

他话不知道是对谁说的。

门开了，吹进来一阵风。他要拿的那单子就在她所在的桌子上面，陆北栀只觉得身后有人从她后背贴近，手从她肩膀上伸过来，衣料摩擦的声音很缓很慢，如此简单的动作，偏用了很久，像一个世纪那样漫长，她差点喘不过气。

直到人拿了单子走了，她才长长舒了口气，之后阿宝再说些什么，她也没听进去。

有了足够的物资支撑，加上前期医院封锁的及时，疫情在专业的医疗团队的努力下不再像前期那样大面积爆发，但病人的免疫系统受到强烈破坏，死亡人数依然在不断上升。

陆北栀在前台，更能直观地感受到死亡的气息和家人生死相隔的悲哀，感染的人越发焦虑痛苦，每个人的神经绷成了一根弦。

她撑着过度劳累的身体忙到凌晨，终于忍不住在洗手间里吐得昏天暗地。

出来时，宋聿修正倚在门口的墙面上，见她出来，递过去一张纸巾。

陆北栀接过，道了声谢。

他这个点怎么会出现在这里？陆北栀想着。

宋聿修看穿了她的心思，淡淡地说："晚饭时没见到你，就想着过来看看。"

"没胃口，又何必浪费一件防护服。"陆北栀轻声答，同他一起俯瞰楼下已经平静下来的一切，"你看起来很疲倦。"

"嗯，下午抢救了两个病人，都去世了。"他语气淡然。

但陆北栀清楚地感觉到了，他的情绪糟糕透顶。

这么多天，他在重症室比她更累更疲惫，却还抽时间花在她身上。陆北栀心里一阵翻腾，但也不知道要说些什么，两人就这样站着，不多说话，就足够安心。

所有的风暴似乎都不存在，这是属于他们的时刻。

PART.14

跟我结婚吧

距离这次见面过后，两人又有好几天没再碰到。倒是陆北栀跟沈霁初见面次数频繁，他嘴上闲不住，偏同他一起工作的都是外国人，语言不通，憋得难受。

直到遇见陆北栀这才有了宣泄的机会，什么话都一股脑地往外倒。

他好些天没理发，头发长得快，还真像个外国人，陆北栀看着他笑。

沈霁初打趣她："怎么，分开几个月是不是觉得我变得更帅了？"

陆北栀被他逗乐了，笑起来，脸扯得刺痛。因为天气热，口罩戴太久，脸上捂出了不少痱子。

"从前在阿修那里给你好话说了这么多，你怎么转眼就忘了，还在学着笑话学长是吧？"

陆北栀连连求饶，连旁边几步开外的阿宝也好奇地侧过头，好奇地看着两人："北栀，原来这位是你的助攻啊。"

沈霁初看向那个女生，陆北栀转身去介绍："这是韦宁，我在这边最好的朋友。"她说了阿宝的大名。

沈霁初点点头："这个名字好像在哪儿听过。"

陆北栀闻言十分不齿："哎，这都什么年代了，搭讪你还来这套。"

沈霁初辩解："是真的，你是不是之前接受过慈善杂志的专访？"

"好几年前的事了。"阿宝笑了笑。

沈霁初扭头看向陆北栀，目光里全写着"看吧，我没弄错吧"。陆北栀想着正好两人都是空窗期，等疫情结束干脆撮合到一块得了，念头刚起，便有护士冲进化验室，冲闲聊的三人喊：“重症室有个医生倒下了。”

重症室？

护士刚说完，陆北栀只觉得一股凉意从脚底窜起，寒气彻骨。

她转身往外跑，眼泪早就不停地流下来，怎么也止不住。作为医生，面对过这么多病人，她十分清楚病毒的致死率有多高，到现在为止，治疗方法除了加强病人的免疫系统之外，根本没任何办法根治。

宋聿修，他能熬过去几天。

而她又要如何眼睁睁地看他受苦。

她不敢再多想，要快，要快点见到他。不管他愿不愿意，她都要跟他守在一起，哪怕是死亡，她也会奋不顾身。

陆北栀飞奔到重症病房，一扇玻璃门将她隔住，她无法进去。她往里面匆匆一扫，立马顿住。

宋聿修被两三个医生围住，清冷苍白的灯光下，他的脸显得格外苍白憔悴。她与他隔着几米的距离，周围有人走过，她只觉得其他的一切如同虚焦的电影画面，模糊看不清形状，只有他们能看清彼此。

宋聿修抬头，与她对视。

他甚至觉得这样也挺好。

与她分手的第一个月，甚至不知道天什么时候黑的，如同行尸走肉。他乐观地以为之后会渐渐好转，但其实并没有好过多少。她的影子如同一颗种子，已经在他生活的每个角落生根发芽。

而现在最起码他知道，在得知自己即将死去的这一瞬间，她会飞奔而来的。

宋聿修毫不掩饰地袒露眼底的爱意，深知有了这一道玻璃门，外面的无论如何也看不到。

陆北栀腿脚一软，膝盖重重地磕在门上。

“别跑。”抽完血的他快速朝这边走来，“你跑这么快会受伤。”

陆北栀强压着颤抖的尾音，但还是哽咽了：“你还好吗？”

“嗯，相比于想你、牵挂你而言，这点难受不算什么。”在知道一切的情况下，他依旧淡定地看着她。

耳边传来女生细若蚊蚋般极度嘶哑的声音：“你不该来……不该来……”

宋聿修打断她：“你在这里，我能去哪儿？”

陆北栀别过头，压着心里的难过，不说话了。

“我得待在这里，不能出去，没人盯梢你是不是按时吃饭了。”他苦笑，“所以在饮食上别犯懒，等我出去了，要看见一个健康的你。”

陆北栀咬着下唇，轻轻地点点头。

“别来看我，我这个样子不太好看。”

“你不愿见我？”她眼眶含泪地看着他。

宋聿修语气柔和了些：“不是这样，我不愿意把最难堪的样子表露在你面前。如果真的，真的走到最后一步，我希望你以后回忆起我来，起码是美好的。”他顿了顿，“但要是有另外的可能，我有一句话要给你。”

陆北栀抬头。

他一脸平静，甚至还有些笑意：“和好吧。”

他说：“当初放你离开，是我一生中最后悔的事。”

陆北栀还未来得及回话，他已经被搀扶上了推车，人被送去病床，拉上了帘子。她跌坐在地上，呆滞地看向病房内，这时阿宝跟沈霁初已经赶过来，两人将她拉起身。

“我们去了解过了，医生已经在他身上取了血拿去化验，检查结果还没出来，你先不要过于悲观。”阿宝一边说着，一边给她擦掉眼泪。

沈霁初也附和：“对，现在我们能做的，只有等。”

等，就说明还有一丝希望。

陆北栀点头，将胸腔漫出来的酸楚咽了回去。她跟着阿宝往楼下走，空气里一股腐烂的热气，她的手脚却冰凉透顶。刚刚积攒的全部力气已经在跟宋聿修对话时全数用尽，此刻宛如一副空壳。

他眼窝深陷，下眼睑乌青厚重，与先前在余安医院里处事雷厉风行的宋医生天差地别。

记忆碎片在她脑海里一一滑过，之前他来找她，她早该察觉到他身体的不适，若是她早些发现，也许不会到现在这一步。

楼下前来检测的病人排了好几列，工作量丝毫没有减少。

陆北栀在洗手间哭得撕心裂肺，红肿的眼睛被护目镜掩盖，她强撑着元气去面对大厅里乌泱泱的病人。

一直到当天晚上，沈霁初打电话来说，宋聿修的检查结果出来了。

陆北栀跌跌撞撞跑到二楼，整个人处于癫狂状态，她知道现在的模样一定特别难看，但她等不及。在沈霁初将单子给她的瞬间，她犹豫地接过，没敢去看。

“结果是不是不好？”陆北栀嗓音嘶哑，喉头如同被刀子割过一般疼。

沈霁初沉默片刻：“你自己看吧。他现在情况稳定了些，一个小时前吃了药睡下了，你可以进去看看他。”

陆北栀就着走廊的灯光将检查报告看清楚了些，宋聿修在病房里与她就一门之隔，她推门进去。

从他来S国，她都没有机会好好看看他，此刻他躺在病床上，前所未有的安静和放松，只是消瘦了些，眼角眉梢多了几分憔悴。

过去的那些日日夜夜，他在她身边，不论是板着脸看她或者亲昵地笑，那画面都无比清晰。而现在他脆弱至极，让她不敢走过去看一眼。

身后沈霁初帮她拉上了门，房间里只有他跟她两个人了。

陆北栀坐在宋聿修病床边的椅子上，眼睛眨也不眨地盯着他。

时间不知道过去多久，沉睡的男人眼皮突然眨动了一下，缓缓睁开眼。他吃药不久，脑子里乱成一锅糨糊，眼睛也是模糊的，还以为自己是在梦中。

“你来了啊。”他轻声道，“你一定很生我的气，所以走之后即便是梦中都不愿来看看我。”

陆北栀静静地看着他，轻声说：“你是这个世界上，我最愧疚的人，我怎么有资格生你的气？”

宋聿修哑声问：“还走吗？”

他怎会患得患失到这个地步，陆北栀愣了愣，轻轻摇了摇头，他的眼睛始终盯着她，生怕移开一秒，她便消失得无影无踪。

“看来今天很适合做美梦。”半晌，他留下一句自言自语。

陆北栀看了眼仪器上的数字，一切正常，她伸手去碰宋聿修的额头，没有发烧。大概是肌肤的触碰，原本迷糊的人瞬间清醒过来，意识到这根本不是梦。

她甚至没有多做防护，脸上只戴一只医用外科口罩。

宋聿修推开她的手，离远些：“出去。”见她没动，嗓音加大了些，“你不要命了吗，还敢靠近我，被传染了怎么办。出去，以后别来了。”

“宋聿修。”她喊了他。

“我不怕。”她顿了顿，“就在今天下午我知道你病倒的消息，我心里有一个声音，告诉我，只要能跟你在一起，死也不惧。”

宋聿修沉默了。

“我能……”她的喉咙滚动了一下，“抱抱你吗？”

“陆北栀。”他瞪她，“我说了，让你出去。”

她笑了：“你好好看看这是哪儿？”

宋聿修不解地看着她。

“这只是普通的外科病房，你只是细菌感染而引起的腹痛和发烧，因为过度劳累才演变成肌无力症状，这些症状只是与感染X病毒后很相似而已。”

宋聿修闻言安静下来，先前因为激动而添在脸颊的一抹红褪去。

“所以现在能抱一下吗？”陆北栀走近了些。

“不能。”宋聿修目光沉了沉，“即便检查结果安然无恙也没有人能保证万无一失。陆北栀，我这条命不要了也得护着你，不是让你这样随便为了别人放弃自己的……”

他话说到一半，刚刚还站在病床边的人忽然猛地扎进他的怀里。

宋聿修连呼吸都屏住了。

她想了想：“我只想跟你在一起。”

这一刻，宋聿修根本说不出什么话来，他只有一个念头，把她狠狠地揉在怀里，把这颗心掏出来给她看，这辈子都不愿撒手。

从今往后，要拼命地对她好。

他扯掉正在输液的针头，手轻轻攀上她的小脑袋。

“你把长发剪了？”他轻声问。

“没有时间和条件来清洗，而我在这方面又有洁癖，所以干脆剪了省事儿。”她有些不好意思，“头发是阿宝帮我剪的，她手艺太烂，是不是变难看了？”

“比狗啃了好点，不过跟你的气质倒是很般配。”

这人真是一点情调也没有，偏在这种时候专干打击人的事儿。

陆北栀怒了，惊坐起来：“宋聿修。”

他单手抻着身子，半倚在床头，笑了。

“怎么，前一秒还为我哭得肝肠寸断，现在就开始直呼大名了？我记得你之前从来不叫我全名，一直以师兄尊称来着。”

“那又怎么样，情况有变，之前是我死乞白赖地缠着你，现在是你反过来倒追我，主动权可在我手上。”说着说着，小姑娘又觉得委屈了，瞬间梨花带雨，“你没良心，我为你提心吊胆，你现在身体好点了就开始欺负我，还是不是人！”

宋聿修将笑憋回去，问：“那我现在追你，你愿不愿意？”

陆北栀努了努嘴。

“说话，你再不说话，我可亲你了。”他终是憋不住，泄了丝笑。

小姑娘声音闷闷地从边上传来：“我没说不愿意。”

“那你还想着跟我分手，嫌我对你不够硬气，是不是？”

宋聿修静静看了她一会儿，伸手重新将她搂进怀里。

陆北栀鼻涕眼泪一大把，说话还抽抽搭搭：“喜欢你这件事，我从未变过。”

宋聿修抚了抚她的背：“我放你走了一回，可没有第二次了。下次再敢撒手，我就一根一根敲断你的骨头。”

闻言，怀里的小人儿顿时安静了：“咦，我可不想跟你拍恐怖片。”

他笑了：“那可由不得你。”

她往他怀里缩了缩，头发蹭到了他耳垂，痒痒的。

这小姑娘面上装的成熟，实际也不过是个娇软可欺的。

他指腹刮了刮她的额角，下巴凑近她耳畔，声音里带着诱哄：“跟我结婚吧，要吗？”

“哈？”

在这种环境下求婚？

她没听错吧？

陆北栀的耳边一阵嗡鸣，宋聿修的声音无限地放大放缓，他在问——

跟我结婚吧。

跟我，结婚。

结婚……

“我都那样对你了，你还愿意跟我在一起吗？”

“陆北栀。”他柔声叫她。

“啊？”她抬头。

病房的灯光将他衬托得温情无限。

“我爱你。”他盯着她，低声说，“你知不知道，我有多后悔没跟你说过这三个字。”

陆北栀的脸十分没出息地红了，一时根本不知道怎么答话。那边的人佯装不耐烦，翻了个身：“过了这个村可没这个店，你不要是吧，那当我没说。”

她迅速摇头，双手将他的手抱住，放在胸前：“要，要，要。”

简直太要了。

梦寐以求的场面，她可不能让它就这么溜走。

宋聿修收了收下颚，将她的话接过：“等回国，我就跟你父母提亲。”

提亲。

陆北栀的脸更红了。

这时有医生过来查房，她以迅雷不及掩耳之势跑出了病房，正靠在墙边大喘气呢，正巧阿宝路过，看了眼她的样子，又抬头瞅了瞅病房里的男人，眯眼审视道：“我怎么觉得错过了什么好戏。”

陆北栀能躲便躲，拔腿就走，偏这妮子是个不好打发的，跟在后面一直问：“宋聿修跟你说什么了？不会跟你求婚了吧？”

怎么感觉全世界的人都猜到了！

宋聿修的病情很快被控制住，在刚痊愈之后他很快投身到抗疫中。两人只有在休息的空当能有见面说话的机会，每一次都弥足珍贵。

在这场举国抗疫的战斗中，她如愿以偿与他并肩站到了一起。

疫情持续了一个月，他们身处疫区，每天都要全力救治病人，已经忽略病毒本身所带来的的凶险。在结束之后，父母在打来的电话中谈论起各种心惊胆战，陆北栀都一笑了之了，回想起来，总觉得自己做得不够，好像还可以更勇敢一点。

陆母在电话里试探："听说宋医生也去了，你们……"

见妻子欲言又止，傅迟出声打断："先前我们已经说好了别再干涉女儿私事，你怎么还问？"

陆母皱眉："我这不是顺嘴提起吗？你自己也好奇，怎么全怪我身上，当初要不是因为你态度强硬，他们俩能分手吗？北北也不至于跑到异国他乡受这种苦。"

两人吵了几十年，到老依然没有消停的意思，陆北栀笑着出声打断："我们遇到了。"

电话那头突然安静。

"我们约好，回国就领证。"陆北栀正色了几分。

"什么领证，人我们都没好好相处过，你就要领证了？"陆北栀正要说话，却听那边的人语气已经软下来，"不是说这次领导准你休假半个月吗，你跟他一起回国，我要见他。"

电话挂断，陆北栀冲着正从厨房里出来的宋聿修吐了吐舌头："我爸要见你。"

宋聿修点头："刚好，省得到时候不让进门要在你家门口罚站了。"

陆北栀乐不可支，看着他在客厅里踱步，嘴里还振振有词："你知道你爸妈的喜好吗，我得好好准备一下，衣服也要重新买一套，我们什么时候回国，干脆现在就在网上订吧。”说完，他掏出手机。

陆北栀一把抢过他的手机，笑话他：“你怎么紧张成这个样子，放心吧，你这个丑女婿，他们会喜欢的。”

宋聿修抿着嘴，敛着神色去厨房了。

他做了中餐，在异国他乡吃到熟悉的食物实在难能可贵，陆北栀光着脚丫坐在餐桌前等他上菜，因为需要隔离一周才能回国，这是难能可贵的二人时光。而这个平时不苟言笑的男人放下手术刀洗手做羹汤的模样，怎么也看不够，她忍不住出声打趣：“我认识你的时候，你连笑都吝啬，怎么摇身一变成家庭煮夫了？”

宋聿修也不反驳：“说明你调教得当。”

陆北栀被夸得尾巴翘上天，得意扬扬了好一阵。

楼下的街道上热闹非凡，来往的车辆鸣笛庆祝这次疫情的结束。他们隔着餐桌对望，满心满眼全是对方。

“这样真好。”她低头喃喃自语。

话再小声也被对面的人听了去，他抽了纸巾为她擦掉嘴角的汤汁：“以后，这些都我来做。我会像宠小孩一样宠着你，做你人生最忠诚的伴侣。”

他的目光太过温柔，她已经哽咽，说不出一句完整的话：“宋聿修。”一出口，已是哭腔。

他突然站起身，绕过餐桌，在她面前单膝跪地，不知道从哪里来的戒指，没有任何包装，被他捏在食指和拇指之间：“这个戒指是病房一对老夫妻出院之前送给我的，他们希望我们能将他们之间相濡以沫的爱情延续下去，所以北北，嫁给我吧？”

陆北栀魂儿都要掉了，眼泪止不住地往下掉。

他为她擦掉眼泪：“你爱我吗？”

陆北栀不住地点头：“爱。”

“那给我个照顾你一生的机会，可以吗？”

“好。”她笑了声，“我愿意。”

他为她戴上戒指的一瞬间，房间里藏着的人突然一涌而出，陆北栀扭头，大家纷纷说着恭喜，原来这是一场预谋已久的求婚，就跟她当初有预谋地接近他爱上他一样。

陆北栀再也忍不住，伸手揽住他的脖颈：“宋聿修。”

“嗯。”

她一点点往他的嘴角靠近，轻轻地啄了一口：“恭喜你成为我最重要的人。”

宋聿修眼底平静，但炙热。

他俯身，手指插进她的头发，托起她的后脑勺，不准她后退。

这里是他想要拥有的全部世界。

他纵身一跃，甘愿沉沦。

他们在众目睽睽下拥吻。

日光倾城，她听见他在唇齿间溢出一声呢喃：“来日方长，宋太太。”

EXTRA.01

轻而易举被你圈牢

宋聿修回余安之后，变得比之前更加忙碌。原本就是住院医师的他，在外派之后成为医院最年轻的副主任兼医学教授。电视台的记者几乎踏破了急诊科的门槛，想对他来个专访特辑，院长倒乐呵呵地接受，还找他谈了几次话，言外之意是对媒体脸色好点，但他依然选择回避。

就如今天，摄像机都架在办公室了，沈霁初里里外外寻了个遍，人不见了。

宋聿修不知道外面的动静，他昨晚连轴转，此时困得连眼睛都睁不开，干脆跑到科研室里躲清静，顺便等陆北栀下班。人一沾上椅子就有困意，他阖上眼不久，鼻梁上一阵痒，随后传来一阵轻笑，不用想也知道是谁在恶作剧。

他假寐，找准时机将那只伸过来的细腕握住，轻轻一带，将人拉到怀里。

两人瞬间挨近，呼吸交缠。

他一见她就含笑："我们家北北今天特别好看。"

陆北栀被他夸得心生欢喜，挤上椅子，与他相拥。

"谁是你们家的？"她盯他一眼。

宋聿修垂头，脖颈贴近她的额头，视线落在她无名指的戒指上："你敢否认，我就在你脑门上贴上'宋聿修'三个字好了。"

陆北栀无语。

算了，我就大方一把，是你的就是你的吧。

她视线落在他的手背上，修长又骨节分明，去弹钢琴也不为过吧。

她忍不住用食指戳了戳，他不自觉翻了手心，将她的手指钩住。

陆北栀另一只手托着腮，仰头打量他的脸，冲着他笑。

宋聿修也跟着笑了："你看什么？"

"阿修，你眼睛里有钩子。"

"……"

"不然我怎么轻而易举就被你圈住，走也走不掉了呢。"

他低笑一声，说："那就钩一辈子。"

陆北栀白了他一眼，正要问他什么时候这么会哄人了，科研室的门被推开，沈霁初倚在门边，一个锃光瓦亮的大灯泡。

"我说你俩也就分开了三五个月，不至于天天腻在一起难舍难分吧？"

宋聿修牵着陆北栀的手没松开："现在是午休时间。"

陆北栀要撤手，他没让，惹得她不太好意思，轻轻打了他一下。

沈霁初嫌弃地看着如胶似漆的二人："科研室可是有明文规定，不准携带外人进入，北栀现在去了普外，刻板冷酷的宋医生也开始带头违法规定了啊。"

"她不是外人。"他眼睛落在她脸上，眼底全是肆意温柔的光，"是家属。"

闻言，陆北栀的脸唰一下红了，暗暗在他手臂上拧了一把。

沈霁初起先是疑惑，随后恍然："你俩下午都请假原来是为了……"

他还未说完，宋聿修已经出声："领证。"

沈霁初瞪大眼睛，趁着他还未打开话匣问到底，陆北栀挣脱手，从椅子上滑下，悄无声息地准备开溜。

宋聿修起身几个大踏步，微一蹲身，将女生横抱在怀里，留下后面目瞪口呆的人，直接去了地下停车场。

陆北栀面红耳赤，在他怀里扑腾：“宋聿修，你放我下来！”

他不予理会。

一路上不少人侧头看过来，这下完了，陆北栀心想，好不容易维持的清誉被这家伙毁于一旦了。她掩面，干脆放弃挣扎，最后被宋聿修放到副驾驶坐好。

车驶进主干道，一路前往民政局。

他的手跟牛皮糖一样恨不得时时刻刻黏在她的手背上。

陆北栀扭头看见他长长的睫毛，心尖像被挠了一下。

车停在民政局门前，刚才还闹腾的二人突然都安静下来。他长久地无言，让陆北栀莫名紧张起来，吞吞吐吐道：“想什么？”

他……该不会是后悔了吧。

宋聿修莫名失笑，微微侧了侧身：“北北你知道吗？我不爱吃胡萝卜，就算是将它做出万千道花样也绝不会心动一分。相反，我若是认准了你，我的人生再怎么翻云覆雨，也只会有一个宋太太。”他情话难得，听得陆北栀几乎哽咽，“所以不管什么时候你都不用害怕，因为我的爱比你深。”

她轻声告诉他：“我从没有害怕。这辈子有你陪着，真好。”

他听着，脸突然朝她凑近，压住她的嘴唇。车窗外车水马龙，纷纷扰扰，而车内丝毫不受影响。

从今以后，她变成了他的法定妻子，终身伴侣。

潇潇暮雨，爱若捕风。

今生踏破了这一场风雨，如此旖旎，只因为是你。

EXTRA.02

我喜欢了你很多年

陆北栀的婚宴未莱留意了半天，才知道褚序没来。

她心不在焉，接到捧花的一瞬也只是牵强地勾扯了下唇。

是从什么时候察觉到他喜欢自己的呢，也许是得知他疯狂打工，不过是因为在某次逛街的时候路过某电子产品，她随口夸了句好看。也许是在他为自己出头，宁愿进公安局的时候。又或者，他拒绝了太多女生的示爱，让自己取笑他是不是有问题的时候。

这些发现就像在平和的湖面上丢进了一颗小石子，她心里无法平静，而褚序也知情识趣，自觉退出她的生活，毕业之后去了北京一所医疗公司。

有意避开一个人的方法有太多种了，他再也没出现过同窗会，甚至春节也谎称加班而不回家。只有他的手机号一直没更换，却从没在未莱来电名单里出现。

婚礼结束后，不知道谁提议的闹洞房。

大学同学加上医院同事加起来近二十号人，堵在酒店套房里。

宋医生的脸色不太好看，按他的脾气恐怕会直接赶人，大家都是来添喜气的，他不好翻脸，硬生生地将脾气憋了回去，被喊去敬酒也含着丝笑。

未莱见状，忍不住叹气，爱情让一个人的转变可真大。

这一闹到天黑，未莱念了一天的人才风尘仆仆地出现在门口。他抱着一束花按了门铃，看到开门的未莱，愣了一瞬，随后将目光转向后面的陆北栀，将花递了过去，嘴上说着恭喜，进了门。

晚宴进行到深夜，男主人醉得东倒西歪，陆北栀为了照顾他去了卧室，未莱一看主人公都不在了，这才找了个理由催促着大家出去，在客厅里收拾了半天，跟留下来的褚序一起出了门。

深夜的街道没什么人，路灯将两个人的影子拉得很长。

“你说，宋医生是真醉还是装醉？”褚序突然问。

未莱用看透一切的语气回他：“装的。”

想了会儿，未莱又补充道：“我们一起吃过饭，他现在的酒量不至于几杯就倒。大概是嫌我们这些人打扰了他们的二人世界。”

褚序笑了。

两人走走停停，漫无目的。

“你这次回来很仓促吧？什么时候走，我送你。”

“未莱？”褚序唤住她。

“嗯？”她回头。

“我不打算走了。”

四目相对间，褚序一下无从说起，脸涨得通红。

“你怎么突然……”

“不是突然。”褚序打断她，表情松动了下，“我一直很想你。”他走近，扳正她的肩膀，让她直视自己，像一个等待判刑的囚徒，“我不信你不知道，我喜欢了你很多年，很多很多年。”

未莱心乱了，想要躲开，他的目光立即追紧了她。

她扭头要走，余光瞥见那人直奔上来，将她箍紧，她猝不及防，只觉得额间酥麻，一阵电流从头顶直灌下来，她僵在原地。

“褚序，你竟然……”

她话没说完，被他摁在怀里动弹不得，男生变得霸道无比，语气却是宠溺的：“你再叫我小浑蛋，我亲你的就不止额头了，嗯？”

她气不打一处来，从他怀里挣脱，绕着他的身侧来回踱步：“当初你把我一个人留在这儿，现在想回来就回来，门儿都没有。”

“是你赶的我。”

“我什么时候？”

“你的眼神里全部写上了。”

未莱一时无语：“你的身份要从小跟班一跃成为男朋友，总得给人适应期吧？还不兴等人考虑一下了？”

褚序眼里含笑，昏黄的光线落在他的眼眸中。未莱一抬眸便看见，总觉得他哪里变得不一样。原来他早已不是从前那个成天跟在她身后做她小尾巴的少年了。

“我能抱抱你吗？”

未莱眼睛瞪了瞪，这家伙打哪儿学来的撩妹手段，真够直白。

“你刚才上手的时候可没征求我的同意。”她气呼呼，“别再过来啊，我怕……”

褚序顺势截住她的话：“怕什么？怕你喜欢上我吗？”

“我怕我忍不住揍你。”

褚序笑了，她分明在说谎，从认识她那天起，她脾气上来的时候哪里还有忍得住的时候。

她转身要走，褚序跟上去：“你是不是有点喜欢我？”

“你《十万个为什么》看多了吧。”

“所以你喜欢我吗？”

“别一口一个喜欢，问得我头都晕了。”

“那你是喜欢我了？”

“褚序！”

她偷偷看过去一眼，男生的肩膀比以前更加宽厚了，眉眼里写的全是坚毅。

她想起跟褚序结下梁子的某一天，她因为调皮捣蛋闯了个大祸，最后在放学后被留下来罚站。打完篮球的男生带着一身汗水路过她身边，走了一段距离后，突然回头，叫她的名字：“未莱。”

她泪汪汪地看了他一眼。

“要吃东西吗？”

净白的球鞋停在她面前，男生摊开掌心，上面躺着一颗糖。

那是夏天，知了没完没了地叫着。她抹了一把泪，将那颗糖捏在手心里，笑了。

未莱悄悄勾一下唇，咂摸着往事。

这个男生带着她所有的青春记忆走在她的身侧，竟然还在，有点甜。